LUKAS RESETARITS – KROWOD

Erinnerungen an meine Jugend

LUKAS RESETARITS – KROWOD

Erinnerungen an meine Jugend

Aufgezeichnet von
Fritz Schindlecker

ueberreuter

Bildnachweis:
Privatarchiv Lukas Resetarits: S. 12, 16, 38, 42, 50f., 54f., 61, 66, 80, 89, 138, 143, 147, 152, 155, 168, 174, 184f., 194
Arkivi/dpa Picture Alliance/picturedesk.com: S. 19
Austrian Archives/brandstaetter images/picturedesk.com: S. 35
Ernst Kainerstorfer/picturedesk.com: S. 183
Heiko Meyer/laif/picturedesk.com: S. 122
Christine Schindlecker-Skrivanek: S. 125
Rotraud Schröcke/Interfoto/picturedesk.com: S. 115
Ullstein Bild/picturedesk.com: S. 69
Wikimedia Commons: S. 103
Stefan Zenzmaier, Confiserie Braun, Hallein: S.27

Textauszug Interview Elfriede Jelinek (S. 29) aus:
FALTER – Die Wochenzeitung aus Wien, Ausgabe 47/2011, Seite 18
Abdruck mit freundlicher Genehmigung des FALTER-Verlages

1. Auflage 2022

ISBN 978-3-8000-7800-4

Lektorat: Marina Hofinger
Covergestaltung: Saskia Beck, s-stern.com
Coverfoto: © Gisela Ortner
Satz: Gabi Schwabe, grafik design
Druck und Bindung: Finidr Ltd., Ceský Tesin

www.ueberreuter.at

Gewidmet meinem Bruder
Willi Resetarits

Mein „kleiner“ Bruder der Kinderjahre,
du bist zu meinem großen Bruder geworden,
der mich zu meinem Beruf geführt hat.

INHALT

VORWORT	9
EINLEITUNG	11
PENDLER ZWISCHEN ZWEI HEIMATEN	12
Engel helfen Kühen	12
Opas beeindruckende Badewanne	16
Meine Eltern	21
Der Geldscheißer verschwindet im Spital	25
Die Kinderbande, der Sparefroh und der Buchclub-Maxi	30
Fürs Leben lernen	37
Ein roter Konsumtempel und ein katholischer Dissident	48
Jungscharlager statt Caorle-Urlaub	54
Privates und staatliches Glück	60
LEBEN LERNEN IST NICHT LEICHT	65
Ein eigenes Haus in Floridsdorf	65
Rechtsaußen	73
Beatmusik statt Schundheftln	77
Im Elfenbeinturm der Wissenschaft	86
Arbeit macht das Leben süß	90
Fast ein Rockstar in Schweden	97
Gammeln in München	109
Der Jesus von Venedig	118
Im Häfen	130
Gehen, fahren, fliegen	139
STARTS UND LANDUNGEN	145
Hochzeitsglocken, Triebwerkslärm und Babygeschrei	145
Pflicht und Neigung	157
Karl Schranz und die Ski-Nation – eine Empörung	168
Rund um die Erde in 40 Tagen	171
Jeder Neuanfang hat ein Ende hinter sich	188

VORWORT

von Thomas Stipsits

Nun ist er also 75, der „Krowod“, der große Sohn aus dem kleinen Stinatz. Der präzise Menschenbeobachter, der fantasiereiche Gedankenspieler, der aufmerksame Zuhörer, der bereitwillige Helfer, der wertvolle Mensch Lukas Resetarits. Meine Bewunderung wächst nach wie vor. Immer wieder entdecke ich in seinen Texten Zwischentöne, die mir Vorbild sind.

Es gibt Begegnungen im Leben, die von übergangsloser Magie gekennzeichnet sind. Keine Magie, als würde man ein Kaninchen aus dem Hut zaubern, sondern eine, die auf der zwischenmenschlichen Ebene schwingt. Lukas und ich schwingen wunderbar. Ich besitze das Privileg, von ihm „mei Bua“ genannt zu werden. Wenn der Winter in meiner Seele dichte Wolken aufziehen lässt, die mir das Sonnenlicht rauben, und der erste Neuschnee auf meinem Herzen liegen bleibt, dann weiß ich, wen ich anrufen kann. Und sei es mitten in der Nacht. Dafür bin ich dankbar!

Lukas wurde unweit von meinen Großeltern geboren. Stinatz und er sind unzertrennlich verbunden. Obwohl die Familie bereits früh nach Wien ging, ließ Lukas seine Wurzeln in Stinatz. Über die vielen Jahre haben sie weiter ausgetrieben und letztendlich auch mich erwischt. Immer wieder hörte ich von meinen Großeltern über die Resetarits-Brüder, die es „geschafft haben“.

Mein geliebter Dida Opa hat mir einmal in der Küche die berühmte Nummer „Tschusch Tschusch“ vorgespielt. Ich war sieben Jahre alt, verstand damals natürlich nicht, worum es ging, musste dennoch herzlich darüber lachen. „Bitte, wo Thaliastraße?“ hatte sich im Laufe der Zeit in den Wortschatz der Kinder eingefügt. Dass ich die Nummer Jahre später, im Zuge von Lukas’ 35-jährigem Bühnenjubiläum, selbst spielen würde, ahnte ich damals natürlich nicht.

Schade, dass Dida Opa das nicht mehr erleben durfte.

Onkel Erich, so wie ich Lukas gerne nenne, kann Geschichten erzählen wie kaum ein anderer. Er hat die Gabe, seine Zuhörer in seinen Bann zu ziehen. Egal, ob auf der Bühne oder privat. Man klebt an seinen Lippen und wünscht sich noch eine Geschichte.

Ohne Lukas wäre ich höchstwahrscheinlich nie zum Kabarett gekommen. Er war ein Unterstützer meiner Kunst ab der ersten Stunde. Die Symbiose aus Kabarett und der Verortung in Stinatz tragen zweifellos seine Handschrift.

Ich bin im Laufe der Jahre ein Helfer dieser Symbiose geworden und spüre ein Ehrgefühl, dass auch ich „krowodisches" Blut in mir trage. In meinen Stinatz-Krimis stecken auffallend viele Onkel-Erich-Denkweisen und ordentliche Portionen Lokalkolorit.

Was mir aber noch viel wichtiger erscheint, ist die Tatsache, dass ich Lukas Resetarits als meinen Freund bezeichnen darf. Das macht mich ungemein stolz!

So, und jetzt lieber Onkel Erich, erzähle uns bitte deine Geschichte!

Hab dich lieb!

Dein Bua

EINLEITUNG

Als Lukas noch Erich hieß

Es war im legendären „Floh"-Gartl zu Langenlebarn, als mich im Hochsommer 2021 Lukas Resetarits fragte: „Sag, willst du net den Chronisten machen, bei meinen Erinnerungen? Ich erzähl und du bringst das dann in eine literarische Form."

„Gern", antwortete ich. „Ich weiß eh das meiste über dich."

Das war natürlich arrogant. Aber wir Langenlebarner neigen nun einmal zur Überheblichkeit, vor allem wenn wir daheim sind. Und wir sind kaum anderswo so daheim wie im „Floh"-Gartl.

Lukas lächelte mich gütig an und sagte: „Du weißt ein bissel was über den Lukas. Aber in dem Buch geht's hauptsächlich um den Erich."

Ah ja. Erich Lukas Resetarits wurde bis zu seinem 30. Lebensjahr naturgemäß von allen, die ihm nahestanden, mit seinem ersten Vornamen Erich angesprochen. Das war 1977. Alle, die ihn danach kennenlernten, sagten Lukas. Wir lernten einander 1978 kennen, meinen ersten Songtext sang er 1981. Und unsere intensive Co-Autorenschaft begann dann 1983.

Aber: „Ein paar G'schichten aus deiner Erich-Zeit kenn ich schon: die vom Flughafen!", sagte ich trotzig.

„Okay!", erwiderte er. „Aber jetzt pass einmal auf: Weißt du, dass ich kaum ein Wort Deutsch können hab, wie ich mit vier nach Wien gekommen bin? Dass der Holl mein Kaplan war, wie ich Ministrant war? Dass ich beim berühmten Professor Asperger studiert hab, dann abgepascht bin, in Venedig gammeln und in München im Häfen war? Und warum? Weil ich leider nicht Popstar in Schweden geworden bin."

Nein, das wusste ich alles nicht. Auch nicht, dass er nach einer Weltreise von der australischen Fluglinie Qantas als führender Mitarbeiter am Flughafen Sydney engagiert worden wäre, wenn er nicht abgesagt hätte.

Es gab viel zu hören und aufzuschreiben. Manches war tief berührend, vieles war spannend und das meiste regte zum Lachen an. Man kennt ja den Lukas: Er macht sich über alles lustig. Am liebsten über sich selbst. Auch dann, wenn er uns als Erich gegenübertritt.

Ich wünsche Ihnen beim Lesen denselben Spaß, den ich beim Schreiben hatte.
Fritz Schindlecker

PENDLER ZWISCHEN ZWEI HEIMATEN

ENGEL HELFEN KÜHEN

Die Septembersonne setzte ihr mildes Licht auf die bombenbeschädigten Häuser rund um den Humboldtplatz in Favoriten, dem 10. Wiener Gemeindebezirk. Der kleine Erich erkundete zum ersten Mal die Umgebung des Mietshauses, in das die Familie einen Tag zuvor eingezogen war. Entgegen späteren Expeditionen machte er diese Entdeckungsreise noch nicht alleine, sondern an der Hand seiner Mutter Angela.

Verständlich – denn Erich war noch keine vier Jahre alt.

Familie Resetarits 1951:
Erich, Mutter Angela, Vater Valentin, Willi

Erst zwei Jahre später, nach dem Eintritt in die Volksschule, sollte er sich immer wieder ohne Erwachsenenbegleitung in den Großstadtdschungel vorwagen. Kühn und entschlossen – ähnlich dem Entdecker Alexander von Humboldt, nach dem der Platz benannt war, wo im Haus mit der Nummer 10 Erich und sein um ein Jahr jüngerer Bruder Willi mit ihren Eltern ab nun leben sollten.

Den gefürchteten Bezirksteil „Kreta" mied er aber lange Zeit. Warum diese urbane Gegend denselben Namen trug wie die Insel des Minotaurus und warum sie bei gutbürgerlichen Favoritnerinnen und ihren männlichen Beschützern damals so gefürchtet war wie die Bronx bei gutbürgerlichen New Yorkern, darauf werden wir später noch zurückkommen.

Vorerst verweilen wir an diesem Altweibersommertag des Jahres 1951 bei Erich und Angela, die gerade zu ihrem Sohn sagt:

„Schau dir den Park aun! Is' da net scheen?"

Die Mutter sagte das auf Deutsch.

Sie und ihr Mann hatten sich darauf geeinigt, mit den Kindern *immer* Deutsch zu reden.

Denn: „Wer Deutsch spricht und nicht Kroatisch, der wird es im späteren Leben einmal viel leichter haben." Jedenfalls dann, wenn man in Wien wohnt.

Der kleine Erich ließ seinen Blick über den Park schweifen, der denselben Namen wie der Platz trägt, in dessen Zentrum er liegt. Dabei schweifte sein Blick achtlos über die Sandkiste für Dreikäsehochs, wie er einer war, um dann allerdings am saftigen Grün der Grasmatten hängen zu bleiben und andächtig zu verweilen. Dabei schossen ihm Gedanken in Kroatisch durch den Kopf.

Nachdem er sie zu Ende gedacht hatte, wandte er sich seiner Mutter zu, wechselte die Sprache und sagte auf Deutsch – mit unüberhörbarem Akzent:

„So a scheene Weide. So vühl Gros is do! Und ka Kuah. Wo sand die Krave (= Kühe)?"

Die Mutter musste lachen. Sie erklärte dem Kleinen, dass ein Park keine Kuhweide sei. Und dass man so ein Gras gar nicht „Gras" nenne, sondern „Rasen", „englischen Rasen", um genau zu sein. Und dass das Betreten eines solchen nicht nur den Kühen, sondern jedermann, vor allem aber den Menschenkindern, verboten sei.

„Das Betreten des Rasens ist verboten!"

So hieß es damals in Wien-Favoriten und nicht nur dort, in der langen Zeitspanne von der Wiedereinführung der Zivilisation nach dem Krieg bis tief hinein in die 1980er-Jahre. Dann entdeckte man mit Erstaunen, dass diese Zivilisation auch eine natürliche „Umwelt" besaß. Die war zwar durch eine ganze Reihe von Einflüssen gefährdet, am wenigsten aber dadurch, dass man sie betrat.

Über den englischen Parkrasen und die mit ihm verbundenen Betretungsverbote konnte der kleine Erich damals noch nicht Bescheid wissen. Doch er wusste viel über Kühe. Er wusste, dass sie Milch gaben und grundsätzlich gutmütig waren. Dass sie einen aber auch kräftig treten konnten, wenn man sich ihnen so näherte, dass sie erschraken. Darüber hinaus waren sie auch unglaublich kräftig und in der Lage, mit Holz, Heu oder Getreide schwer beladene Leiterwagen zu ziehen. Bei dieser Tätigkeit standen sie in einem sehr engen Bündnis mit den Engeln des Himmels.

Das hatte ihn einer seiner Großonkel gelehrt – im kroatischen Dorf Stinatz im Südburgenland, wo Erich sein bisheriges Leben verbracht hatte.

Wenn seine Kühe einen voll beladenen Leiterwagen zu ziehen hatten und dabei einen kleinen Hügel bergauf mussten, forderte eben dieser Großonkel regelmäßig zur Unterstützung der Zugtiere himmlische Hilfe in Form jener Geistwesen an, die gemeiniglich als „Engel" bezeichnet werden. Er tat dies mit Bedacht und Genügsamkeit:

„*Dwa Angeli, zui!* – Zwei Engel, herbei!"

Er rief also nicht nach ganzen Heerscharen von Erzengeln samt den ihnen unterstellten Cherubinen und Seraphinen, sondern begnügte sich mit ein bis zwei landwirtschaftlich versierten Arbeitsengeln. Der Großonkel war dabei in seiner Bescheidenheit so konsequent, dass er im Falle einer „Überanforderung" einen der beiden Helfer sogleich wieder ins himmlische Jerusalem zurücksandte:

„Geht scho besser! Danke vülmols! *Jedan na kraj* – Einer kann wieder zurückfliegen!"

Erichs erster Eindruck vom Humboldtpark war nicht rasend positiv. Denn wo keine Kühe sind, da sind im Regelfall auch die Engel rar – dies schloss er aus seiner bisherigen Lebenserfahrung.

Kein Wunder also, dass er in diesen Momenten heftiges Heimweh nach seiner südburgenländischen Heimat verspürte, wo noch jene Harmonie zwischen Himmel und Erde zu herrschen schien, die in Favoriten offenbar verloren gegangen war.

RÜCKBLENDE. Drei Jahre und elf Monate vorher.

Während der spätere US-amerikanische Präsident Dwight D. Eisenhower, der damals Generalstabschef war, seinen 57. Geburtstag im Rahmen einer stimmungsvollen Feier im Pentagon beging, wurde Erich am 14. Oktober 1947 in Stinatz im Haus Nr. 182 geboren.

Der erste Schrei des Kindleins wäre vermutlich durch einen mörderisch lauten Knall übertönt worden, wenn seine Geburt nicht im Südburgenland, sondern in der Mojave-Wüste in Kalifornien vonstattengegangen wäre. Denn hier hatte just an diesem Tag der Pilot Chuck Yeager in 13,7 Kilometer Höhe erstmals mit dem raketengetriebenen Flugzeug „Bell X-1" die Schallmauer durchbrochen.

Den damaligen US-Präsidenten Harry S. Truman erfüllte dieser natürlich auch militärisch nutzbare technische Fortschritt sicher mit großer Freude: denn seit einigen Monaten hatte sich das Verhältnis zur Sowjetunion eindeutig verschlechtert. Die USA und die UdSSR, enge Bündnispartner im Zweiten Weltkrieg, standen nun am Beginn einer Auseinandersetzung, die man bald darauf den „Kalten Krieg" nennen sollte.

In Stinatz hingegen machte sich die Kirisits-Baba Sorgen um das zukünftige bilaterale Verhältnis zu den Mächten des Himmels. Denn auf ihre Frage:

„Wie werd' iam taufen?", bekam sie von ihrer Tochter Angela die Antwort:

„Erich."

„*Ne!*", entgegnete die Oma. „*Nema Svetoga Ericha!* – Es gibt keinen heiligen Erich!"

Hand aufs Herz: Uns fällt auch keiner ein.

Aber heute hat man es ja bekanntlich leichter.

Man googelt.

Tatsächlich finden wir im neunmalklugen Wikipedia einen heiligen Erich, der allerdings „Erik" hieß, weil er Schwede war.

Erik IX. lebte im 12. Jahrhundert, war mit an Sicherheit grenzender Wahrscheinlichkeit dortselbst König und wurde bis ins 16. Jahrhundert auch als schwedischer „Landespatron" verehrt. Dann verlor er diesen Status, als die Schweden mehrheitlich Lutheraner wurden, weil die Evangelischen jede Form der Heiligenverehrung bekanntlich ablehnen.

Ansonsten ist über Eriks Leben durch Primärquellen gar nichts überliefert, doch ranken sich um seine Gestalt zahlreiche Legenden.

Eine davon erzählt, dass er einen Kreuzzug nach Finnland unternommen habe, um die dort ansässigen Heiden, also die Finnen, nach gutem, altem christkatholischem Brauch mit dem Schwerte zu bekehren. Bei dieser kriegerischen Unternehmung soll er selbst den Tod gefunden haben. Dies mochte er anfänglich bedauert haben, doch immerhin kam er dadurch posthum zu der Ehre, vom Papst als „Märtyrer" anerkannt zu werden, was in logischer weiterer Folge zu seiner Heiligsprechung führte.

Schlussfolgerung: Es existiert ein Namenspatron für alle katholischen Eriche.

So weit, so gut.

Kirisits-Oma und Erich 1949

Allerdings gab es im Jahre 1947 genauso wie in allen anderen Teilen der Welt auch in Stinatz noch kein Internet, eine Tatsache, die jedwede Form des Googelns unmöglich machte. Und da sich damals auch noch keine Touristen im Südburgenland eingefunden hatten, war kein Schwede greifbar, der bei einem Viertel Apfel-Birnen-Most leutselig die Legenden von Erik IX. erzählt hätte. Also blieb man bei der Ansicht, dass Erich zwar ein schöner, jedoch kein katholisch vertretbarer Name sei.

Für die Oma lag die Lösung auf der Hand: Man musste einen zweiten Namen finden, der hundertprozentig katholisch abgesichert war. Was lag also näher, als den eines Evangelisten auszuwählen?

Die Wahl fiel auf „Lukas", dessen Symboltier ja bekanntlich der Stier ist. Und da Viehzucht und Viehhandel immer schon hier in Stinatz blühten und gediehen, passte dieser Name doppelt gut.

Und so wurde Erich in der örtlichen Pfarrkirche, die den Aposteln Petrus und Paulus geweiht ist, auf den Namen „Lukas" getauft – von Pfarrer Lukas Drimmel.

Da dies aber damals – im Gegensatz zu heute – kein schicker Modename war, wurde er in den folgenden zweieinhalb Jahrzehnten von allen mit seinem ersten Vornamen „Erich" angesprochen.

Und dieser Erich wuchs vorerst einmal in ländlicher Idylle heran. Ein wichtiger Wegbegleiter war ihm dabei der Kirisits-Opa und der sollte das noch lange bleiben. Denn auch nach der Übersiedlung nach Wien kamen Erich und sein Bruder Willi immer wieder nach Stinatz. Die Sommerferien verbrachten sie fast zur Gänze in der „alten Heimat".

OPAS BEEINDRUCKENDE BADEWANNE

Erich bewunderte seinen auf ihn geradezu universalgelehrt wirkenden Opa. Der war in seiner aktiven Zeit Eisenbahner gewesen und im Ersten Weltkrieg

Soldat an der Isonzo-Front. Er hatte also die schönen und die grauenhaften Seiten der Welt außerhalb des Dorfes hautnah kennengelernt. Trotzdem oder vielleicht gerade deshalb interessierte ihn immer noch alles, was „draußen“ geschah. Deshalb hörte der Opa im Radio regelmäßig die Nachrichten – die er „Bericht“ nannte – und dazu die politischen Kommentare von Vincenz Ludwig Ostry. Außerdem las er regelmäßig die steirische Wochenzeitung Sonntagspost.

„Mein Großvater hat den Eisenhower sehr bewundert“, erzählt Lukas. „Das ist für mich aus heutiger Sicht sehr interessant. Denn obwohl Eisenhower zu den großen US-amerikanischen Militärikonen des Zweiten Weltkrieges gezählt wird, war er erstaunlicherweise immer am Interessenausgleich mit der Sowjetunion, an Abrüstung und damit an der Bewahrung des Friedens interessiert. Er gehörte auch zu den wenigen US-amerikanischen Generälen, die sich gegen die Atombombenabwürfe auf Hiroshima und Nagasaki ausgesprochen hatten. In seiner berühmten Abschiedsrede am Ende seiner Präsidentschaft 1961 warnte er davor, dass der *Militärisch-Industrielle Komplex* niemals allzu mächtig werden dürfe, weil dies die Demokratie in den USA gefährden könnte.“

Neben seinem Interesse an weltpolitischen Vorgängen war der Großvater aber auch in seiner ländlichen Heimat nicht nur tief verwurzelt, er hatte auch ein umfassendes land- und forstwirtschaftliches Wissen. Und er beherrschte vielerlei damit verbundene Fertigkeiten, die er dem Enkel vermittelte.

Der Opa kannte alle Bäume, Feldfrüchte und Wildkräuter, wusste, wie man ein sicheres Lagerfeuer im Wald macht, und verstand sich auch darauf, einen „Keuwestrick“ richtig einzusetzen, wenn es darum ging, bei der Geburt eines Kalbes als Geburtshelfer tätig zu werden.

Dass Lukas Resetarits bis heute ein begeisterter Seher von Naturdokumentationen ist, mag den frühkindlichen Einflüssen durch den Opa geschuldet sein. In Lukas' Freundes- und Bekanntenkreis ist es allgemein bekannt, dass man sich mit brennenden Fragen wie: „Wo nistet der Blaufußtölpel?“ oder „Wo haust denn die „Leptonychotes weddelli?“ vertrauensvoll an ihn wenden kann.

Dasselbe gilt übrigens auch für medizinische Fragen – warum dem so ist, werden wir an anderer Stelle in diesem Buch noch genauer ausführen.

Unter den vielen handwerklichen Fertigkeiten, die sein Großvater beherrschte, hat den kleinen Erich am meisten dessen Perfektion in der Kunst des Messerschleifens beeindruckt.

„Wenn er mit dieser Arbeit fertig war, hat er das Resultat immer mit der Papierprobe überprüft. Ohne Druck auszuüben, ließ er die Klinge seines Krotenfeitls über eine Seite der ‚Sonntagspost' gleiten, die er schon gelesen hatte. Die Seite zerfiel in zwei Teile. Der Krotenfeitl war scharf wie ein Rasiermesser."

Dazu kam, dass der Kirisits-Opa in seinem Haus und auf seinem Grundstück Schätze barg, die ihresgleichen suchten: Einer davon war ein funktionstüchtiger und gelegentlich auch noch benutzter Pferdeschlitten. Der kleine Erich durfte damals, als der Klimawandel fern und die Winter auch im Südburgenland vergleichsweise noch geradezu sibirisch waren, gemeinsam mit Bruder Willi die eine oder andere vorweihnachtliche Schlittenfahrt unternehmen. Erzählungen von diesen exotischen Abenteuern riefen in dem sich allmählich herausbildenden Favoritner Freundeskreis ungläubiges Staunen und neidvolle Bewunderung hervor.

Das zweite Artefakt, das sich im Besitz des Kirisits-Opas befand und um das die Resetarits-Buben von allen ihren Favoritner Freunden damals beneidet wurden, war eine Badewanne.

Nicht irgendeine stinknormale Badewanne, obwohl auch die ganz gewöhnlichen Badewannen im Favoriten der frühen 1950er-Jahre noch immer als absolute Luxusaggregate gehobenen Lebensstils galten.

„Penible Hygiene war trotz der einfachen Wohnverhältnisse, in denen wir damals am Humboldtplatz lebten, ein Muss!", erzählt Lukas. „Die tägliche Reinigung erfolgte über dem ‚Lawuua', dem Lavoir, einer mit Wasser gefüllten Schüssel, mithilfe von Waschlappen, Reißbürste und Kernseife."

Badetag war meist Samstag und da pflegte man ins „Tröpferlbad" zu gehen. Diesem kollektiven, kommunikationsfördernden Reinigungsvergnügen hat das legendäre Musiker-Duo *Pirron und Knapp* ein wunderbares musikalisches Denkmal gesetzt.

Das für die Familie Resetarits damals nächstgelegene war das Amalienbad. Es wurde 1926 eröffnet und ist nach der sozialdemokratischen Gemeinderätin Amalie Pölzer benannt, die als erste Frau in Favoriten 1919 in den Wiener Gemeinderat gewählt worden war.

Neben dem Reinigungsbad gab und gibt es hier auch eine große Schwimmhalle mit Sprungtürmen – worauf wir später noch zurückkommen werden.

Das Amalienbad in Wien-Favoriten

Das eigentliche „Tröpferlbad“ war ein Duschbad mit einem großen gemeinschaftlichen Duschraum, ausgestattet mit Trennwänden. Die Temperatur der Warmduschen war vom Bademeister vorgegeben und das Wasser lief nur, wenn man auf ein Brett stieg, das zentral am Boden angebracht war. Durch das Betreten wurde ein Mechanismus ausgelöst, der das Duschventil öffnete.

Der Eintritt war günstig und betrug 50 Groschen pro Kind.

Neben diesem Gemeinschaftsbad gab es auch ein deutlich luxuriöseres „Kabinenbad“ mit Duschkabine und Vorraum für die Garderobe. Der Eintritt für eine erwachsene Person und zwei Kinder betrug 2 Schilling. Diesen Luxus leistete sich häufig Mutter Angela mit ihren zwei Buben, gelegentlich tat dies auch der Vater.

„Mit meinem Vater hatte ich dabei einmal ein recht bizarres Erlebnis“, erzählt Lukas. „An diesem Tag war der Andrang im Amalienbad besonders groß und die Geduld in der Warteschlange enden wollend.

Plötzlich begannen zwei Männer zu streiten – einer warf dem anderen vor, sich vorgedrängt zu haben. Ein Wort gab das andere, und als ihnen die Worte ausgegangen waren, entschlossen sie sich übereinstimmend, die Fäuste sprechen zu lassen.“

Bei dem einen war das mit dem „Fäuste-sprechen-Lassen“ sichtlich schwieriger, denn ihm fehlte die rechte Hand. Das machte ihn allerdings nicht von vorneherein zum Verlierer, denn der andere konnte zwar noch beide Fäuste ballen, es fehlte ihm aber das linke Bein. Er war auf zwei Gehhilfen angewiesen.

„Ich glaub, da Aanpratzler wird gewinnen!", meinte ein seriös wirkender Herr, während er hektisch an seiner Zigarette Marke „Egyptische III. Sorte" sog.

„Des glaub i weniger", erwiderte eine Dame in mittleren Jahren, die das war, was man damals als „wasserstoffblond" bezeichnete. „Waunn der Aanbiegler de Krucken einsetzt, haut er den aundern komplett auf an Krippel!"

Zur Erklärung: Der „Aanpratzler" war natürlich jener mit nur einer „Pratze", also einer Hand. Komplizierter ist der „Aanbiegler" zu verstehen: In Wien nennt man das Hendlhaxerl gerne auch „Biegerl" – somit ist wohl alles gesagt: Der „Aanbiegler" war der Einbeinige. Gewettet wurde übrigens nicht. Weder die Wasserstoffblondine noch der Egyptische-III.-Sorte-Raucher setzten auf ihren Favoriten. Vermutlich deshalb, weil sich ein Polizist in Uniform unter den Wartenden befand. Und das Glücksspiel war ja damals noch ein unumstrittenes Staatsmonopol.

Der Kampf begann.

Eine Zeit lang schien es, als könne der Einbeinige mit Leichtigkeit den Sieg in diesem Duell davontragen: Mit der Linken stützte er sich mit der Krücke ab, während er mit der rechten auf den Handlosen eindrosch. Doch dieser wich behände immer wieder aus, um dann seinerseits den rechten, handlosen Unterarm wie einen Knüppel auf den Kopf des Beinamputierten niedersausen zu lassen.

Der Großteil des Publikums verhielt sich neutral. Der Kampf schien spannend, aber fair, zumal ja beide Kombattanten Kriegsinvaliden waren, also „gleichwertig" sozusagen.

Als der Bademeister die nächste Nummer aufrief, klang noch ein letzter Schlag des Handlosen dumpf durch das Treppenhaus, dann ging man zur Bade-Tagesordnung über.

Der Handlose überließ dem Einbeinigen den Vortritt und der Friede war wiederhergestellt.

„Mein Vater und ich", so Lukas, „benutzten an diesem Tag die luxuriöse, geflieste Duschkabine. Allerdings die nächsthöhere Stufe, das Wannenbad, haben wir nie genommen. Wie mir mein Vater erklärte, war es teuer. Und so konnten es sich nur aktive oder pensionierte Beamte und andere ‚bessere Leute' leisten, die allerdings in ihren Wohnungen dann offenbar auch keine Badezimmer hatten. Mein Großvater in Stinatz aber schon!"

Und Opas Badewanne war – wie gesagt – keine gewöhnliche Badewanne. Sie war ein *Unikat*. Etwas, was man sonst nirgends sah. Außer vielleicht in italienischen Villen, wo sie von hochherrschaftlichen Contesse und Conti benutzt wurden. Opas Badewanne schimmerte silbrig, war vermutlich aus Blech und so sinnreich konstruiert, dass man sie durch sanfte Bewegungen zum Schaukeln bringen konnte. Der kleine Erich liebte es, diese Bewegungstechnik so zu verfeinern, dass er sich, sobald er die Augen geschlossen hatte, wie ein Schwimmer im Mittelmeer fühlte.

Bei allen Meerurlauben, die Erich/Lukas Jahrzehnte später unternahm, stieg in ihm immer wieder der frühkindliche Wellentraum aus der Erinnerung auf.

Und damit die bittersüße Erkenntnis, dass alles, was man als kleines Kind erlebt hat, im Guten wie im Bösen, viel intensiver nachklingt, als dies bei späteren Erlebnissen der Fall ist.

MEINE ELTERN

Es war sehr heiß an diesem 1. August des Jahres 1926, als mein Großvater Franz Resetarits in Blumau in der Oststeiermark auf einem von ihm gepachteten Acker die Ernte einbrachte. Unermüdlich half ihm dabei Jagica, seine hochschwangere Frau. Plötzlich begann nach einem lauten Donnerschlag ein heftiges Gewitter und gleichzeitig setzten bei Jagica die Wehen ein. Kurze Zeit später wurde sie von einem gesunden Sohn entbunden. Er wurde in der Kirche von Stinatz, wo Franz einen Bauernhof besaß, auf den Namen „Valentin" getauft.

Er sollte alles andere als eine schöne Kindheit haben.

Die Mutter starb an Tuberkulose, als er drei Jahre alt war. Sein Vater heiratete mit kirchlicher Dispens seine Schwägerin, mit der er zwei weitere Söhne hatte. Die Stiefmutter soll die eigenen Buben verzärtelt und Valentin „stiefmütterlich", im bösen Sinne des Wortes, behandelt haben.

In der Verwandtschaft hielt sich das Gerücht, sie habe zum lieben Herrgott gebetet, er möge dafür sorgen, dass „der Valentin aus dem Krieg nicht mehr zurückkommt".

Mein Vater wuchs also als unerwünschter Stiefsohn in Stinatz auf. Einer schlechten Bauerntradition folgend, hielt sein Vater nichts von Bücherwissen und Schulbildung. Also durfte Valentin nicht einmal die Hauptschule im benachbarten Stegersbach besuchen, sondern musste die acht Pflichtschuljahre in der Stinatzer Volksschule absitzen. Danach begann er im Kriegsjahr 1940 eine Maurerlehre in Wien bei der Baufirma „Universale Hoch- und Tiefbau".

1943 wurde er unmittelbar nach seinem Lehrabschluss zum „Reichsarbeitsdienst" (RAD) eingezogen und 1944 zur Deutschen Wehrmacht und nach einem

„Schnellkurs" zum Gebirgspionier gemacht. In Polen musste er beim Rückzug in dieser Einheit dann Brücken vor der heranrückenden Roten Armee sprengen.

Nach der Kapitulation gelang es ihm, sich einer Gefangennahme zu entziehen und zu Fuß von Tschechien ins Burgenland zu kommen. Doch knapp 15 Kilometer vor Erreichen des Elternhauses schien die Mühe vergebens: Ein Zug sowjetischer Soldaten eskortierte Gefangene zum Bahnhof Oberwart. Mein Vater versteckte sich sofort, hatte aber nicht mit einem weiteren Soldaten gerechnet, der als Nachhut seiner Truppe zu Pferd gefolgt war. Mein Vater grüßte ihn auf Stinatz-Kroatisch und bot ihm ein Päckchen Tabak an. Der Russe lachte, nahm das Geschenk, deutete mit einer Geste an, er solle weitergehen und sagte: „Dawai!"

Wieder zu Hause sah der junge Mann für sich keine Zukunft im Burgenland. Aber in Wien waren natürlich Maurer für den Wiederaufbau sehr gefragt. Auch sein Vater musste neben der Landwirtschaft etwas dazuverdienen und so verdingten sich beide bei Valentins ehemaligem Lehrbetrieb – der Sohn als Maurer, der Vater als „Zureicher", als dem Maurer zugeteilter Hilfsarbeiter.

Gemeinsam fuhren die beiden nach Wien und kamen oft nur alle 14 Tage für ein Wochenende zurück nach Stinatz.

Sie wohnten gemeinsam in einem Substandard-Quartier mit Kochnische. Eines Tages wollte Vater Franz einen Kaiserschmarren zubereiten. Der Teig in der Pfanne wurde zusehends schwärzer und es roch stechend nach „Chemie". Franz forderte meinen Vater auf, wenigstens ein bisschen was von dem Kaiserschmarren zu probieren. Immerhin seien ja vier Eier in den Teig geschlagen worden, und man solle nicht „urassen". Glücklicherweise verweigerte mein Vater, denn sonst hätte ich möglicherweise nie das Licht der Welt erblickt. Offenbar hatte mein Großvater beim Zubereiten des Teiges das Mehl mit dem Waschpulver verwechselt. Denn damals bewahrte man Mehl, Speisesoda oder Salz ebenso wie Waschpulver in braunen Papiersäcken auf.

Übrigens: Die Weigerung meines Vaters, den Persil-Schmarren zu kosten, veranlasste auch meinen Großvater, die Finger davon zu lassen.

Stinatz lag damals in der sowjetischen Besatzungszone. Dank eines offensichtlich weltoffenen und humanen Kommandanten, der im Zivilberuf Gymnasiallehrer war, ereigneten sich hier deutlich weniger Übergriffe und Schikanen durch die Besatzungsmacht als anderswo.

Es gab auch bald schon bescheidene Vergnügungsveranstaltungen, so etwa Tanzabende in den sich allmählich wieder füllenden Wirtshäusern.

Bei einer solchen „Tanzerei" fanden meine Eltern zueinander. Die fesche Angela Kirisits und der flotte Tänzer Valentin waren bald ein verliebtes Paar.

Angela oder „Gela“, wie sie genannt wurde, hatte, wie damals die meisten Mädchen im Ort, nur die Volksschule absolviert. Ab ihrem zehnten Lebensjahr wurde sie dort aber schon als eine Art „Hilfslehrerin“ eingesetzt: Da die erste bis zur vierten und die fünfte bis zur achten Schulstufe jeweils in nur einem Raum untergebracht waren, mussten die begabten älteren den jüngeren Mitschülerinnen und Mitschülern beim Lesen und Schreiben helfend zur Seite stehen.

Unterrichtssprache war – sowohl in der Zeit des Austrofaschismus wie natürlich auch bei den Nazis – ausschließlich Deutsch. Lehrerin war damals Frau Biricz. Trotz ihres tschechischen oder kroatischen Familiennamens war sie eine waschechte Magyarin, deren Deutschkenntnisse eher bescheiden waren, wie unsere Mutti gern triumphierend zu erzählen wusste:

Eines Tages fragte die Frau Lehrerin mit magyarischem Akzent:

„Kindär, wär ist der stärkste Tier där Wält?“

„Der Löwe, der Tiger, der Bär …“, riefen die Kinder eifrig durcheinander. Darauf Biriczka (wie sie kroatisch genannt wurde):

„Näin, Kindär!“, korrigierte die Pädagogin streng. „Es ist natürlich der Oroszlàn!!“ So heißt der Löwe auf Ungarisch.

Als meine Mutter im Frühjahr 1947 mit mir schwanger wurde, hieß das damals natürlich: schnellstmöglich heiraten. Das war ein Muss im Sinne der heiligen Ecclesia catholica. Aber oft steht ein „katholisches Muss“ einem anderen, ebenso „katholischen Muss“ diametral entgegen. Dann entsteht ein Gewissenskonflikt. Und es muss schweren Herzens eine Entscheidung getroffen werden.

In Stinatz war es uralter katholischer Brauch, im Fall des Ablebens eines Verwandten oft monatelang zu trauern. Das hieß – vor allem für Frauen –, schwarze Kleidung zu tragen, aber auch keine Musik, kein Tanzen, kein Lachen und kein Scherzen.

An eine Hochzeit war also in solchen Trauerzeiten nicht zu denken. Wer genau aus meiner damals zukünftigen Verwandtschaft zu betrauern war, ist inzwischen vergessen. Sicher ist, dass ich als Kirisits zur Welt kam und erst ein paar Monate später, nach der Hochzeit meiner Eltern, 1948 zum Resetarits wurde.

Es war die Zeit des Wiederaufbaus und des Neubeginns. Um der jungen Familie den Start in ein besseres Leben zu ermöglichen, verrichtete meine Mutter Schwerstarbeit. Sie verdingte sich auch bei der Universale als Hilfsarbeiterin. Dies tat sie wohl auch, um meinem Vater nahe zu sein. Bis zu unserer Übersiedlung nach Wien 1951 waren meine Eltern auf einer Großbaustelle in Salzburg beschäftigt.

Im Dezember 1948 kam mein Bruder Wilhelm zur Welt. Während ich in dieser Zeit bei den Kirisits-Großeltern lebte, war Willi bei der Schwester meiner Mutter untergebracht, unserer Tante Jagica.

Beide Eltern kompensierten ihre erzwungene Abwesenheit mit reichlich Geschenken und kleideten uns immer picobello ein.

Als wir alle nach Wien übersiedelt waren, begann mein Vater, neben seiner Arbeit als Maurer, sofort mit dem Besuch der Abendschule am TGM. Er wurde bald darauf Polier und schaffte schließlich sogar die äußerst schwierige Baumeisterprüfung. Er gründete aber keine eigene Firma, sondern blieb seinem bisherigen Arbeitgeber, der Universale, treu und machte dort eine steile Karriere.

Mutter war anfänglich auch noch nach unserer Übersiedlung als Bauhilfsarbeiterin tätig, fand aber bald eine Stelle als Kindermädchen bei einer holländischen Familie. Herr Moulder-Bohn war Direktor der KLM in Österreich. Das entsprach damals vom Stand und vom Einkommen her einem römischen Statthalter in den Provinzen des Reiches: Wohnung im Diplomatenviertel im 3. Bezirk, Dienstauto (Opel Kapitän), alle Kosten wurden von KLM getragen uvm. Mutti war den Kindern Betty und Freddie ein liebevolles Kindermädchen und wurde hochgeschätzt. Als Mijnher Moulder-Bohn nach Kanada versetzt wurde, kamen für uns jedes Jahr zu Weihnachten Geschenkpakete an, deren Inhalt unsere Schulkollegen vor Neid erblassen ließ.

Das kulturelle Interesse und die Bildungsbeflissenheit der Eltern waren enorm. Unsere Nenntante Anni war Garderobiere an der Staatsoper und so gab es immer wieder Freikarten, die gern genutzt wurden. Auch Volksopern- und Burgtheaterbesuche waren dank Annis Vermittlung erschwinglich.

Trotz der vielen Arbeit gab es für meine Eltern viel Zeit zum Lesen und zum Radiohören, weil es kein Fernsehen gab.

Mit sechs Jahren wurde ich bei der Buchgemeinschaft Donauland als Mitglied angemeldet. Klammheimlich las ich aber auch bald Vaters für mich verbotene Romane. „Ich, Claudius, Kaiser und Gott" von Robert Graves und „Die Caine war ihr Schicksal" von Herman Wouk sind mir bis heute in lebhafter Erinnerung geblieben.

Im Februar 1960, in der Endphase unseres Hausbaus am Bruckhaufen, brachte unsere Mutter Bruder Peter zur Welt. Sie schaffte es nicht nur, die Familie zu managen, sondern arbeitete auch fleißig und kraftvoll am Bau mit, wobei sie auch noch alle Helfer aus der Verwandtschaft verköstigte. Als Haubenköchin und Sternepâtissière war sie hochgeschätzt. Ihr gekochtes Rindfleisch mit Semmelkren und ihre Kuchen waren mindestens auf Plachutta- und Sacher-Niveau.

Vater setzte seinen Aufstieg innerhalb der Universale fort und leitete einige Großprojekte, deren bekanntestes wohl der Flughafen Wien-Schwechat ist.

Mit den Jahren forderte der Dauerstress allerdings seinen Tribut und gesundheitliche Probleme traten auf. Diese wurden nach ärztlicher Meinung auch dadurch verschärft, dass er eine Hepatitis-Erkrankung im Krieg nicht auskurieren konnte. Er starb relativ jung im Alter von 53 Jahren.

Mutter überlebte ihn um 23 Jahre. Sie blieb immer aktiv, immer auch in Sorge um die Familie. Wehleidig war sie nie, wie eine Indianerin – leider, könnte man rückblickend sagen. Denn sie ignorierte zu lange die von einem Zwölffingerdarm-Geschwür herrührenden Schmerzen. Bei der Operation fiel sie in ein Koma, aus dem sie nicht mehr erwachte.

Wir drei Brüder wurden oft gefragt, wie wir denn die Tatsache erklären würden, dass wir alle drei in unterschiedlichen Bereichen Karriere gemacht haben.

Wir haben darauf – je nach Frust und Laune – wohl die unterschiedlichsten Antworten gegeben.

Aus heutiger Sicht würde ich sagen: Zu beruflichem Erfolg gehört vieles – vor allem aber auch Glück.

Viel wichtiger ist aber das, was uns unsere Eltern mitgeben wollten:

Sie haben versucht, uns zu anständigen, ehrlichen Menschen zu erziehen. Und wir haben versucht, sie nicht zu enttäuschen.

Ob uns das gelungen ist, müssen andere beurteilen.

DER GELDSCHEISSER VERSCHWINDET IM SPITAL

„Ich war circa drei Jahre alt“, erzählt Lukas. „Ich sehe heute noch das Gesicht meines Vaters vor mir, der schwer atmete. Er rannte durch den Wald, mit mir in seinen Armen.“

Das Ziel des Vaters war die Arztpraxis von Dr. Stopper im Nachbarort Litzelsdorf. Erich zitterte am ganzen Körper.

„Das Kind hat die Fraisen“, hatte die Oma gesagt und ihr sonst rosiges Gesicht war plötzlich leichenblass geworden. „Der muaß sofurt zum Padr!!!“ Als „Padr“ wird in der Stinatzer Variante des Kroatischen der „Arzt“ bezeichnet, was vermutlich eine Ableitung des deutschen Wortes Bader ist.

Als „Fraisen“ bezeichnete man damals alle Krankheiten, die mit hohem Fieber und krampfartigen Zuständen einhergingen. Dr. Stopper war ein Landarzt der alten Schule – im positiven Sinne des Wortes: Er war ein blendender

Diagnostiker, der sehr wohl wusste, welche Therapien sinnvoll ambulant anwendbar waren. Er zögerte aber nicht, Patienten so schnell wie möglich in ein Spital einzuweisen, wenn er dies für angezeigt hielt. Im konkreten Fall war die Entscheidung klar: Dr. Stopper hatte ein Abszess am Kopf des Kleinen festgestellt und die krampfartigen Fieberanfälle unterstrichen die Notwendigkeit einer fachärztlichen Behandlung, die nur in Wien verfügbar war. Zeit durfte man sich dafür nicht viel lassen, es war, wie man das damals nannte, „höchste Eisenbahn"!

„Ob ich nach Wien-Favoriten ins *Gottfried Preyer'sche Kinderspital* wirklich mit der Bahn und dem Bus gebracht wurde oder mit dem Viehtransportlastwagen eines Onkels, das weiß ich heute nicht mehr", meint Lukas. „Erinnern kann ich mich aber an den großen Krankensaal mit den vielen Betten. Und an die Schwestern in ihrer Ordenstracht."

Für die Pflege in diesem Kinderspital war damals die „Kongregation der Dienerinnen vom heiligsten Herzen Jesu" verantwortlich, kurz die „Herz-Jesu-Schwestern" genannt.

Der kleine Erich sprach damals noch nicht deutsch und die Schwestern vermutlich kein Wort kroatisch. Oder sie hörten gerade nicht zu, als der Kleine insistierend in seiner Muttersprache nach einem „Koukl", also einem „Topferl", verlangte. Und so geschah, was geschehen musste: Irgendwann ist es mit der Kraft vorbei, das Zurückhalten endet und man sitzt nicht nur metaphorisch, sondern buchstäblich in der eigenen Scheiße.

Was die Herz-Jesu-Dienerinnen wortgenau zu der „schönen Bescherung" sagten, verstand der kleine Erich natürlich nicht. Aus Lautstärke und Tonfall war abzuleiten, dass dies keine Freundlichkeiten waren. Zum Schrecken des Kleinen folgte dieser höchst unfreiwillig begangenen „Übeltat" die Strafe auf dem Fuße: Erich wurde verlegt.

In Isolierhaft, sozusagen.

Aus dem großen Krankensaal in ein kleines Kammerl, das er noch dazu mit einem zweiten Knaben teilen musste.

Heute entschuldigt sich Lukas bei den zahllosen schlanken, gutmütigen, eleganten und feinsinnigen Fleischermeistern, die er in seinem späteren Leben kennenlernen durfte.

Er entschuldigt sich dafür, dass er damals als Dreijähriger diesen kleinen, fetten, ungeschlachten, rotgesichtigen und obendrein auch noch hinterfotzigen Dreikäsehoch, der nun neben ihm so wie er in einem Gitterbettchen lag, für einen „Fleischhauer-Buben" hielt.

Die Isolierhaft war übrigens gar keine, sondern eine Quarantäne. Denn Erich hatte sich im Krankenhaus flugs mit Scharlach angesteckt, nachdem seine Fieberkrämpfe ein wenig abgeklungen waren.

Vor dem Fenster des Quarantänezimmers kam es zu herzzerreißenden Szenen. Draußen stand das Elternpaar Angela und Valentin. Beide weinten, da sie Erichs Leid sahen, der stur halb abgewandt dastand und sie keines Blickes würdigte. Offenbar war der Kleine empört darüber, dass seine Erzeuger nichts gegen seine unerträgliche Situation unternahmen.

Seine verzweifelte Trotzhaltung unterstrich das Beinkleid, das der kleine Patient trug. Es handelte sich dabei um eine sogenannte „Schnellfeuerhose". Diese hatte mittig hinten einen Schlitz, um im Fall des Falles das Vollwerden der Hose so gut wie möglich zu vermeiden. Mutter Angela fand diese Situation so herzzerreißend, dass sie einmal sogar den verzweifelten Versuch unternahm, ins Zimmer des Sohnes vorzudringen. Es ist nicht überliefert, mit welcher List und Tücke sie tatsächlich so weit kam, dass sie sogar die Krankenzimmertür öffnen und den Kopf so weit durch den Türspalt stecken konnte, dass Erich sie sehen konnte. Nach wenigen Augenblicken wurde sie blitzartig von eilfertigen Dienerinnen des Heilands zurückgerissen und damit entschlossen eine Scharlachpandemie in letzter Sekunde verhindert.

Wenn die Eltern schon nicht zu dem armen Kleinen vordringen konnten, so wollten sie ihm wenigstens den mehrwöchigen Genesungsaufenthalt so angenehm wie möglich gestalten. Sie belasteten dabei ihr schmales Haushaltsbudget bis an die Grenzen, indem sie immer wieder Wurst- und Schinkensemmeln mitbrachten. Einmal sogar einen sogenannten „Geldscheißer". Dabei handelte es sich um eine männliche Figur aus Schokolade, die in der Arschfalte ein Ein-Groschenstück stecken hatte.

Nach langwierigen Forschungen gelang es uns übrigens herauszufinden, wo es eine neue Variante dieses erstaunlichen Artefakts auch heute noch zu kaufen gibt:

In der *Confiserie Braun* in der Salzburger Altstadt.

Geldscheißer der Confiserie Braun, Salzburg

Interessant ist, dass der damalige Geldscheißer nie bei seinem Adressaten einlangte. Wo er letztlich landete beziehungsweise wer ihn sich unter den Nagel gerissen hat, das ist in den Nebeln der Geschichte entschwunden.

Wem die Wurst- und Schinkensemmeln, die sich Angela und Valentin im wahrsten Sinne des Wortes vom Mund abgespart hatten, zugutekamen, daran besteht kein Zweifel:

Die Schwestern ließen sie allesamt dem mutmaßlichen Fleischhauer-Sprössling zukommen.

Der verschlang die Wurst- und Schinkeneinlage immer auf einen Sitz. Mit den Semmeln aber tat er etwas, was den kleinen Erich in heiligen Zorn versetzte. Der Fettwanst formte aus der weißen Schmolle Kügelchen, mit denen er unter geradezu satanischem Kichern im Zimmer herumschoss.

Das war doppelter Frevel.

Zum einen, weil gerade das Weißbrot und Weißgebäck im Stinatz der damaligen Zeit als etwas Besonderes galten. Es wurde nur zu Festtagen gereicht: zu Weihnachten, Ostern, Pfingsten oder am Kirtag. Zum anderen war Brot in jeder Form immer und überall mit Ehrfurcht zu behandeln. Nicht umsonst flehte man ja den Herrgott an: „Unser täglich Brot gib uns heute."

Und die Bitte wurde selbstverständlich ausgesprochen, um Ernährungssicherheit dank göttlicher Hilfe zu gewährleisten. Und nicht, um sich das Material für Wurfkugerln zu beschaffen.

Es darf also davon ausgegangen werden, dass in den Wiener Herz-Jesu-Kirchen in Floridsdorf, Kaisermühlen, Landstraße, Margareten und Ottakring so manches Heiland-Bild oder -Relief bittere Tränen vergoss.

Für den kleinen Erich war es aber nur ein schwacher Trost, dass der Dicke im Kinderbett von nebenan möglicherweise als Sühne für seine Semmelvergeudung im Fegefeuer dereinst nur verbrannte Toasts zum Nachtmahl kriegen würde.

Erich hätte die Semmeln, die ihm die Eltern gebracht hatten, lieber selbst gegessen.

Wir können nicht beurteilen, ob diese ganze Angelegenheit einem bösartigen Wollen oder nur einem nachlässigen Verhalten der Schwestern geschuldet ist.

Willkürliches Umspringen mit Kindern war in dieser Zeit in Kinderkrankenhäusern jedenfalls kein Einzelfall.

Auch die österreichische Literaturnobelpreisträgerin Elfriede Jelinek berichtet von einem ähnlich gelagerten Fall aus ihrer Kindheit:

Elfriede Jelinek: *Als fünfjähriges Kindergartenkind bin ich mit Scharlach auf der Isolierstation des Sankt-Anna-Kinderspitals gelegen und wurde dort mit systematischer Gewalt vonseiten der älteren Krankenschwestern behandelt, vielleicht weil mir das gesundheitlich hätte nützen sollen.*

Wie sah diese systematische Gewalt aus?

Jelinek: *Ich bin systematisch geschlagen worden, weil ich einmal Durchfall gehabt und ins Bett gemacht hatte. Ich habe schlimme verbale Demütigungen und andere schöne Sachen erlebt. Ich kann mich heute noch an jedes Wort erinnern, sage aber keins davon hier weiter. Achtung: Es war aber kein sexueller Missbrauch!*

Wie kann man sich den Kinderspitalsalltag zu jener Zeit vorstellen?

Jelinek: *Ich weiß zum Beispiel noch, dass sie mir Spielzeug, das mir meine Eltern geschickt hatten, nicht gegeben haben, es wurde ihren Lieblingen ausgehändigt. Das war ein Specht, der laut gepeckt hat, aus Blech, und ich habe ihn aus dem Nachbarzimmer gehört und wusste genau, dass es meiner war, meine Mutter hatte ihn mir mitgebracht. Es war mir damals schon klar, dass das eine Strafaktion gegen mich war. Das sind Sachen, die ein fünfjähriges Kind nicht vergisst, das können Sie mir glauben.*

Wie soll man heute mit solchen Vorfällen umgehen?

Jelinek: *Auch Kinderspitäler sollten ihre oft brutale Vergangenheit, die zum Glück wirklich und endgültig vergangen ist, aufarbeiten. Ich will die Sache nicht aufbauschen, aber es wäre schon interessant, ob man aus Spitälern aus den 50er-Jahren ähnliche Geschichten wie die meine hört.*

Für den kleinen Erich endete die Geschichte schließlich dann doch wie im Märchen – wieder in den Armen seines Vaters. Nach der Heimreise mit Bahn und Bus, die gute viereinhalb Stunden dauerte, und einem halbstündigen Fußmarsch erreichten die beiden in den frühen Abendstunden Stinatz. Im

Nachbarhaus wohnte Tante Jagica, genannt Teta Aca. Der Vater klopfte ans Fenster, um ihr den genesenen Heimkehrer zu präsentieren.

Als die Tante das Fenster geöffnet hatte und den Kleinen freudig lachend begrüßte, sagte der seine ersten Worte auf Deutsch.

„Griaß Gott, Aca-Tant!"

DIE KINDERBANDE, DER SPAREFROH UND DER BUCHCLUB-MAXI

Erichs bester Freund in seinen ersten Großstadtjahren war der Fritz. Der war arm dran. Denn er wohnte in einer finsteren Wohnung nahe einer Meierei, wo neben den Milchkühen auch Schweine gehalten wurden.

Seine Wohnsituation verschaffte Fritz zwei Nachteile: Zum einen litt er an etwas, was man heute als „Rattenphobie" bezeichnen würde. Das war wenig verwunderlich. Denn wie in der Umgebung von jedem anderen Saustall auch feierten rund um die Meierei diese inzwischen von Zoologen als Intelligenzbestien erkannten Nagetiere frohsinnige Zusammenkünfte.

Der arme Fritz wurde allerdings nicht als bedauernswerter Phobiepatient erkannt, der schleunigst professionelle Hilfe brauchte. Der damalige Zeitgeist hatte für die Erkenntnisse der modernen Psychologie nur ein müdes Gähnen übrig. Man sah in Fritz nur „a feige Sau, die wos si vua de Rotzn in de Hosn scheißen tuat".

Phobie und die daraus resultierende Demütigung waren für Erichs Freund noch halbwegs verkraftbar. Viel schmerzhafter und gefährlicher war die Tatsache, dass er – wie in der damaligen Zeit viele andere Wiener Kinder auch – an Rachitis litt. Ursache dafür war wohl neben den düsteren Wohnverhältnissen auch die eklatante Mangelernährung, an der die Großstadtbevölkerung in der unmittelbaren Nachkriegszeit naturgemäß mehr gelitten hat als die Mehrzahl der Landbewohner.

Fritz war nicht nur Erichs bester Freund, sondern auch Mitglied in dessen „Bande". Der gehörte neben Erichs Bruder Willi noch ein weiterer Willi an. Als Sohn eines Polizisten schien dieser als „Bandenmitglied" geradezu prädestiniert. Mit im Bunde der Bande war auch noch der Karli. Der wohnte im vierten Stock eines Mietshauses und pflegte Passanten damit zu beeindrucken, dass er am Fensterbrett saß und die Beine baumeln ließ. Das Fenster war allerdings mit Längsgitterstäben versehen, die so angelegt waren, dass er durch die Zwischenräume zwar die Beine stecken, nicht aber durchfallen konnte.

„Cilly, da schau auffe!", sagte einmal ein junger Mann mit Entenschwanzfrisur zu seiner Begleiterin im Petticoat. „Sichst den Buam da oben? Schaut aus wie ein Aff' in Schönbrunn, nur sitzt er hecher obn. Dieser Darwin hat schon recht g'habt. Mir san a hecher entwickeltes Säugetier als wia a Aff'!"

Er lachte über seinen Witz, seine Begleiterin kicherte und sagte schließlich:

„Du bist so lustig, Horstl! An dir is ein zweiter Heinzi Conrad verloren gangen!"

Horstl küsste Cilly dankbar auf die Wange und lud sie auf ein Eis in die Gelateria von Enrico Panciera in der Tolbuchinstraße ein – das war während der Besatzungszeit der Name der Laxenburgerstraße. Benannt war sie nach dem sowjetischen Marschall Fjodor Iwanowitsch Tolbuchin, den Oberkommandierenden jener Truppen, die am 13. April 1945 Wien befreit hatten.

Enrico Panciera war wohl der erste Italiener, der schon in den 1950er-Jahren südländisches Flair in die sommerliche Erfrischungsgastronomie Favoritens brachte. Dass ihm allerdings auf lange Sicht in einem erst seit ein paar Wochen von Simmering nach Favoriten übersiedelten Mitanbieter namens Kurt Tichy ein übermächtiger Konkurrent erwachsen würde, das hätte Enrico damals vermutlich noch lächelnd in etwa so kommentiert:

„*Il gelato italiano* ist die Beste von die ganze Welte. Simmeringer Eis ist bestenfalls auf *secondo posto* – also auf Platz zwei!"

Der kleine Erich teilte diese Auffassung.

Bei den seltenen Gelegenheiten, in denen dies seine Barschaft gestattete, erwarb er bei Enrico ein Eisstanitzel mit einer seiner beiden Lieblingssorten: Fiocco und Malaga. Fiocco ist ein schlichtes Milcheis, Malaga von der Basis her auch, durch eine feine Zugabe aber deutlich raffinierter: Denn neben den Grundbestandteilen Obers, Zucker und Eier enthält diese Eis-Rezeptur als Extrabonus noch Rosinen, die in andalusischem Malaga-Wein getränkt wurden.

Polemiker könnten in diesem Zusammenhang anmerken:

Während die frühkindliche Alkoholversorgung in den 1950er-Jahren auf dem Land durch sogenannte Haustrunke – also gewässerte Billigweine – sichergestellt war, geschah dies im urbanen Bereich durch den Konsum luxurierter Eissorten dank der ihnen beigefügten besoffenen Rosinen. Ergänzt wurde die Alkoholzufuhr zu Silvester, wenn die Kindlein klammheimlich mit den Fingern in die schon ausgetrunkenen Eierkognak-

Stamperln fuhren und sie dann abschleckten. Im Krankheitsfall gab es zusätzlich zur Kräftigung ein Weinchaudeau mit Biskotten, eine warme Wein-Eidotter-Mischung, die damals gerne fälschlich „Wein-Schadoh" ausgesprochen wurde.

Was Erichs Rückgriffe auf seine Barschaft betrifft, so war diese eng limitiert: Schon im Vorschulalter bekam er für die Aufbewahrung des Geldes, das ihm die zahlreichen Anverwandten zu allen festlichen Anlässen zusteckten, eine Spardose in Form eines kleinen Häuschens. Dies diente wohl als dezenter Hinweis, wie das Angesparte in späteren Jahren zu verwenden sei: zum Erwerb oder Bau eines kleinen, aber feinen Eigenheims.

Ab der ersten Volksschulklasse bekam er, wie alle anderen Kinder in seiner Klasse auch, von der *Ersten österreichischen Sparkasse* eine Hochsicherheits-Plastiksparbüchse, in die vom Geldinstitut ein Startbetrag von immerhin 10 Schilling gelegt worden war und die in ihrem Erscheinungsbild an einen Bienenkorb gemahnte.

Den Schlüssel zu diesem Mini-Tresor hielt ein in Sicherheitsfragen hoch qualifizierter Bankbeamter in Verwahrung.

Einmal im Monat wurden die Büchsen der Schüler in feierlicher Form von diesem Bankorgan geöffnet und der Inhalt wurde auf das jeweilige Sparkonto transferiert. So sollte sichergestellt werden, dass die zukünftigen Häuselbauer nicht schon in jungen Jahren ihr Investitionskapital durch den Konsum von Eisstanitzeln und anderen Süßigkeiten verprassten, um später dann als Obdachlose der öffentlichen Hand zur Last zu fallen.

Allgemein galt Sparen damals als eine Kardinaltugend. Der Neoliberalismus war noch fern und so wurde nicht die Spekulation als Nonplusultra der Modernität propagiert, sondern der Spargedanke. „Spare in der Zeit, dann hast du in der Not", so sagte man.

Na ja, die damalige Großelterngeneration teilte vielfach diese Meinung nicht. Schließlich hatten einige von ihnen noch das Desaster nach dem Ersten Weltkrieg in lebhafter Erinnerung, als die Inflation raketenhaft nach oben geschossen war. Allenthalben erzählte man sich von nahen Verwandten, die jahrzehntelang gespart hatten, dann an einem Montag erste Verhandlungen für einen Hauskauf im Grünen getätigt hatten, um am darauffolgenden Freitag für dieses Ersparte statt eines Eigenheims bestenfalls eine Pferdeleberkäsesemmel zu bekommen. Schon der Senf dazu war nur mehr über Kredit finanzierbar.

Die optimistische junge Elterngeneration der 1950er-Jahre hieß den Spargedanken willkommen. Und die Kinder erhielten ab 1956 einen Motivationsverstärker von den Sparkassen geliefert: den „Sparefroh“ – ein heiteres Wichtelmännchen, das man am 31. Oktober, dem Weltspartag, auch als Püppchen geschenkt bekam und dessen Bauch aus einer Ein-Schilling-Münze gebildet war.

Doch den Mahnungen des naseweisen Sparefroh zum Trotz hatten Erich und Bruder Willi unter Zuhilfenahme mütterlicher Haarnadeln eine elaborierte Technik entwickelt, mit der das eine und auch andere Fünfzig-Groschenstück aus dem Mini-Plastik-Tresor herausgefischt werden konnte und so der gelegentliche Eiskonsum bei Enrico sichergestellt war.

Erich hatte beim Ausrauben der eigenen Sparkasse schon zwei Jahre zuvor ein einziges Mal Erfahrung gesammelt. Zwar hatten die Eltern den Schlüssel zur damaligen Häuschen-Sparbüchse schlau und deshalb unauffindbar versteckt. Allerdings war das Weichblech mit einem Schraubenzieher schnell „aufgwaad“, wie man das Auseinanderbiegen zweier nicht allzu fest verbundener Weichmetallteile in der Favoritner Gaunersprache nennt.

Der kleine Erich nahm die gesamte Barschaft an sich, trommelte seine Freunde und alle, die es noch werden wollten, zusammen und die Prozession zog gemeinsam hin zum Keplerplatz.

Dort ging er in das Zuckerlgeschäft seines Vertrauens und bestellte, ohne mit der Wimper zu zucken, und mit einer Stimme, der er ein etwas tieferes Timbre zu verleihen suchte, eiskalt:

„Ein Schaumgebäck, bitte!“

„Und wie viel darf's sein?“, fragte die Dame hinter der Budel ganz lieb.

„Ein Kilo, bitte!“

Die Wucht der Bestellung, vorgebracht von einem Erstklässler, musste Misstrauen erregen.

„Ja wissen deine Eltern überhaupt, dass du da bist? Und was du da einkaufst?“ Die Verkäuferin hatte Lunte gerochen.

„Ja freilich!“, erwiderte der kleine Blondschopf und lächelte ganz lieb. „Die haben mich doch herg'schickt. Und mir das Geld gegeben. Ich hab doch selber nicht so viel Geld!“

Das leuchtete ein. Die Dame hinter der Budel lächelte. Sie war überzeugt.

„Habt's ihr eine Kinderjause?“, fragte sie, während sie mit einer Schaufel das Schaumgebäck in ein Sackerl füllte. „Hast du Geburtstag?“

„Ja, ich werd sieben heut!“, log Erich frisch von der Leber weg und wirkte so überzeugend wie ein mit allen Wassern gewaschener Gebrauchtwagenhändler.

Die nächste Viertelstunde war ein Traum. Erich, seine Freunde und alle, die es noch werden wollten, saßen im Keplerpark und aßen. Erich war damals schon klar: Schaumgebäck wird im Himmel hergestellt, von Engeln mit güldenem Haar, und zwar aus Honig, Kristall- und Staubzucker.

Als er seinen Teil verschlungen hatte und seine Freunde und alle, die es angeblich hätten werden wollen, in alle Winde zerstreut waren, da kam der Katzenjammer.

Die Vöglein hörten auf zu singen, die Erde stand für einige Sekunden lang still und die Sonne verfinsterte sich. Denn Pater Bond, der Geheimagent im Dienste der katholischen Erziehung, bog um die Ecke. Und er hatte seine schärfste Waffe mit dabei – das schlechte Gewissen.

„Du hast dich an Geld vergriffen, obwohl deine Eltern es dir verboten haben! Du bist ein Dieb! Was werden deine armen Eltern dazu sagen?!"

Auf dem Heimweg flehte der kleine Erich zum Himmel: Ein Flugzeug möge auf ihn herabstürzen, die Tramway entgleisen und ihn unter sich begraben, ein Goggomobil ihn überfahren.

Aber nichts von dem passierte.

Nachdem er den Eltern gebeichtet hatte, dass er sein Erspartes vernascht hatte, waren die zwar böse, aber sie rissen ihm nicht den Kopf ab.

Auch in Hinkunft war bei Erich und seinem Bruder Willi das sich gelegentlich einstellende schlechte Gewissen wegen eines Diebstahls am eigenen Eigentum immer wieder rasch vergessen. Denn eines liebten die beiden Brüder damals über alles: Süßigkeiten. Ob Apfelstrudel, Kaiserschmarren, Reisauflauf, Grießkoch, Palatschinken – all das war heiß begehrt; sogar ein Schmalzbrot mit Zucker wurde als Leckerei akzeptiert. Sämtliche anderen Speisen, vom Schweinsbraten über Szegediner Gulasch und Reisfleisch bis hin zu eingebrannten Gemüsegerichten wie Erdäpfel oder Kohl, wurden abgelehnt.

Da im Wiener Dialekt der Kohl meist „Kelch" genannt wird, hatten die emsigen Ministranten Erich und Willi eine absolute Lieblingspassage im Neuen Testament. Nämlich jene, in der Jesus am Ölberg sagt:

„Vater, lass diesen Kelch an mir vorübergehen!"

„Grundsätzlich ist es ja sicher richtig, dass übertriebener Zuckerkonsum alles andere als gesund ist", meint Lukas heute. „Fest steht aber: Wenn wir bei unseren damaligen Essgewohnheiten, oder besser: Nichtessgewohnheiten, auch noch auf den Zucker verzichtet hätten, wären der Willi und ich zügig an Unterernährung verstorben."

Zucker wurde – wenn die Eltern nicht zu Hause waren – von den beiden Knaben auch „pur" genossen. Übereinandergetürmte Stockerl und Schemel ermöglichten den Zugang zu den obersten Fächern der Küchenkredenz, wo das raffinierte Finalprodukt stolzer heimischer Zuckerrübenbauern aus dem Tullnerfeld schlauerweise von Mutti Angela gelagert wurde. Aber – wie man weiß – ist der größte Feind jeder Schlauheit die Gier. Und sie obsiegte bei der damals jüngsten Generation des Hauses Resetarits immer wieder.

Zurück zu Erichs ersten parakriminellen Aktivitäten – zurück zu seiner Kinderbande:

Die hatte damals nicht nur eines, sondern gleich vier sogenannte „Lager" unweit der Resetarits-Wohnung in „Bombenruinen" rund um den Humboldtpark.

Was die Buben damals nicht wussten: Eines dieser vier Gebäude war keineswegs durch einen Bombentreffer zerstört worden: der jüdische „Humboldttempel" in der Humboldtgasse 27, erbaut 1895/96 nach Plänen von Jakob Gartner, niedergebrannt und zusammengedroschen in der Pogromnacht vom 9. auf den 10. November 1938. Zerstört nicht von einem aus der Luft angreifenden „Feind", sondern von Nachbarn und Anrainern, die traditionell die eigene „Gemütlichkeit" in Wienerliedern besangen. Und die sich nun selbstmitleidig als doppeltes Opfer sahen: einerseits verführt von einem Dämon aus dem Innviertel, andererseits ausgebombt von einem gnadenlosen Feind, der aus der Luft gekommen war. Diese Täter-Opfer-Umkehr hat sich inzwischen zu einer Art österreichischer „Folklore" entwickelt.

Humboldttempel, rekonstruierte Außenansicht

Eines Tages kam ein kleiner Bub in einem der Bandenlager vorbei und bat darum, als Mitglied aufgenommen zu werden.

„Wie heißt'n du?", fragte Bandenchef Erich streng den etwas jüngeren Neuankömmling.

„Ich heiß Nigl!", war die Antwort.
„Das is ka Namen!"
„O ja. Wenn's kein Name wär, tät ich ja net so heißen!"
Alle lachten.
„Tu uns net anlüg'n. Sag uns, wie du wirklich haaßt!"
„Nigl!"
Selbst nach professioneller Befragung durch Polizistensohn Willi blieb der Bub steif und fest bei seiner wenig glaubwürdigen Aussage.
Auf dem kurzen Nachhauseweg meinte Bruder Willi zu Erich: „Wos sind dos für Öltern, bitte, die eahnan Buam nach aner Möhlspeis nennen tan!"
In manchen Gegenden des Burgenlandes und der Steiermark werden spezielle Kuchen „Nigl" genannt – so auch in Stinatz.
Erich zuckte mit den Achseln:
„Vielleicht woa er hoit so siaß ois Putzerl. Weißt eh – maunche Öltern habn halt an potzn Boscha!"
Dies macht zwei Fakten recht illustrativ deutlich: erstens, dass der spätere Kabarettist schon in jungen Jahren plausible Erklärungen für schräge Phänomene hatte. Und zweitens, dass er bereits im frühen Kindesalter überzeugt davon war, dass Erwachsenwerden keineswegs quasi automatisch zu einem Intelligenzgewinn führen muss.

Für die zweite Geschichte, die der kleine Nigl seinen nunmehrigen Bandenkollegen mit treuherzigem Blick auftischte, fand allerdings auch Erich keine plausible Deutung. Denn auf die Frage, was denn sein Vater von Beruf sei, antwortete Nigl:
„Er ist der Kaiser von China!"
Nur mit großer Mühe soll es daraufhin den beiden Resetarits-Brüdern gelungen sein, Polizistensohn Willi daran zu hindern, das anzuwenden, was er „moderne Verhörmethoden" nannte. Was er darunter verstand, kann nur vermutet werden. Möglicherweise das Abfeuern eines Kapselrevolvers in der Nähe des Ohres des zu Verhörenden.
Erich war natürlich klar, dass Nigl nicht die Wahrheit gesagt haben konnte. Denn dank des nachrichtenaffinen Kirisits-Opas wusste er aus sicherer Quelle, also von Vincenz Ludwig Ostry, dass China überhaupt keinen Kaiser mehr hatte. Im *Reich der Mitte*, wie Vincenz Ludwig Ostry die fernöstliche, aufstrebende Großmacht zu nennen pflegte, herrschte ja bereits seit ein paar Jahren ein gewisser Herr Mao, der beruflich als kommunistischer Diktator tätig war.

Herr Mao konnte Südkoreaner nicht leiden, hatte einen Anzug erfunden, zu dem man weder Krawatte noch Fliege tragen konnte, und galt aus diesen und anderen Gründen in westlichen Diplomatenkreisen als „die gelbe Gefahr".

Sei's drum: Auch begütigendes Zureden half nichts und so blieb die wahre Identität des Nigl-Vaters ein unauflösbares Rätsel.

Erst ein paar Jahre später machte sich Erich einen Reim darauf: Nigl hieß eigentlich Nigel – ausgesprochen „Neidschl" – und war ein britisches oder US-amerikanisches Besatzungskind. Der Papa war schon lang nicht mehr im Land und die Oma, bei der Nigel in Favoriten wohnte, hatte sich die Geschichte mit dem „Kaiser von China" ausgedacht.

Schrecklich?

Na ja. Die Oma hat das sicher lustig gefunden.

FÜRS LEBEN LERNEN

Der kleine Erich lernte zügig Deutsch. Das freute seine Eltern und sie beschlossen, ihn als noch nicht ganz Sechsjährigen für das Schuljahr 1953/54 in der Knabenvolksschule in der Keplergasse anzumelden.

Aber – um es in einem Poem der Wiederaufbau- und Wirtschaftswunderzeit zu formulieren:

„Ohne Fleiß kein Preis, also rinnen muss der Schweiß!"

Und der stand dem kleinen Erich bei der damals üblichen Schuleignungsprüfung, die vom Herrn Direktor höchstpersönlich vorgenommen wurde, in dicken Perlen auf der Stirn. Denn nach einigen Fragen, die der Knabe offensichtlich zur Zufriedenheit des Pädagogen beantwortet hatte, forderte der ihn auf, ein Bild von einem Tier zu zeichnen.

Nun muss dazu angemerkt werden, dass im grafischen Œuvre des frühen Resetarits Tiere keine Rolle spielten. Viel lieber zeichnete er Häuser. Ob das daran lag, dass sein Vater gelernter Maurer war und sich nun über Jahre in Abendschulen Stufe um Stufe weiterbildete, um es schließlich bis zum Baumeister zu bringen, ist unklar.

Klar ist hingegen, dass Erich dem Herrn Direktor ein Blatt vorlegte, auf das er ein typisches südburgenländisches Haus gezeichnet hatte.

„Das ist ein sehr schönes Haus!", meinte der Volksschuldirektor anerkennend. „Aber was ist das runde Loch da oben auf dem Dach?"

Die 1B der Volksschule Keplergasse.
Erich ist der Zweite von rechts, sitzend in der ersten Reihe

„Das ist das Dachbodenfenster", erwidert Erich grammatikalisch einwandfrei, jedoch mit unüberhörbarem stinatz-kroatischem Akzent. Und fügt hinzu: „Dass die Katze herausschauen kann!"

Damit war jeder potenzielle Vorwurf einer Themenverfehlung vom Tisch – ein Bild mit einem Haus, in dem sich eine Katze aufhält, ist eben auch ein Katzenbild.

Erich zog also in die erste Klasse der Keplerschule ein.

Der erste Schultag war für Mutter Angela deutlich stressiger als für den kleinen Erich. Der Lehrer bat nämlich die Mütter mit den Kindern in die Klasse. Und er forderte die Buben auf, jeder solle ein Lied singen. So wurden artig hintereinander hübsche, altbekannte Kinderlieder vorgetragen – vom Mariechen, das auf einem Stein saß, dem Fuchs, der die gestohlene Gans unter Androhung von Mord und Totschlag wieder hergeben solle, und natürlich der altbewährte Kinderliedergassenhauer „Alle Vöglein sind schon da".

Alles lief erwartungsgemäß ab. „Business as usual", wie man das heute auf Neudeutsch sagen würde.

Bis dann der kleine Erich dran war. Denn der intonierte etwas, was seiner Mutti gar nicht gefiel – nämlich eines ihrer Lieblingslieder, das aber einen Nachteil hatte. Es war gar nicht „kindgerecht". Es handelte sich dabei um den damals sehr populären Schlager von Lale Andersen „Blaue Nacht am Hafen".

Der Text war zwar weit davon entfernt, an erotischer Deutlichkeit der dem Bambi-Autor Felix Salten zugeschriebenen „Josefine Mutzenbacher" Konkurrenz zu machen, galt aber in den prüden 1950er-Jahren durchaus als frivol.

Als Beleg eine kleine Kostprobe dieses Songtextes:
Und im Zwielicht einer Bootslaterne
Stehen zwei und finden nicht nach Haus.
Und sie flüstert: „Liebster, ach wie gerne
führ ich morgen mit aufs Meer hinaus."

Gut – man muss schon sehr fantasiebegabt sein, um in diesen Zeilen Unbotmäßiges zu entdecken. Der Herr Lehrer konnte offenbar nichts Anstößiges an Lale Andersen finden und so blieb der kleine Erich am ersten Schultag unbehelligt.

In den folgenden ersten Schulwochen war er allerdings durch einige seiner Schulkameraden dann schon auch mit jenem blöden Gerede konfrontiert, das hierzulande jeder kennt, der nicht genauso spricht wie die anwesenden Vertreter der autochthonen Population. Dann pflegt diese „schweigende Mehrheit" ihr Schweigen zu brechen, den Schnabel aufzureißen und Unsinn zu schnattern.

Da ist dann oft von „Ausländern" die Rede, die „nach Hause gehen sollen", also dorthin, „wo der Pfeffer wächst". Auch in späteren Jahren, als Lukas bereits zahllose Ehrungen, wie etwa den „Salzburger Stier" oder den „Deutschen Kleinkunstpreis", erhalten hatte, erhielt er immer wieder anonyme Briefe, in denen er aufgefordert wurde, sich „heim nach Jugoslawien zu schleichen". Diese Elaborate zeichneten sich oft durch eine kreative Auslegung der deutschen Rechtschreib- und Grammatikregeln aus.

Solche Unverschämtheiten, die meist auf einer soliden Basis von Unbildung ruhen, sind nur mit Bildung zu bekämpfen.

Und Herr Max Klopf, Erichs Volksschullehrer in den ersten beiden Klassen, wusste dies. Er erwies sich als hervorragender Pädagoge oder – um im Pathos jener Zeit zu bleiben – als eine *wahre Zierde seiner Zunft*.

Er erklärte den Mitschülern, dass Kroaten schon seit vielen Hundert Jahren im heutigen Burgenland leben und dass sie natürlich genauso Österreicherinnen und Österreicher seien wie die Deutsch Sprechenden.

Herrn Klopfs Ausführungen bieten uns eine schöne Gelegenheit, etwas mehr über Stinatz und den „Melting Pot" Burgenland zu erzählen.

Beginnen wir mit Stinatz. Es liegt im Südburgenland, direkt an der Grenze zur Steiermark. Die Vorfahren der heute dort lebenden kroatischen Familien sind vermutlich bereits im 16. Jahrhundert angesiedelt worden – als Wehrbauern, die von magyarischen Magnaten ein Stück Land als eigenen Besitz bekamen.

In der Familie Resetarits gibt es dazu eine passende, schöne Legende: Der Urahn, der sich als erster Resetarits hier ansiedeln wollte, soll Ackerland von der Größe bekommen haben, „das eine läufige Hündin in einem Tag umkreisen kann".

Als Gegenleistung für diesen Landbesitz mussten die Wehrbauern nicht nur Robot (Frondienst) auf den Feldern der Adeligen leisten, sondern das Land auch gegen Eindringlinge verteidigen – im konkreten Fall meist gegen die Osmanen.

Im Burgenland gibt es einige kroatische Siedlungen, die meisten liegen nebeneinander. Bei Stinatz ist das nicht so: Im Westen grenzt der Ort an die Steiermark. Und die anderen Nachbarorte sind von ungarisch- und deutschsprachigen Burgenländern bewohnt. Die Vorfahren der Letzteren stammen oft aus Bayern, Schwaben oder Franken und sind seit dem 11. Jahrhundert in das Königreich Ungarn eingewandert. Bis heute werden die hier lebenden Deutschsprachigen von manchen Ungarn noch immer „Schwom" – also Schwaben – genannt. Selbst bezeichneten sie sich lange Zeit als „Heanzen", „Hianzen" oder auch „Hoanzn".

Dazu eine kurze Anmerkung: Als nach der proösterreichischen Volksabstimmung das damalige „Deutsch-Westungarn" 1921 als neuntes Bundesland zu Österreich kam, wurde im Rahmen der Diskussionen um seinen Namen auch immer wieder der Vorschlag eingebracht, es „Heinzenland" zu nennen.

„Burgenland" war wohl die bessere Lösung.

Nicht nur, weil es schöner klingt, sondern weil „Heinzenland" nur auf die deutschsprachige Volksgruppe Bezug genommen und damit die Romanes, Ungarisch und Kroatisch sprechenden Bewohner des neuen Bundeslandes de facto ausgeschlossen hätte.

Durch seine spezifische Lage inmitten ungarisch- und deutschsprachiger Nachbarorte wurde Stinatz zu einer Sprachinsel. Der hier gesprochene kroatische Dialekt unterscheidet sich von dem der anderen Burgenland-Kroaten deutlich: Er klingt ursprünglicher oder, wie manche meinen, „altertümlich". Das Stinatzer-Kroatisch unterscheidet sich von der kroatischen Hochsprache und anderen kroatischen Dialekten unter anderem auch dadurch, dass die Vokale ungarisch „eingefärbt" sind.

In der Zeit der Habsburger-Monarchie genossen die Bewohner des Königreichs Ungarn mehr Freiheiten als die Österreicher, zumindest was das religiöse Bekenntnis betrifft. Während etwa im Erzherzogtum Österreich die Gegenreformation mit brutalen, inquisitorischen Mitteln die Lutheraner in den Katholizismus zwang, durften die sich in großer Zahl zum Calvinismus bekennenden Ungarn weiter ihren Glauben behalten.

Dies war sicher taktischen Überlegungen der Kaiser Leopold I., Joseph I. und Karl VI. geschuldet. Unter diesen drei Herrschern hatte Prinz Eugen Zug um Zug Ungarn erobert, das größtenteils unter osmanischer Herrschaft gestanden hatte.

Viele calvinistische Ungarn fürchteten, dass man sie „katholisch machen“ würde, und sympathisierten daher mit den Türken. Denn die Osmanen hatten den Christen unterschiedlicher Konfessionen das Ausüben ihres Glaubensbekenntnisses *nicht* untersagt. Um einen Dauerkonflikt mit den calvinistischen Magnaten zu vermeiden, zeigten sich die Habsburger schließlich aber toleranter als ursprünglich befürchtet.

Auch Maria Theresia, die als Tochter Karls VI. unter anderem auch Erzherzogin von Österreich und Königin von Ungarn war, betrieb eine „differenzierte“ Religionspolitik: Während sie in den alten Erblanden weiterhin keinen „Protestantismus“ duldete, durften die evangelischen Grenzlandbauern, die sich im Königreich Ungarn im Banat oder in der Batschka ansiedelten, ihren Glauben weiter praktizieren.

Das frühere Westungarn und spätere Burgenland war und blieb ein „Melting Pot“ der Ethnien und Religionen: Hier haben sich Deutsche, Kroaten, Roma und Ungarn angesiedelt, die Calvinisten, Katholiken, Juden oder Lutheraner waren.

Dass es dabei allerdings im Lauf der Geschichte immer wieder auch zu Repressionen und Gewaltverbrechen gegen Ethnien oder Religionsgemeinschaften kam, soll hier nicht unerwähnt bleiben. Zuallererst sind hier natürlich die Morde zu nennen, die von den Nationalsozialisten an Juden und Roma begangen wurden.

Aber auch vor und nach der Nazizeit gab es gegen sie Diskriminierungen vielfältiger Art.

Antisemitismus und Nationalismus trieben ab dem 19. Jahrhundert vielfältig unsägliche Blüten, die bis heute nicht verwelkt sind.

Die deutsch- und kroatischsprachigen Einwohner des Burgenlandes waren durch das Erstarken des ungarischen Nationalismus zwar nicht in ihrer

Stinatz/Stinjaki in den 1950er-Jahren

Existenz bedroht, mussten aber Zwangsmaßnahmen hinnehmen. Ihre Ortschaften hatten im Zuge der Magyarisierungspolitik der Regierung der ungarischen Reichshälfte ab 1898 ausschließlich ungarische Namen zu führen.

So wurden aus den Stinatzer Nachbarorten Litzelsdorf und Ollersdorf Lödös und Barkátfalva. Im Zuge derselben Reform verlief die Magyarisierung des Ortes Stinatz allerdings weniger spektakulär:

Hier wurde nur ein „t" gegen ein „c" ausgetauscht – aus „Stinatz" wurde also „Stinacz", was von der Aussprache her keinen Unterschied macht. Dies ist insofern interessant, als Stinatz an sich schon nicht die kroatische, sondern die deutschsprachige Ortsbezeichnung ist. Kroatisch heißt es „Stinjaki" und auf Ungarisch „Pástorháza". Warum bei der Ortsumbenennung nur diese „Magyarisierung light" von „Stinatz" zu „Stinacz" angewendet wurde, konnten wir trotz wochenlangen Googelns nicht herausfinden.

Ob in der Tatsache, dass Stinatz nie einen Gendarmerieposten besessen hat, eine Diskriminierung zu sehen sei, darüber scheiden sich die Geister.

Dafür spräche, sagen die einen, dass es in Litzelsdorf und Ollersdorf solche Ordnungshüter-Stützpunkte gegeben habe – obwohl diese Ortschaften weniger Einwohner hatten als Stinatz.

Im Gegenteil, sagen die anderen. Der Mangel an Ordnungskräften sei geradezu eine Privilegierung gewesen. Ende der 1950er-, Anfang der 1960er-Jahre habe der Ort ein halbes Dutzend Gastronomiebetriebe beherbergt, die sich alle eines regen Zulaufs aus der burgenländischen Umgebung und auch aus dem Steirischen erfreuten.

Dies schuf Umsatz und damit Wohlstand.

Trinkfreudige Gesellschaften wären wohl nicht in so großer Zahl angereist, wenn das Auge des Gesetzes hierorts omnipräsent gewesen wäre. Und damit auch die unvermeidliche, strenge Frage nach so manchem Gourmet-Sauschädelessen mit Wein- und Bierbegleitung: „Würden S', bittschön, einmal in das Röhrl blasen?"

Wie dem auch sei: Die Tatsache, dass Stinatz keinen „Posten" besaß, machte den Ort keineswegs zu einem rechtsfreien Raum. Immer wieder tauchten hier schwer bewaffnete Gendarmen auf. Einer davon war Herr Revierinspektor Lutterschmied, ein besonders pflichtbewusstes, in Ollersdorf stationiertes Sicherheitsorgan des heimischen Staatskörpers.

Sowohl als Knabe wie auch als Heranwachsender hatte Erich immer wieder Gelegenheit, interessante Gespräche mit diesem lebenserfahrenen Mann zu führen. Respektlose Jungganoven des Ortes bezeichneten den Herrn Inspektor gerne als „Pflasterhirsch", weil er selten auf dem Dienstmoped unterwegs war und seine Streifengänge bevorzugt per pedes absolvierte.

Stellvertretend für alle anderen seien hier zwei Zusammentreffen zwischen ihm und Erich kurz nacherzählt:

Das erste fand in Stinatz statt, um 12 Uhr Mittag, High Noon im Südburgenland. Die Straße war wie leer gefegt. Die Bauern nahmen zu Hause ihr Mittagsmahl ein, wohlhabendere Geschäftsleute nutzten die Menüangebote der Ortsgastronomie und die große Zahl der Pendler war in Wien.

Kaum war der zwölfte Schlag der Kirchenuhr verhallt, kam Leben in die Leere der Stinatzer Mainstreet. Der zwölfjährige und damit fahrradfahrberechtigte Erich donnerte mit heulenden Pneus auf dem Damenrad seiner Tante über die wehleidig knirschende Schotterfahrbahn. Vor seinem geistigen Auge sah sich der Bub als Jacques Anquetil, der an der Spitze einer Verfolgergruppe alles daransetzte, um den in der vorletzten Etappe der *Tour de France* ausgerissenen Spanier Federico Bahamontes doch noch einzuholen.

Doch es sollte nicht dazu kommen.

Aus dem Schatten des Gemeindeamtes trat eine uniformierte Gestalt und hob den rechten Arm. Das war untrüglich ein „Halt!"-Zeichen.

Einen Fluch zwischen den Zähnen zerbeißend bremste Jacques sich ein, wohl wissend, dass nun dem Spanier der Sieg nicht mehr zu nehmen sein würde.

Revierinspektor Lutterschmied trat so nahe an Erich heran, dass dieser den Atem des Gendarmen riechen konnte. Der Revierinspektor war kein Freund parfümierter amerikanischer Zigaretten. Er liebte offensichtlich den erdigen Duft jener heimischen Tabake, die der Sorte „Austria 3" ihren herben Charakter verliehen.

„Langsamer foan, Bua!", sagte der Revierinspektor in strengem Tonfall und rollte bedrohlich mit den Augen.

„Um Gottes willen! Bin i schneller g'fahren als fuffzig, Herr Inspektor?!" Erich sagte dies mit einem strahlenden Lächeln. Dann legte er die Stirn in Sorgenfalten und fügte besorgt hinzu: „Weil fuffzig darf i ja fahr'n im Ortsgebiet, net?"

Für einige Sekunden sah es so aus, als könnte der pflichtbewusste Gendarm sein edles Berufsethos kurz vergessen und dem Knaben das verabreichen, was die profiliertesten Vertreter der schwarzen Pädagogik, die damals die unangefochtene Leitliniengeberin des Erziehungswesens war, volksnah als „Pflichtwatsche" bezeichnet hätten.

Dann aber besann sich der Mann des Gesetzes eines Besseren und sagte mit leiser, heiserer Stimme:

„Schau, dass d' weida kimmst, owa schnöll!"

Erich ließ sich das nicht zweimal sagen, grüßte artig, stieg auf und trat in die Pedale.

Die zweite Begegnung fand drei Jahre später statt, mitten in Ollersdorf, also dem Zentrum des Wirkungskreises des Bezirksinspektors. Ollersdorf ist bereits seit 1519 als Marienwallfahrtsort bekannt, die Pfarrkirche der „Himmelfahrt" Mariens geweiht. Alljährlich finden hierher Wallfahrten aus den Nachbargemeinden am 15. August statt. Nach einer feierlichen Feldmesse, die in deutscher und kroatischer Sprache gehalten wird, gibt es einen frohsinnigen Kirtag-Ausklang.

Natürlich war auch der 15-jährige Erich mit dabei – selbstverständlich in diesem Alter nicht mehr als Ministrant oder Jungscharmitglied, sondern als blond gelockter Experte für Schlagermusik, Jeanshosen und Schmähführen.

Und so kam es, dass er, umgeben von drei katholischen Mädchen, eine Libella-Flasche locker in der Hand haltend, mitten auf der Dorfstraße stand und dem kichernden Trio einen jugendfreien Witz erzählte.

Ergänzend muss dazu gesagt werden, dass damals das Verkehrsaufkommen im Südburgenland gemessen an Wien-Favoriten als durchaus überschaubar zu bezeichnen war. Das Verweilen der jungen Leute in der Straßenmitte führte also zu keiner Staubildung. Trotzdem tauchte plötzlich wie aus dem Nichts aus dem Weichbild der am Pfarrplatz stehenden Kirtag-Standeln Revierinspektor Lutterschmied auf. Die Tücke eines gnadenlosen Dienstplanes hatte ihn ausgerechnet an diesem Hochfeiertag des Ollersdorfer Katholizismus zur Ordnungspflicht gerufen. Und er gedachte, der Straßenverkehrsordnung auch an diesem Kirtag zu ihrem Recht zu verhelfen.

Mit dem wiegenden Gang eines John Wayne, der bei einer Körpergröße von 1,93 nur Schuhgröße 40 hatte, schritt der Gendarmerie-Deputy entschlossen auf Erich zu.

Nicht der leiseste Anflug eines Lächelns milderte den scharfkantigen Ausdruck des Antlitzes von Lutterschmied, als er dem provokant grinsenden Blondschopf gefährlich ruhig die schicksalsschwangeren Worte entgegenschleuderte:

„Wos is jetzt, Bui? Gehst ummi oder gehst umma? Auf jedn Foll derfst do net steh'n bleib'n!"

Die Mädchen schauten erwartungsvoll auf Erich. Der lächelte und erwiderte mit dem leicht nasalen, arroganten Tonfall des voll assimilierten Wieners: „Entschuldigung, Herr Inspektor. Ich hab Sie net verstanden. Wo bitte genau is umma und wo is ummi?"

Der Revierinspektor schien wieder jenes unerträgliche Jucken in der rechten Hand zu spüren, die ihm offenbar signalisieren wollte, er möge sie blitzartig ballen. Doch Herr Lutterschmied widerstand pflichtbewusst dem Drang und wieder sagte er nur:

„Schau, dass d' weida kimmst, owa schnöll!"

„Selbstverständlich, Herr Revierinspektor!", meinte Erich höflich und fügte hinzu: „Kommt's, Mädeln!"

Und alle vier gingen über die Straße – *ummi*, natürlich.

Nach diesem kurzen Ausflug ins Jahr 1962 kehren wir wieder zurück: 1955 begann auch für Erichs Bruder Willi der sogenannte „Ernst des Lebens" mit dem Eintritt in die erste Klasse der Keplerschule.

Ihm ging es aber – vorerst einmal – mit seiner Lehrerin, Frau Zahlmann, nicht so gut wie seinem älteren Bruder beim gütigen Herrn Klopf. Immer wieder fand Frau Zahlmann bei ihm etwas, was sie kritisieren konnte. Auch unter seine Hausübungen schrieb sie gerne Anmerkungen in roter Tinte, die alles andere als schmeichelhaft waren.

Einmal aber schien sie es besonders weit mit ihrer Kritik getrieben zu haben.

Denn als an jenem Tag der Erstklässler Willi schluchzend nach Hause kam, rannen dicke, bittere Tränen über seine Wangen.

„Was ist'n passiert?", fragte die besorgte Mutter. Und nachdem ihm nur ein empörtes Schluchzen zu entlocken war, mischte sich auch der große Bruder ein.

„Was war los, Willi? Wer hat di ghaut?!"

Erich fragte dies mit lauerndem Unterton. Sollte es tatsächlich einer der städtischen Rüpel gewagt haben, dem kleinen Bruder eine runterzuhauen, so war er bereit, Rache zu nehmen. Jede „Kopfnuss", jeden „Eisenbahner" und jeden „Knedelreiter" würde er mit einer Kombination aus rechtem Uppercut und linkem Schwinger zu vergelten wissen. Genauso, wie dies wohl auch Rocky Marciano getan hätte, der damals regierende Weltmeister im Schwergewicht.

Doch Willi schüttelte den Kopf. Nach schwerem Durchatmen sagte er schließlich:

„Die Frau Lehrerin hat mi ganz grauslich ausg'schimpft!" Und empört fügte er hinzu: „I bin doch ka Saubär!"

„Saubär hat sie zu dir gesagt? Vor der ganzen Klass'?!", fragte die Mutti in einer Mischung aus Ungläubigkeit und wachsender Empörung.

„Na! Aber ins Hausübungsheft hat's mir's eini g'schrieben!!"

Mit diesen Worten öffnete Willi seine Schultasche und nahm sein Hausübungsheft heraus. Er schlug die letzte beschriebene Seite auf. Unter seiner Hausübung stand, mit roter Tinte geschrieben, der Kommentar der Pädagogin:

„Sauber!"

Unerwartetes Lob kann oft mehr verunsichern als Tadel, an den man sich gewöhnt hat.

Aber auch Erichs schulisches Leben in der Volksschule war nicht immer eitel Wonne. Denn neben dem Normalunterricht gab es auch ein Musik-„Wahlfach", das von den „Kindersingschulen der Stadt Wien" gestaltet wurde. Im Mittelpunkt des Unterrichts standen Chorgesang und Flötenspiel. Der Besuch war offiziell freiwillig. Es gab aber kein Kind, das es gewagt hätte, sich diesem musischen Lehrgang zu entziehen.

Der Musikunterricht war das einzige koedukativ geführte Fach in der Keplerschule – sowohl Mädchen als auch Buben nahmen daran teil. Die Lehrerin hieß Frau Pummer und wurde allgemein „die Pummerin" genannt. Denn wie die Glocke im Turm des Stephansdomes, die 1951 in St. Florian in Oberösterreich aus den eingeschmolzenen Teilen der alten, im Krieg zerstörten Pummerin neu gegossen wurde, war auch die gleichnamige Pädagogin eine durchaus voluminöse Erscheinung. Offensichtlich war es ihr gelungen, sich den mageren Nachkriegsjahren als adipöse Antipode entgegenzustellen, was in gewissem Sinne zweifelsfrei eine bewundernswerte Leistung war.

Weniger bewundernswert war hingegen ihre Leistung als Pädagogin.

Ihr Blockflöten-Drill führte dazu, dass die meisten Kinder nicht nur die Blockflöte, sondern sämtliche Abarten dieses Instruments hassten. Einige von ihnen versöhnten sich erst mehr als eineinhalb Dekaden später zumindest mit der Querflöte: dann nämlich, als Ian Anderson mit *Jethro Tull* 1971 mit seiner Querflöte einer Lokomotive Atem einhauchte.

Erich hatte mit Frau Pummer bereits in der ersten Stunde eine gröbere Auseinandersetzung. Sie fragte alle Kinder, eines nach dem anderen, was denn der Vater von Beruf sei. Nun wollte es der Zufall, dass Erichs Vati wenige Tage zuvor seinen ersten Karriereschritt gesetzt hatte und vom einfachen Maurer zum Vize-Polier aufgestiegen war. Erich hatte das Wort nicht so ganz genau verstanden und so antwortete er auf die Frage von Frau Pummer:

„Mein Vati ist *Fitzipolier*!"

„Was soll denn das sein, ein Fitzipolier?", donnerte es aus der Pummerin heraus. Und mit noch größerer Lautstärke fügte sie hinzu: „So einen Beruf gibt es nicht! Du weißt nicht einmal, was dein Vater arbeitet!"

Die meisten anderen Kinder grinsten schadenfroh. Nur der wackere Fritz zeigte auf.

„Ja? Was willst du denn sagen?", bellte Frau Pummer ihn an.

„Bitte, Frau Lehrer", sagte Fritz und man merkte, dass er sich bemühte, seine Stimme nicht zittern zu lassen. „Es stimmt. Der Vati vom Erich ist ein Fitzipolier. Er ist das geworden, weil er in die Abendschule gegangen ist."

Die Pummerin hatte genug.

„Ich höre mir diesen Blödsinn nicht länger an. Packt eure Flöten aus!"

Erich packte seine blöde Flöte aus, lächelte Fritz verschmitzt zu und war froh, einen so guten Freund zu haben.

Für die spätere Karriere des kleinen Erich hatte das „freiwillige" Zusammenwirken mit der Pummerin aber doch einen großen Vorteil: Er gewöhnte sich schon als Volksschüler an Auftritte in großen Sälen.

Denn die singende Truppe aus der Volksschule Keplerplatz durfte – gemeinsam mit 950 anderen Kindern – im Wiener Konzerthaus als tausendköpfiger Riesenchor auftreten.

Zum Besten gegeben wurde ein fröhliches, kindgerechtes Lied:

„Es ist ein Schnitter, heißt der Tod."

Über Geschmack lässt sich bekanntlich nicht streiten.

EIN ROTER KONSUMTEMPEL UND EIN KATHOLISCHER DISSIDENT

In der Besatzungszeit gehörte Favoriten, wie auch das Burgenland, zur sowjetischen Besatzungszone. In Favoriten, das als traditioneller Arbeiterbezirk galt, war man offenbar besonders bemüht, zu beweisen, dass „Kommunismus" nicht Fehlplanung und Mangelwirtschaft bedeuten musste. Und so stand mitten in Alt-Favoriten eine verkleinerte Ausgabe des berühmten Moskauer Kaufhauses GUM, mit dem Namen GöC.

Dieser prächtige Einkaufstempel sollte offenbar unterschwellig die Botschaft vermitteln, dass „Väterchen Stalins" Reich ein Land sei, in dem Milch, Honig und Wodka fließe. Ein Konsumparadies, das dem kapitalistischen Westen in nichts nachstünde, sondern bei manchen Konsumartikeln sogar deutlich überlegen war – etwa bei den prächtigen Pelzmützen, im Volksmund auch „Russenhauben" genannt.

MOMENT – HALT – irgendwas stimmt hier nicht!!

Wir googeln.

Und stellen fest, wofür die Abkürzung GöC steht: „Großeinkaufsgesellschaft österreichischer Consumvereine". Die GöC wurde schon 1905 gegründet und war eine der *Sozialdemokratischen Partei* nahestehende Handelsgesellschaft.

Das prächtige Favoritner Großkaufhaus, das den kleinen Erich damals ob seines umfangreichen Warenangebots so beeindruckt hatte und das sich bei ihm als „russisch" eingeprägt hat, war also das, was man in späteren Jahren „einen KONSUM" nannte.

Dazu erklärt uns Wikipedia:

> *„**Konsum Österreich** ist der Name der ehemals größten österreichischen Konsumgenossenschaft, die 1978 durch den Zusammenschluss der wichtigsten Regionalkonsumgenossenschaften mit dem zentralen Wirtschaftskörper **(vormals GöC)** entstanden ist. Grund für den Zusammenschluss war die akute Gefährdung einiger regionaler Genossenschaften und die Hoffnung der Führungsebene, so der Konkurrenz besser gewachsen zu sein. Durch die Insolvenz 1995, die in der Form eines Ausgleichs abgewickelt wurde, war die Rolle des die Entwicklung des Einzelhandels in der Nachkriegszeit prägenden Unternehmens zu Ende. Aus rechtlichen Gründen verblieb bis heute ein kleiner Restkonsum."*

Lukas führt diesen Fehler in seiner Erinnerung darauf zurück, dass es in unmittelbarer Nähe des GöC-Kaufhauses auch einen „USIA-Laden" gab. Und die USIA-Betriebe standen bekanntlich im Besitz der sowjetischen Besatzungsmacht. In der Erinnerung verschmolzen die beiden Bilder offenbar ineinander.

„Das ist doch völlig egal!", hätte so mancher bürgerliche Favoritner damals wohl dazu gesagt. „Kummerln und Sozis, das ist doch eh alles dasselbe!"

Was uns zu der Frage führt: Hat es damals überhaupt „bürgerliche" Favoritner gegeben? Spontan ist man versucht, dies zu verneinen.

Denn das Wohnungs- und Arbeitselend der meist tschechischen Wienerberger Ziegelarbeiter hatte den aus wohlhabenden Verhältnissen stammenden Victor Adler seinerzeit dazu veranlasst, eine kritische Artikelserie in seiner Zeitung „Gleichheit" zu schreiben. 1889 wurde er dann zum ersten Vorsitzenden der in Hainfeld gegründeten österreichischen „Sozialdemokratischen Arbeiterpartei" gewählt.

Da der Wienerberg im heutigen Favoriten liegt, sehen viele dort die Wiege der heimischen „Sozis" stehen. Das Elend der „Ziagel-Behm" gilt als typisches und besonders radikales Beispiel für die Ausbeutung des Proletariats in der Wiener Gründerzeit.

Aber es gab auch andere tschechische Zuwanderer in Favoriten. Einer von ihnen war der Zivil- und Militärschneider Wenzel Tlapa, der 1873 in der späteren Favoritenstraße eine Maßschneiderei eröffnete.

„Als wir in die Wohnung am Humboldtplatz einzogen", erzählt Lukas, „war Tlapa eines der bedeutendsten Modehäuser Wiens. Der damalige Eigentümer Karl Vitaly hatte eine geniale Geschäftsidee: den Halbfertiganzug. Das waren vorgefertigte Anzugteile, die dann für den Kunden angepasst wurden. Damit kam man einem echten Maßanzug sehr nahe – und der Kunde zahlte natürlich einen viel günstigeren Preis als beim Herrenschneider."

Nicht nur aus Böhmen, auch aus anderen Teilen der Monarchie ließen sich Handwerksmeister in der zweiten Hälfte des 19. Jahrhunderts vor allem in „Alt-Favoriten" nieder. So wird gelegentlich jener relativ kleine Teil des heutigen Bezirkes bezeichnet, der 1874 als 10. und damit als erster außerhalb des Wiener Gürtels liegender Bezirk eingemeindet wurde. Hier gab es immer einen beträchtlichen Anteil sogenannter „gutbürgerlicher" Familien.

Und es war das Bestreben von Angela und Valentin Resetarits, in absehbarer Zeit auch zu diesen zu gehören.

Schon die Wohnung am Humboldtplatz hatte Vater Valentin mit Bedacht gewählt: Sie lag in „Alt-Favoriten", also in einer „guten Gegend". Leistbar war sie deshalb, weil das Haus im Krieg einen Bombentreffer abbekommen hatte. Und diese Wohnung war noch immer die am stärksten beschädigte.

Die Mietverhandlung führte zu einem günstigen „Deal" für beide Seiten: Der Zins wurde gering bemessen. Als Gegenleistung setzte der Mieter die Wohnung kostenlos wieder picobello instand.

Unter den gutbürgerlichen Nachbarn gab es auch eine aus Brünn stammende Dame, die als echte Cineastin mindestens zweimal in der Woche in das wunderschöne „Amalien-Kino" in der Laxenburgerstraße ging. Besonders ein weiblicher Superstar hatte es ihr angetan.

„Gestern war ich wieder in eine herrliche Film", sagte sie mit charmantem tschechischem Akzent. „Für mich ist die fantastische Marie Kareck der beste Star von die ganze Filmwelt."

Dem Erich, der schon als Kind ein großer Filmfreak war, gab dies ein unauflösbares Rätsel auf: Wer war Marie Kareck? Er kannte schon Marianne Koch oder Ruth Leuwerik, aber Marie Kareck war ihm völlig unbekannt.

Nach der Erstkommunion im Fotostudio

Nachdem er seine Mutter schließlich gefragt hatte, ob sie diese Marie Kareck schon in einem Film gesehen habe, musste sie herzlich lachen. Dann präsentierte sie die Auflösung:

Marie Kareck war niemand anderer als Marika Rökk – mit einem leichten böhmischen Akzent ausgesprochen.

1955 begann für Erich ein neues Abenteuer: Nachdem er die Erstkommunion empfangen hatte, wurde er Jungministrant in der Keplerkirche, die dem Evangelisten Johannes geweiht ist.

Das Ministrieren ist ja für spätere Schauspieler oder Kabarettisten eine sehr gute Vorübung: Man agiert

Die Ministrantenbuben von der Keplerkirche;
Erich ist der mit der Brille

vor Publikum, muss eine vorgeschriebene Choreografie einhalten und einen Haufen Text lernen. Damals, in den 1950er-Jahren, war das Zweite Vatikanische Konzil noch fern und somit waren die Messtexte durchwegs lateinisch. Die Ministrantenbuben hatten üblicherweise keine Ahnung von dem, was sie da inhaltlich sagten. Man ratschte lautmalerisch das „Confiteor" herunter und konzentrierte sich in Gedanken auf die nächsten Aufgaben – zum „Sanctus" die Altarglocke läuten, das Messbuch von rechts nach links tragen, dem Priester Wein und Wasser bringen.

Einen der Kapläne hatte Erich schon ein Jahr zuvor anlässlich einer besonderen Feierlichkeit gewissermaßen als „Star" in der Keplerkirche gesehen. Als erst kurz zuvor zum Priester Geweihter feierte er hier seine „Primiz" – seine erste Heilige Messe als „Hauptzelebrant".

Der Name des Kaplans war – Adolf Holl.

„Der Adolf war schon damals ein sehr engagierter Mann", erinnert sich Lukas. „Er bot sinnvolle Freizeitgestaltung an: Wir konnten Dick-und-Doof-, Charlie-Chaplin- und Micky-Maus-Filme im Pfarrsaal sehen. Es gab Musik- und Theateraufführungen. In einem Theaterstück habe ich, als ich so circa zwölf war, einen betrunkenen Gotteslästerer gespielt." Er lacht und fügt dann hinzu: „Ein paar Jahre später habe ich dann mit meiner Band *Jerry and the G-Men* in demselben Pfarrsaal ‚Sympathy for the Devil' von den *Rolling Stones* gesungen. Und eines war für mich als Bub besonders wichtig: Die *Katholische Jungschar* am Keplerplatz hatte eine eigene Fußballmannschaft!"

Es war klar, dass der begeisterte Kicker Erich wie fast alle anderen Ministranten auch der Jungschar beitrat. Die Eltern hatten es ihm vorerst nämlich nicht erlaubt, bei einem Fußballverein zu spielen. Als gute Katholiken hatten sie aber keine Einwände, als er in der Jungscharmannschaft mitwirkte.

Frage: „In welcher Position?"

Antwort: „Als Rechtsaußen natürlich!"

Die Dressen für die Mannschaft hat Herr Holl selbst bezahlt. Erich durfte, was ihn damals sehr stolz machte, als Sport-Modeberater beim Einkauf mit dabei sein.

Allerdings war damals der Kaplan auch noch ein durchaus strenges „Exekutivorgan" der katholischen Kirche. Und so empfahl er, an jedem ersten Freitag im Monat, dem sogenannten „Herz-Jesu-Freitag", zu Beichte und Kommunion zu gehen. Damals gab es die kirchlich offenbar geduldete Legende, dass solche sakramentale Praxis eine Garantie dafür sei, dereinst der ewigen Glückseligkeit teilhaftig zu werden. Egal, welche und wie viele Sünden man nebenbei angehäuft hatte und noch hinzufügen werde.

Adolf Holl erwies sich bei der Bußbemessung allerdings als ziemlich streng: Zehn „Vaterunser" und ebenso viele „Gegrüßet seist du, Maria" waren eher Regelfall als Seltenheit.

Nachdem Erich in Erfahrung gebracht hatte, dass man die Absolution bei dem aus Holland stammenden und ebenfalls in der Keplerkirche tätigen Kaplan Van Hellenberg um ein Zehntel dieser Gebetsleistung bekam, wechselte er schnurstracks zu dieser Konkurrenz.

Nichtsdestotrotz war Erich von Kaplan Holl sehr beeindruckt: Zum einen hatte er auf seinem Schreibtisch einen echten Totenschädel stehen, was ein bisschen gespenstisch schien, aber trotzdem stand er mitten im Leben:

Er war ein Mann, der von Fußball etwas verstand, von der Kanzel herab sehr gut reden konnte und vom Jenseits mindestens genauso viel wusste wie Vincenz Ludwig Ostry von der Weltpolitik.

Dieser Mann musste unglaubliche Energien haben!

„Der Adolf hat in demselben Jahr, in dem ich Ministrant wurde, seinen Theologiedoktor gemacht", erzählt Lukas. „Und er hat neben seiner seelsorgerischen Tätigkeit und der Jugendarbeit, die er sehr engagiert geleistet hat, sofort ein weiteres Studium angefangen – Philosophie, Psychologie und Geschichte. 1961 wurde er zum Doktor der Philosophie promoviert. Nach meinem

Ausscheiden aus der Jungschar hatte ich dann lange Zeit keinen Kontakt mehr mit ihm. Seinen weiteren Werdegang hab ich aber natürlich mit Interesse verfolgt."

Das ist nachvollziehbar: Denn der charismatische Kleriker, der bereits mit 33 Jahren Dozent an der katholisch-theologischen Fakultät der Universität Wien war, fiel zehn Jahre später in Ungnade: 1973 wurde ihm die Lehrberechtigung entzogen, 1976 wurde er vom Priesteramt suspendiert. Und zwar von Kardinal Franz König, der zu Recht als liberaler Kirchenmann galt und mit dem Holl offensichtlich lange Zeit in engem Dialog gestanden hatte. Vermutlich hatte die „Kongregation für die Glaubenslehre" dem Kardinal keine Wahl gelassen. Für die vatikanischen „Inquisitoren" war das, was Holl angerichtet hatte, untragbar.

Was war geschehen?

Adolf Holl hatte in einer Fernsehdiskussion seinen Bruch des Zölibats öffentlich gemacht. Nun ist dies zweifelsfrei kein hinreichender Grund, um einen Priester von seinem Amt zu suspendieren. Wäre es einer, und zwar einer, der auch konsequent exekutiert würde, gäbe es die katholische Kirche schon lang nicht mehr.

Dieses „Outing" war wohl nur der Tropfen, der das Weihwasserbecken zum Überlaufen brachte.

Denn 1971 hatte Adolf Holl das Buch „Jesus in schlechter Gesellschaft" veröffentlicht. Es wurde in zehn Sprachen übersetzt und gilt als eines der Schlüsselwerke der südamerikanischen katholischen Befreiungstheologie.

Das Buch zeichnet Jesus als menschlichen Nicht-Dogmatiker, der keine Priesterkirche gründen, sondern soziale Ungerechtigkeit beseitigen wollte.

Im Laufe seines Lebens hat Adolf Holl 32 weitere Bücher veröffentlicht. Er blieb ein wacher und offener Begleiter „seiner Kirche", ein in der Realität stehender Mystiker und ein verständnisvoller und gescheiter Gesprächspartner.

„In den 1980er-Jahren haben wir einander zufällig wiedergetroffen. Ich habe ihm erzählt, dass er mir bei einer Jungscharschulung sehr geholfen hat – bei meiner Loslösung vom katholischen Glauben", erzählt Lukas. „Er hat damals gesagt, dass man ohne die göttliche Gnade trotz eines anständig geführten Lebens nicht in den Himmel kommen könne. Das hab ich als sehr ungerecht empfunden."

Adolf Holl und Lukas Resetarits

In den folgenden Jahrzehnten gab es noch einige Treffen mit interessanten Gesprächen zwischen Agnostiker und Mystiker. Über Fußball, Favoriten, Faschisten, Fatalismus und Feminismus.

„Das letzte gemeinsame Treffen war ein paar Monate vor seinem Tod. Bevor ich gegangen bin, hat er zu mir gesagt: ‚Ich weiß eh, dass du nicht daran glaubst. Aber trotzdem segne ich dich jetzt.' Er hat dann wirklich die Hand gehoben und mir den göttlichen Segen gegeben. Und mir hat das sehr gutgetan."

JUNGSCHARLAGER STATT CAORLE-URLAUB

Die Ferien seiner Kindheit verbrachte Erich in Stinatz bei den Großeltern oder in Ferienlagern der Jungschar. Denn das Geld, das die Eltern von ihren Einkommen ansparen konnten, wurde nicht in Familienurlaube investiert, sondern in Bausparverträge. Großes Ziel war es, so bald wie möglich ein eigenes Haus zu besitzen.

Von den Jungscharlagern, an denen Erich damals teilgenommen hat, ist ihm eines besonders gut in Erinnerung geblieben. Die Reise, die er als Zwölfjähriger gemeinsam mit Bruder Willi machte, ging in die Steiermark, nach Seckau, in die dortige Benediktinerabtei.

Jungschargruppe „St. Johann Evangelist" – Erich mit Brille, Willi Zweiter von links

Und der begleitende Kaplan war einmal mehr Adolf Holl.

Für das kulinarische Wohl in diesem Zeltlager, das im Areal der Abtei errichtet wurde, sorgten engagiert zwei Damen aus der Pfarrgemeinde. Eine davon war Frau Riffnaler, die Mutter von Erichs bestem Freund Fritz.

So sehr sich die beiden Hobbyköchinnen Mühe gaben, mit herrlicher Hausmannskost die Jungkatholiken zu verwöhnen, so wenig hatten sie damit bei den beiden Resetarits-Buben Erfolg. Erich konnte zwar gelegentlich dazu überredet werden, zumindest „wie ein Vogerl" zu essen, bei Willi biss man stets auf Granit. Ganze drei Wochen lang wurde immer zu Mittag dasselbe Spiel gespielt:

Zuerst wurde das andächtige Tischgebet heruntergeratscht. „Komm, Herr Jesus, sei unser Gast und segne, was du uns bescheret hast. Amen."

Dann ertönte ein dumpfes „Klapp!".

Denn Willi hatte schlagartig, kaum dass das Amen verklungen war, seinen Plastikteller umgedreht, sodass dieser verkehrt auf dem Tisch lag. Beide Brüder hatten ihr eigenes neumodisches Plastikgeschirr mitgenommen, auf das sie zwar stolz waren, es aber so wie Erich weitgehend und wie Willi dauernd drei Wochen lang völlig unbenützt ließen.

Der Hungertod trat trotzdem nicht ein. Denn die Benediktiner-Mönche hatten einen herrlichen Obstgarten mit den erlesensten Früchten – Himbeeren,

Stachelbeeren, Brombeeren, Heidelbeeren und Ribisel, so viel das Herz begehrte und der Magen verdauen konnte.

Zu dieser durchgängig eingehaltenen Obstkur gesellte sich allerdings auch einmal eine opulente Völlerei.

Denn an einem Vormittag absentierten sich Erich und Willi von den anderen, um, ausgestattet mit einer schon zu Hause aus dem Sparkassen-Bienenkorb herausgefischten kleinen Barschaft, die interessanten Sehenswürdigkeiten des Ortszentrums zu entdecken. Das ersehnte Zuckerlgeschäft oder die nicht minder interessante Konditorei konnten sie aber nicht finden. Und so machte sich allmählich das breit, was wenige Jahre später ein Modewort werden sollte, nämlich „Frustration".

Doch plötzlich zeichnete sich ein Silberstreif am Horizont ab.

„Schau! Da vorn is a Greißlerei!", meinte Erich und zeigte mit ausgestrecktem Finger in Richtung Ende der Straße. Dort stand, hell erleuchtet von den Strahlen der frühen Nachmittagssonne, ein „Fachring"-Feinkostgeschäft.

Kritikloser Optimismus beschleunigte Erichs Schritte, während Willi, der notorische Skeptiker, eher zögerlich nachfolgte und maulend anmerkte:

„Na und? Was werd'n die schon hab'n? A Extrawurschtsemmel oder ane mit ana Kas-Wurscht, wos ma a net essen kaunn!"

An dieser Stelle ist kurzes Innehalten geboten. Denn mancher „Chefhead", der diese Zeilen liest, mag skeptisch die Augenbrauen hochziehen:

Kurt Ostbahn, der in den 1980er-Jahren als Frontman der Chefpartie die legendäre *Kurtisemmel* erfunden hat, die aus einem Wachauerlaibchen, 5-7 dag Krakauer, 5 dag Kantwurst, einer 5 cm dicken Scheibe Edamer, 5 Essiggurkerln und einem Pfefferoni bestand, dieser Kurt Ostbahn soll als Kind so gut wie kein Fleisch gegessen haben?

Ja, so war das.

„Grüß Gott!", sagten Erich und Willi artig, als sie das Feinkostgeschäft betraten.

„Griaß eng!", erwiderte die Greißlerin. „Wos kriagts denn, es Buama?"

„Dürf ma uns a bisserl umschauen?", fragte Erich mit strahlendem Lächeln.

„Ja, von mir aus!", meinte die Ladeninhaberin ein wenig unleidlich. Selbstbedienung war damals eher verpönt. Und so fügte sie auch sofort hinzu: „Oba net z'laung, göll?"

Die beiden Brüder schüttelten eilfertig die Köpfe und ließen die Blicke über die Regale schweifen. Als erstes Objekt der Süßigkeitsbegierde ward eine

Halbliter-Ananasscheibendose der US-amerikanischen Firma „Libby" entdeckt.

Jetzt galt es nur noch, eine vernünftige Sättigungsbeilage zu dieser exotischen Delikatesse zu finden. Man wurde rascher fündig, als man es zu hoffen gewagt hatte. Zwei Packungen Zwieback wurden erworben. Aber es war kein üblicher Feldbacher Zwieback, sondern einer, der mit Vanillezucker gesüßt war. Vermutlich eine Spezialität dieser Zeit, denn ein vergleichbares Produkt konnten wir bei unseren Recherchen nicht mehr entdecken.

Erich und Willi nahmen kurz nach ihrem Einkauf am Ufer eines murmelnden Bächleins Platz. Glücklicherweise hatte Erich sein Taschenmesser mit dabei, dass neben anderen nützlichen Zusatzfeatures auch einen Dosenöffner besaß. So kamen die Zuckertiger auf ihre Rechnung und verputzten ein halbes Kilo Ananasscheiben und Vanillezucker-Zwieback von demselben Gewicht.

Beide waren hochzufrieden und nahmen in Kauf, dass sie in der darauffolgenden Nacht eher unruhig schlafen würden.

Frau Riffnaler und ihre Kochkollegin überstanden die konsequente Ablehnung der Elaborate ihres kulinarischen Schaffens durch die Resetarits-Brüder unbeschadet.

Denn die Wagner-Brüder, die neben Erich und Willi bei den Mahlzeiten saßen, die aßen wahrlich „brav", wie man das damals nannte. Ins heutige übersetzt heißt das, sie vertilgten in etwa das Dreifache dessen, was man als „schöne Portion" bezeichnete. Und eine „schöne Portion" – um das zu verdeutlichen – war beispielsweise ein Schopfbratenschnitzerl von 300 Gramm, doppelt paniert, begleitet von einem Viertelkilo Erdäpfelsalat und zwei Schöpflöffel Reis. Es ist durchaus nachvollziehbar, dass man um die Wende von den 1950er- auf die 1960er-Jahre derart in sich hineinfutterte. Die Mangeljahre waren noch tief im Bewusstsein verankert. Und die Weltpolitik stolperte auch nach Korea von einer Krise in die nächste: die Ungarnkrise 1956, die Suezkrise 1958, die Kubakrise 1962 – wer konnte schon wissen, wann die nächsten „mageren Jahre" vor der Tür standen?

Die Wagner-Buben aßen aber nicht nur viel, sondern auch mit rasender Geschwindigkeit. Dabei ließen sie permanent die Blicke unstet nach links und rechts schweifen, so als ob sie fürchten mussten, irgendeiner könnte auftauchen und ihnen etwas wegessen.

Sie hatten allen Grund dazu, derartige Vorsicht walten zu lassen, denn sie stammten aus der „Kreta".

Und das gibt uns eine gute Gelegenheit, uns an dieser Stelle mit diesem Favoritner „Grätzl" etwas näher zu beschäftigen.

Seinen Namen erhielt das Viertel angeblich unter Bezugnahme auf den 1896 auf der Insel Kreta begonnenen Aufstand der griechisch-orthodoxen Bevölkerungsmehrheit gegen die islamischen Osmanen. Der darauffolgende Krieg führte zwar zu einer vernichtenden Niederlage der Griechen, durch Intervention der westeuropäischen Großmächte erreichte die Insel aber letztendlich doch eine weitgehende Autonomie.

Warum dieser eigenwillige Grätzlname? Angeblich wurde damit auf die dort zu erwartende „Gefährlichkeit" Bezug genommen. Die Favoritner „Kreta" war kein Ort, durch den man gern als passionierter Spaziergänger schlenderte. Weder 1905 noch 1955. Denn man musste damit rechnen, dass man beim Verlassen des Viertels ein paar Geldscheine weniger und ein paar blaue Flecken oder gar Rissquetschwunden mehr sein Eigen nennen konnte als beim Hineingehen. So wird es jedenfalls bis heute an den kretischen Würschtel-, Burger- und Kebabständen erzählt, wenn sich abend- und morgenländische Märchenerzähler symbiotisch ergänzen.

Kreta, diese einzigartige Großstadtinsel, liegt zwischen der Quellenstraße, der Absberggasse, der Gudrunstraße und der Kempelengasse. Architektonisch wird sie auch heute noch weitgehend von spätgründerzeitlichen Zinskasernen dominiert, die man gegen Ende des 19. Jahrhunderts blitzartig aus dem Boden gestampft hatte.

Hier lebten Angehörige der untersten Schicht des Industrieproletariats – Tagelöhner und Gelegenheitsarbeiter, beständig von zumindest temporärer Arbeitslosigkeit bedroht. Bildungs- und Lohnniveau waren erbärmlich niedrig, Besiedlungsdichte und Kriminalitätsrate erschreckend hoch.

Bis heute hat sich hier in großen Teilen des Viertels offenbar wenig verändert: Viele der Altbauwohnungen gelten als dringend sanierungsbedürftig. Der Anteil an armen, muslimischen Zuwanderern ist hoch und auch unter den „Autochthonen" gibt es eine große Zahl von Unterprivilegierten. Kein Wunder also, dass hier die ausländerfeindliche FPÖ bereits 2014 – also ein Jahr vor der sogenannten „Flüchtlingskrise" – mehr als 30 % der Wählerstimmen auf sich vereinigen konnte.

An den Rändern des Kreta-Viertels findet allerdings schon seit Jahren eine „Gentrifizierung“ statt – also ein „Austausch einer statusniedrigeren durch eine statushöhere Bevölkerung“, wie das der deutsche Soziologe Jürgen Friedrichs definierte. Das im Süden liegende ehemalige Gelände der „Ankerbrotfabrik“ wurde erfolgreich als Location für Kulturevents und Ausstellungen etabliert, was im nahen Wohnungsumfeld zügig dazu geführt hat, dass hier immer mehr „Bobos“ einzogen. Auch das an die „Kreta“ angrenzende, neu geschaffene „Hauptbahnhofviertel“ brachte neue Wohn- und Arbeitsstätten, die für die Angehörigen der neuen Mittelschicht attraktiv sind.

Aber der Kern der alten „Kreta“ scheint widerständig zu sein gegen alle noch so gut gemeinten Verbesserungs- und Reformbestrebungen. Egal, ob sich diese aus sozialdemokratischen, Caritas-katholischen oder neoliberalen Quellen speisen.

Manchen mag es so scheinen, als seien die Uhren dort stehen geblieben, um die Reminiszenz an schlechte, alte Zeiten virulent zu halten.

Zurück zum Jungscharlager-Mittagstisch:

Die unsteten Blicke der Wagner-Buben werden nachvollziehbar, wenn man deren Lebensverhältnisse mitbedenkt. Armut kann schon dazu führen, dass man Mundraub begeht oder dass er an einem begangen wird. Auch Erich sollte in späteren Jahren am eigenen Leib erfahren, was es heißt zu hungern, während sich rund um einen die Wohlgenährten eine Leberkäsesemmel nach der anderen in den kaum noch aufnahmefähigen Magen quälen.

So geschehen einige Jahre später, in Erichs Zeit als Gammler. Damals war er in dem noch nicht ganz so rasend hippen München gestrandet, nachdem er beinahe Leadsänger einer schwedischen Rockband geworden wäre – wenn nicht ein betagter *VW* vorher einen sogenannten „Kolbenreiber“ gehabt hätte. Doch davon später.

Noch sind wir ja im Jungscharlager zu Seckau.

Und da passierte in der letzten Woche ein Unglück, das zwar Bruder Willi traf, gleichzeitig aber auch eine dunkle Seite Erichs erstmals sichtbar machte. Eine dunkle Seite, die sich auch in späteren Jahren gelegentlich in den Vordergrund drängte.

Zur Benediktinerabtei Seckau gehört auch ein Stiftsgymnasium mit entsprechenden Sportplätzen für den Leibesübungsunterricht. Diese während ihres Aufenthaltes hier für den Betrieb nach Schulbeginn wieder picobello instand zu setzen, das gehörte zu den Aufgaben der Favoritner Jungschargruppe aus der Keplerkirche. Den Buben machte das Spaß. Die meisten waren Fußballfans – Rasenmähen, Mittel-, Tor- und Strafraumlinien mit den dafür vorgesehenen Maschinen zu ziehen, waren keine lästigen Pflichten. Im Gegenteil: Wenn es Streit gab, dann nicht darüber, wer Pause machen dürfe, sondern wer gerade *nicht* mitarbeiten durfte.

Ob Willi deshalb mit einem anderen Jungscharbuben – wir wollen ihn Gerhard nennen – in Streit geriet oder ob der Konflikt einen anderen Grund hatte, das konnten wir nicht mehr eruieren.

Tatsache ist, dass Erich mitbekam, wie sein Bruder von dem anderen zu Boden gerissen wurde und der mit beiden Fäusten auf Willis Gesicht eindrosch.

Für ein paar Augenblicke sah Erich rot – nicht bildlich gesprochen, sondern tatsächlich: Die Welt verschwand und ein blutroter Schleier hatte sich über sie gelegt. Als der Schleier so blitzartig verschwunden war, wie er gekommen war, sah Erich den heulenden Gerhard vor sich auf dem Boden liegen, ein blutendes Cut über dem linken Auge. Er hob die Faust und versetzte ihm noch einen Schlag. Dann wurde er von starken Armen umfasst und weggezogen.

Kaplan Holl redete beruhigend auf Erich ein.

Gerhard rappelte sich hoch und rannte weg.

Erich wand sich aus dem Griff des Kaplans und lief zu seinem Bruder, dem Frau Riffnaler ein Pflaster auf die blutende Nase klebte.

Später stellte sich heraus, dass Gerhard Willis Nase gebrochen hatte. Und Erich musste sich eingestehen, dass er dem schon am Boden liegenden Gerhard in blinder Wut auch noch einen Tritt versetzt hätte, wenn er nicht zurückgehalten worden wäre.

Das erste Mal in seinem Leben war Erich klar, dass er daran arbeiten musste, dass ihm die „Sicherungen“ nicht durchgingen.

Sonst würde er irgendwann Probleme bekommen.

PRIVATES UND STAATLICHES GLÜCK

Es war ein lauer Frühsommertag, als Erich und Willi gemeinsam mit Mutti und Vati vor dem Kleiderhaus Tlapa erschienen. Am Eingang stand der sehr elegante Empfangschef und fragte die Eltern: „Gnädige Frau, geschätzter Herr – was darf's denn sein?“

„Anzüge für die zwei Bubn!", erwiderte die Mutter und der Vater ergänzte: „Halbfertiganzüge!"

„Warten Sie bitte ein Sekunderl – ich hol Ihnen gleich einen Verkäufer."

Der Empfangschef verschwand, um kurze Zeit später mit einem ebenfalls elegant gekleideten Herrn zu erscheinen. Er stellte ihn mit den Worten vor:

„Das ist der Herr Ivanschits aus Rechnitz. Er wird sich um Sie kümmern."

„Während wir unsere Anzüge probierten", erzählt Lukas, „meinte unsere Mutter zum Verkäufer, dass es ein netter Zufall sei, hier von jemandem aus unserer Gegend bedient zun werden."

„Das ist kein Zufall!", erwiderte Herr Ivanschits. Der Empfangschef habe ein feines Gehör für Dialekte und Akzente. Und – wenn möglich – suche er die Verkäufer nach der Regionalherkunft der Kunden aus.

„Für die kroatischen Burgenländer bin ich zuständig, für die ungarischen der Szabo aus Unterwart, für die Obersteirer der Landbauer aus Leoben und für die Weinviertler der Hintermeier aus Mistelbach."

Für die Wiener seien alle zuständig, denn:

„Die sind ja sowieso eine Mischkulanz aus allen Gegenden der ehemaligen Donaumonarchie."

Die beiden Buben verließen das Modehaus Tlapa mit stolzgeschwellter Brust. Die Eltern hatten zwei dunkle Halbfertiganzüge aus reiner Wolle ausgesucht und Herr Ivanschits hatte an den beiden „jungen Herren" Maß genommen. In den nächsten Tagen würde man in der Schneiderei des Modehauses ein paar kleine Anpassungen vornehmen. Dann würde „alles sitzen wie bei einem Maßanzug".

Willi und Erich waren hochzufrieden. Wie ihre Eltern legten beide schon damals Wert auf Qualitätskleidung.

Allerdings: Diese Halbfertiganzüge waren wirklich richtig teuer. Und

Willi und Erich in feinem Tuch

die Eltern brachten normalerweise alles Geld, das nicht zum täglichen Leben gebraucht wurde, auf die Bank. Das erstrebte Ziel war es, ein Einfamilienhaus in Wien zu bauen.

Wie kam es also, dass die beiden zu dieser verschwenderischen Luxusausgabe bereit waren?

Die Antwort liegt in einem heutigen Werbeslogan der österreichischen Glücksspielgesellschaft, der da lautet:

„Alles ist möglich!"

Vater Valentin hatte damals sein Glück nicht im Lotto gefunden, sondern beim Fußball-Toto. Obwohl er aus Sparsamkeitsgründen nur zwei Tippreihen ausgefüllt hatte, „machte" er einen Elfer! Das gewonnene Spielgeld wurde sofort in zwei neue Tlapa-Anzüge für die Buben gesteckt.

Doch Fußball-Toto war nicht das einzige Glücksspiel, dem die frischgebackene Wirtschaftswundergeneration der 1950er-Jahre frönte.

„An Sonntagnachmittagen fuhren wir oft ins Überschwemmungsgebiet", weiß Lukas zu berichten. „Dort wurden regelmäßig Tombolas veranstaltet."

Man fuhr mit der überfüllten Straßenbahn über die Reichsbrücke und ging dann zu Fuß weiter.

„Wir hatten immer eine Jause mit dabei. Denn so ein Tombola-Nachmittag dauerte ziemlich lange."

Und – es war wahnsinnig spannend!

Vor allem dann, wenn man nicht das Geld hatte, sich zehn oder zwanzig Lose zu kaufen, sondern sich mit einem oder zwei für die ganze Familie begnügen musste. Auf den Losen standen drei Reihen zu je fünf Zahlen. Welche gezogen wurden, das sagte ein Conférencier auf launige Art an. Zusätzlich wurden die Gewinnzahlen auch auf einer riesigen Tafel angezeigt. Mindestens zwei Richtige in einer Reihe, einen sogenannten „Ambo", musste man haben, um überhaupt etwas gewinnen zu können. Das waren natürlich kleine Preise, meist Waschmittelpackungen. Wer höher hinauswollte, holte sich den Gewinn nicht ab, sondern spielte weiter. Weitere Treffer brachten immer höhere Gewinne: Schnellkochtöpfe, Kofferradios, Plattenspieler, Gasherde, Kühlschränke etc.

Drei Zahlen in einer Reihe hießen „Terno", vier Zahlen „Quaterno". „Qinterno" bedeutete, dass man alle Gewinnzahlen einer Reihe hatte, bei „Dezemterno" waren es zwei volle Reihen. Wurden alle 15 Zahlen des Loses gezogen, dann hatte man die „Tombola", den Hauptgewinn.

Das war meist ein Motorrad oder ein Goggomobil.

„Das Spielverhalten meiner Eltern war sehr unterschiedlich", erzählt Lukas. „Während die Mutter bei einem *Ambo* am liebsten gleich das Persil- oder Sunil-Paket genommen hätte, spielte der Vater lieber weiter. Anders als beim Toto hatte er bei den Tombolas aber nie einen durchschlagenden Erfolg. Im Gegenteil: Einmal ist ihm sogar ein Tlapa-Anzug durch die Lappen gegangen, weil er auf volles Risiko gesetzt und weitergespielt hat."

Spaß machten die Sonntagnachmittage im Überschwemmungsgebiet aber immer. Man war an der frischen Luft, genoss die mitgebrachte Jause und den Nervenkitzel.

Es gibt immer wieder signifikante Ereignisse, die lange im Gedächtnis bleiben. Wenn man bei einem solchen alt genug war, weiß man oft auch noch Jahrzehnte später, was man gerade gemacht hat, als eben dieses besonders Schreckliche oder besonders Schöne passierte. Heute haben über 30-Jährige den Schrecken von „Nine-Eleven", als die Twin Towers in New York von einem Terrorkommando angegriffen wurden, noch in lebhafter Erinnerung. Und viele der über 70-Jährigen erinnern sich noch an den legendären schönen Satz Leopold Figls, als der damalige Außenminister nicht ohne Rührung verkündete:

„Österreich ist frei!"

Erich war damals siebeneinhalb Jahre alt und wollte unbedingt dabei sein. Beim Großvater in Stinatz hatte er von Vincenz Ludwig Ostry via Radio erfahren, dass dieses historische Ereignis bevorstand.

„Da wird ja der Park vom Belvedere gesteckt voll sein!", hatte der Kirisits-Opa gemeint. Und das gefiel dem kleinen Erich gar nicht. Denn wenn er etwas hasste, dann waren das Menschenansammlungen. Selbst vor Weihnachten, beim traditionellen Auslagen-Anschau-Bummel durch die Wiener Mariahilfer Straße, verdarb ihm das Gedränge die ganze Freude. Denn was hatte man schon von den durch Gebirgslandschaften brausenden Modellbahnzügen der Firmen „Klein" oder „Märklin", von den sich wie von Zauberhand bewegenden Matador-Kränen, wenn einem ein mächtiges Gesäß die Sicht verstellte?

Zu all dem Nichts-Sehen, Geschubst- und Beiseitegeschoben-Werden kam bei diesen Menschenansammlungen noch ein unerträglicher Lärmpegel dazu, der in den Ohren schmerzte.

Aber auch das war nicht das Schlimmste.

Das Schlimmste an diesem Eingesperrtsein zwischen anderen, größeren und beleibteren Körpern war die olfaktorische Belastung. Man stand als kleiner Mensch in einer Duftwolke, um es einmal sehr höflich zu sagen. Diese Mischung aus Schweiß, wochenlanger Tröpferlbad-Abstinenz, billig Kölnischwasser und unkontrolliert entfleuchten Darmwinden vermieste damals dem kleinen Erich jeden gesellschaftlichen Kontakt dieses Ausmaßes. Bis heute ist dem inzwischen zum großen Lukas Gereiften diese Phobie erhalten geblieben.

Müsste er sich im Zweifelsfall zwischen einem Einsiedlerdasein und einem Stagediving in eine schwitzende Publikumsmasse entscheiden, er würde, ohne zu zögern, Ersteres wählen.

Glücklicherweise war bei ihm, was diese Ablehnung von Massenansammlungen betrifft, der Apfel nicht weit vom Stamm gefallen. Vater Valentin empfand genau gleich.

Und so konnte der kleine Erich dem entscheidenden Teil der Staatsvertragszeremonie beiwohnen, ohne sich inmitten von bier- und weinseligen Patrioten im Park des Belvederes einklemmen lassen zu müssen.

Als Österreichs Außenminister Leopold Figl gemeinsam mit seinen Kollegen aus Frankreich, Großbritannien, der Sowjetunion und den USA auf den Balkon des Prinz-Eugen-Schlosses trat, um das signierte Vertragswerk den begeisterten Volksmassen zu präsentieren, da beobachtete Erich das von einem Logenplatz aus. Dort saß er neben seinem Vater. Der hatte es inzwischen vom „Fizzi-Polier“ zum Polier gebracht und war führend am Bau eines Hochhauses in der Mommsengasse im vierten Wiener Gemeindebezirk beteiligt gewesen. Und vom Flachdach dieses Gebäudes aus hatte man einen wunderbaren und klaren Blick auf das Belvedere.

So erlebte der kleine Mann die Staatsvertragsfeierlichkeiten von höherer Position als die meisten anderen.

LEBEN LERNEN IST NICHT LEICHT

EIN EIGENES HAUS IN FLORIDSDORF

Es ist 23 Uhr 30, als sich in einer schwülen Juninacht im Jahre 1966 ein Taxi der Wohnsiedlung am Bruckhaufen in Wien-Floridsdorf nähert.

Gute 300 Meter vor dem eigentlichen Ziel, der Rehgasse 1, hält der Fahrer an.

„Ich lass Sie da schon aussteigen!", sagt er zu Erich.

„Aha. Und warum?"

„Tut mir leid. Aber ich fahr da nicht rein in die Siedlung. Da leben ja lauter Zigeuner und andere Kriminelle. Das ist mir ehrlich g'sagt zu g'fährlich."

Erich lacht, bezahlt und gibt entgegen seiner sonstigen Gewohnheit kein Trinkgeld. Dummheit und Vorurteil im Kombiangebot sollen nicht belohnt werden. Auf dem Weg zu seinem Elternhaus trifft er Vivi. Der stammt, genauso wie sein Bruder Vavi, aus einer jener wirtschaftlich sehr erfolgreichen Roma-Familien, die seit Jahren hier am Bruckhaufen leben – in sehr schönen, großen Häusern.

„Alles paletti?!", fragt er rhetorisch, während er Erich gönnerhaft auf die Schulter klopft. „Hast wieder g'schpüht? Mit die *G-Men*?"

„Ja."

„Wie war's?"

„Lässig!"

„Ich muss mir euch endlich einmal anschauen. Bevor du endgültig a Weltstar wirst und di über die Häuser haust!"

Auf Erichs Bandkarriere mit den *G-Men* wird später noch ausführlich eingegangen. Jetzt wollen wir uns zunächst einmal mit der neuen Heimat der Familie Resetarits beschäftigen, in die sie am Anfang der „Roaring Sixties" gezogen ist.

Gegen Ende der 1950er-Jahre hatte Vater Valentin nach einem erschwinglichen Baugrund in einem Wiener Randbezirk Ausschau gehalten. Von einer entfernten Verwandten kam schließlich der heiße Tipp: In Floridsdorf, am „Bruckhaufen", gäbe es Pachtgründe mit Baugenehmigung, deren Eigentümer das Augustiner-Chorherrenstift Klosterneuburg sei. Nach einer ausführlichen Besichtigung des Baugrunds und der Umgebung waren sich Angela und Valentin darüber einig, dass man hier einen optimalen Platz für den künftigen Lebensmittelpunkt gefunden habe. Die junge Siedlung wirkte trotz ihrer relativen Stadtzentrumsnähe durchaus ländlich. Man lebte im Grünen, was noch durch die Tatsache unterstrichen wurde, dass das Naherholungsgebiet „Alte Donau" fußläufig leicht erreichbar war.

Doch ehe der Pachtvertrag dann 1958 unterzeichnet werden konnte, gab es noch eine strenge „ideologische" Überprüfung. Das Stift ließ offenbar Erkundigungen darüber einholen, ob die interessierte Familie denn auch den Anforderungen entspräche, die an die künftigen Pächter gestellt wurden. Denn erst als die Favoritner Pfarre *St. Johann Evangelist* – die heute eine Teilgemeinde der Pfarre *Zum Göttlichen Wort* ist – im wahrsten Sinne des Wortes ihren „Sanctus" zum tadellos katholischen Leben der Familie Resetarits gegeben hatte, stand einem erfolgreichen Vertragsabschluss nichts mehr im Wege.

Nach den Plänen von Vater Valentin wurde das Haus bis 1962 unter tatkräftiger Mithilfe von Freunden und natürlich auch der beiden Buben Willi und Erich fertiggestellt. Zuallererst hatte man eine fest gemauerte Bauhütte errichtet, in der man auch im Winter übernachten konnte.

Erich, Peter und Vater Valentin

„Mein Vater hat sich auch zum ersten Mal motorisiert!", erzählt Lukas. „Er schaffte sich einen grünen Puch-Motorroller an, um möglichst rasch zwischen seiner eigenen Baustelle, den Firmenbaustellen und der Wohnung am Humboldtplatz hin und her pendeln zu können. Der Roller war alles andere als brandneu, lief aber noch ganz gut. Lediglich der Kickstarter war eher als Zierde anzusehen. Um den Motor zu starten, musste man im Regelfall den zweiten Gang einlegen, mit dem Gefährt ein Stück rennen, dann die Kupplung auslassen, um sich schließlich John-Wayne-artig in den Sattel zu schwingen."

Während des Häuselbauens wird Bruder Peter, das Nesthäkchen der Familie, am 23. Februar 1960 geboren.

Jetzt ist die Familie fünfköpfig und die Eltern sind erleichtert, dass man in absehbarer Zeit die beengten Wohnverhältnisse in Favoriten verlassen kann, um das eigene Haus in Floridsdorf zu beziehen.

Willi und Erich teilen diese Vorfreude nicht.

„Ganz am Anfang waren wir alles andere als begeistert von der neuen Umgebung", erinnert sich Lukas. „Denn gleich in den ersten Tagen hat's einen Wickel gegeben."

Für alle, die westlich von St. Pölten oder südlich von Mödling sozialisiert wurden, sei das Wort „Wickel" übersetzt:

Es bedeutet in dem hier gemeinten Zusammenhang so viel wie Streit, Zwist und Auseinandersetzung.

Denn als der zehnjährige Willi und der elfjährige Erich nach einer circa dreiviertelstündigen Straßenbahnreise vom Gymnasium auf dem Hubertusdamm am Bruckhaufen in Richtung Baustelle marschieren, „da sperren auf gedrangem Steg zwei Rotzbuam plötzlich ihren Weg" – um Friedrich Schiller leicht abgewandelt zu zitieren.

Die zwei in abgetragene und geflickte Sachen gekleideten Knaben schauen mit düsterer Miene die wie immer picobello und adrett angezogenen Resetarits-Buben abschätzig an.

Dann fragt der größere der beiden in bellendem Tonfall:

„Wo kummts 'n es zwaa her?"

„Vom Zehnten!", erwidert Erich mit fester Stimme.

„Geht's weida!", sagt der Rotzbub und gibt seinem Kumpel ein Zeichen, worauf die beiden beiseitetreten.

„Doch kaum waren wir halb an ihnen vorbei, traf mich ein präzise abgezirkelter Faustschlag von hinten an der Kinnlade unter dem Ohr. Für uns war das der *Bruckhaufener Willkommensgruß*", erzählt Lukas. Und fügt hinzu: „Wir liefen schnell davon. Das war das erste und letzte Mal, dass ich als Bub einer Rauferei aus dem Weg gegangen bin." Stimmt. In den nächsten Jahren wird der Erich bei mancher Rauferei live mit dabei sein.

Die beiden Buben, die sich als Wegelagerer betätigt hatten, wohnten im sogenannten „Bretteldorf". Dieses gehörte zwar schon zum 22. Bezirk, lag aber unmittelbar neben der Siedlung Bruckhaufen, auf der anderen Seite des Hubertusdammes. Bei den dortigen „gutbürgerlichen" Bewohnern hatte dieses Grätzel einen ähnlich schlechten Ruf wie das „Kreta"-Viertel bei den Favoritnern. Das

Bretteldorf war allerdings im Gegensatz zur „Kreta“ eine illegale barackenartige Siedlung, gewissermaßen die „Favelas“ des Bezirks Donaustadt.

Das Problem löste allerdings bald darauf die sozialdemokratische Wiener Stadtregierung zur allgemeinen Zufriedenheit: Den im Bretteldorf lebenden Menschen wurden moderne Wohnungen in neu errichteten Gemeindebauten zur Verfügung gestellt, die Baracken wurden abgetragen.

Auch die Siedlung am Bruckhaufen hatte eine „illegale Gründungsphase“. Bereits in den 1920er-Jahren errichtete man hier Wohnbauten, entgegen den Vorgaben des damals gültigen Flächenwidmungsplans.

Nutzen wir diese kleine Rückblende für einen kurzen Blick auf die Geschichte dieses Gebietes:

„Bruckhaufen“ war ursprünglich ein Flurname, der „Insel bei einer Brücke“ bedeutete. Denn Inseln in der Donau wurden früher häufig als „Haufen“ bezeichnet.

Bei der Donauregulierung 1870 bis 1875 wurde ein 450 Meter breites „Überschwemmungsgebiet“ in den heutigen Bezirken Floridsdorf und Donaustadt geschaffen. Für die Donau wurde ein neues, 280 Meter breites Flussbett angelegt, während der ursprüngliche Hauptstrom als „Alte Donau“ erhalten blieb. Dazwischen entstand eine neue, große Insel, auf der auch die Siedlung Bruckhaufen liegt.

Erste Maßnahmen gegen die Hochwasserbedrohung hatte es übrigens schon fast 100 Jahre davor gegeben. Damals wurde nach Plänen des Ingenieurs Johann Sigismund Hubert, nach dem der *Hubertusdamm* benannt ist, ein Schutzdamm errichtet, der das Marchfeld vor Donau-Hochwasser schützen sollte. Der Erfolg blieb allerdings aus: Der Damm wurde 1785 fertig, hielt aber bereits dem nächsten, zwei Jahre später auftretenden Hochwasser nicht stand.

Die heutige Siedlung Bruckhaufen erstreckt sich „am linken Donauufer zwischen Reichsbrücke und Floridsdorfer Brücke, begrenzt durch Alte Donau, Hubertusdamm und Donaupark“ (Wien-Wiki).

Ab 1871 war der Bruckhaufen Teil des „K. u. k. Garnisonsschießplatzes Kagran“ gewesen. Die Kugelfanggasse, an der auch die Ortskirche liegt, erinnert noch heute an den damals errichteten 100 Meter langen und 11 Meter hohen Geschoßfangdamm.

Jahrzehntelang gehörten Teile der heutigen Siedlung zu einer riesigen Mülldeponie, die allerdings größtenteils im Bezirk Donaustadt lag. 1961 fasste der Wiener Gemeinderat den Beschluss, die Deponie aufzulösen, zu sanieren und dann einen riesigen Blumengarten anzulegen – den Donaupark. Hier fand 1964 die Wiener Internationale Gartenbaumesse (WIG) statt.

Seit Beginn des 20. Jahrhunderts waren am Bruckhaufen immer mehr Schrebergärten und Badehütten errichtet worden, die wie erwähnt trotz Bauverbot auch zu Wohnhäusern erweitert wurden. 1925 konstituierte sich der Siedlerverein „Donauland", der auf eine Änderung des Flächenwidmungsplanes hinarbeitete. Ende der 1920er-Jahre wurde die Siedlung dann auch legalisiert.

Einen Siedlungsverein gab es noch immer, als die Familie Resetarits 1962 in ihr Haus am Bruckhaufen einzog. Vater Valentin wurde auch sogleich aufgefordert, diesem Verein beizutreten, was er auch tat. Darüber hinaus wurde er Mitglied des örtlichen Bibelkreises.

Einmal – Anfang der 1960er-Jahre – besuchten die Eltern auch eine katholische Massenveranstaltung: Ausgerechnet am Friedrich-Engels-Platz in Brigittenau sprach der deutsche Jesuitenpater Johannes Leppich vor 20 000 Menschen.

Der „deutsche Billy Graham" oder auch „Das Maschinengewehr Gottes", wie der wortgewaltige Streithansl im Ordenskleid damals von der bundesdeutschen Presse genannt wurde, wetterte gegen den sexuellen Sittenverfall ebenso wie gegen Kommunismus und Kapitalismus. Dass er sich später dann auch noch als Fan der spanischen faschistischen Diktatur des Generalissimus Franco outete, dürfte für Angela und Valentin das Maß vollgemacht haben.

Pater Leppich spricht zum Volk

„Anhänger einer solch radikalen Form des Katholizismus sind meine Eltern nie gewesen", stellt Lukas klar.

Er selbst habe sich als Jugendlicher zu Hause aus Debatten über Religion und Politik meist rausgehalten.

„Unser Vater und Willi haben dafür umso intensiver lautstark miteinander debattiert! Ich war in meinen jungen Jahren eher der dionysische Typ", meint Lukas dazu heute. „Politisch engagiert habe ich mich dann erst in meinen Zwanzigern."

Obwohl beide ihrer alten Schule, dem Gymnasium in der Ettenreichgasse, treu geblieben waren, hatten sich Willi und Erich in der neuen Heimat bald gut eingelebt. Willi war hier, in der örtlichen Elisabethkirche, weiter als Ministrant tätig. Erich hatte die Übersiedlung dazu benutzt, seine Karriere als katholischer Messdiener stillschweigend auslaufen zu lassen. Auch die Jungschar interessierte ihn nicht mehr. Als er in die Pubertät kam, geriet er – das meinten jedenfalls viele der gutbürgerlichen Nachbarn und gelegentlich auch seine Eltern – in „schlechte Gesellschaft".

Am Bruckhaufen gab es nämlich ein paar Kleinkriminelle, die keiner Rauferei aus dem Weg gingen. Eine in diesem Zusammenhang erwähnenswerte Gestalt war der Donhofer-Willi. Der pflegte ein paar deutlich sichtbar in die äußeren Brusttaschen seiner Jeansjacke gesteckte Messer bei sich zu tragen, die er allerdings nie benutzte. Wenn sich ein Konfliktfall abzeichnete, griff er zu seinem Teppichklopfer mit abgesägtem Stiel, den er ebenfalls ständig mit sich führte. Er setzte dieses Hausfrauenutensil aber niemals gegen seine vermeintlichen oder tatsächlichen Kontrahenten ein. Er drosch vielmehr unter wildem Geschrei mit dem Teppichklopfer auf Tische oder Sessel in jenem Lokal ein, in dem er sich gerade befand.

„Interessanterweise hatte dieses Höllenspektakel immer eine friedensstiftende Wirkung", erinnert sich Lukas. „Kaum hatte der Donhofer-Willi mit dem brutalen Verprügeln des Mobiliars begonnen, setzte schlagartig der Rückzug der Gegnerschaft ein."

Selten, aber doch kam es allerdings auch zu Messerstechereien und damit zu schweren Verletzungen. Der Taxifahrer, der sich geweigert hatte, in die Siedlung hineinzufahren, muss vom Hörensagen eine solche, vermutlich noch dazu dramatisch ausgeschmückte Geschichte gekannt haben.

Apropos Hörensagen: Die „schlechte Gesellschaft", in die Erich in den Pubertätstagen geriet, ist eher als halb so wild einzuschätzen. Die wildeste kriminelle Aktion, die er damals gelegentlich in den Sommermonaten unternahm, schildert er heute so:

„Mit einem der Pülcher, dem Ogner-Johnny, war ich häufig unterwegs. Er war etwas älter als ich und schon vorbestraft. Er stahl auf den Liegewiesen von den Decken Badender Personalausweise oder Führerscheine, die wir dann beim Bootsverleih *Neuer* einsetzten, um ein Elektroboot zu mieten. Die Miete – lautend auf den Namen des Inhabers des amtlichen Dokuments – musste ich dann abschließen, weil Johnny hierorts schon bekannt war. Daraufhin schipperten wir über die Alte Donau bis hinunter nach Kaisermühlen. Bevor die Batterie leer war, steuerten wir das Boot ans Ufer, vertäuten es und verschwanden."

Dem jungen Erich erschien eine solche kleine Betrugsaffäre als lässliche Sünde.

„Aber einen Ladendiebstahl hätte ich nie begangen“, meint Lukas dazu heute. „Zuckerln, Kaugummis oder, später dann, Zigaretten oder gar Bücher zu fladern, wie das Studienkollegen aus gutem Hause, ohne mit der Wimper zu zucken, zustande brachten, das hätt ich nie gekonnt.“

Dass die Bruckhaufen-Siedlung seit mehr als 30 Jahren zu den guten und teuren Wohngegenden gezählt wird, ist unbestritten. Aber auch damals, vor 60 Jahren, war die Mehrheit der Bevölkerung das, was man in Wien gern als „gutbürgerlich“ bezeichnet: Angestellte, Beamte und Unternehmer. Zu Letzteren gehörten auch die Roma-Familien, die sich sehr erfolgreich als Teppich- und Antiquitätenhändler betätigten. Eine von ihnen war die Familie Pischele, die den Lovara, einer Gruppe der Roma, angehörten. Das Wort *Lovara* bedeutet eigentlich Pferdehändler und ist aus dem Ungarischen abgeleitet. (Pferd heißt auf Ungarisch „Ló“.)

Einer der besten Freunde von Erich in den Jugendtagen am Bruckhaufen war „Baunsi“ Pischele.

Ein aufgeweckter, intelligenter, sehr sympathischer Typ. Seinen Bildungshunger konnte er nicht stillen: Sein Vater war nicht daran interessiert, den talentierten Knaben auf eine höhere Schule zu schicken. Der Bub sollte erfolgreicher Handlungsreisender werden, so wie seine Vorfahren. Oder zumindest ein erfolgreiches Teppich- oder Antiquitätengeschäft in Wien betreiben. Seine einschlägigen Defizite später auf dem zweiten Bildungsweg zu beseitigen, diesen Wunsch konnte sich „Baunsi“ leider nicht erfüllen.

„Er ist leider schon sehr jung verstorben. Noch in den 1960ern.“

Der Patriarch der Familie, der alte Pischele, galt am Bruckhaufen als eindrucksvolle Erscheinung. Er stützte sich beim Gehen immer auf zwei Stöcke, was offensichtlich seinem beträchtlichen Übergewicht geschuldet war. Dies stach umso mehr ins Auge, als sein Riesenbauch mit dicken Goldketten behängt war, an denen wiederum eingefasste Goldmünzen und Goldmedaillons hingen – alles in allem hatte das von Herrn Pischele um die Leibesmitte mitgeschleppte Edelmetall ein Gesamtgewicht von gut zwei Kilogramm.

Zu Herrn Pischeles Bereitschaft, immer und überall ein Geschäft anzubahnen, weiß Lukas eine Geschichte aus seiner „Beatgruppen-Zeit“:

„Als er mich mit meiner neu erstandenen E-Gitarre im Gitarrensack erblickte, rief mich Herr Pischele, der gerade im Garten seine Rosen goss, über die Straße zu sich:

‚Junga Hea, gehn S', kommen S' amal kurz da rüber!' Und als ich seiner Aufforderung Folge leistete, fügte er in verschwörerischem Tonfall hinzu: ‚Wos hobm Sie denn do fir a Kitharre?'

‚A Elektrogitarre!'

Meine Antwort stellte ihn sichtlich nicht zufrieden.

‚So was is doch nie und nimma a echte Kitharre!', erwiderte Herr Pischele. ‚Aber ich hab da a echte spanische Meista-Kithare. Des wa doch wos fia Sie, oda?' Nachdem ich freundlich verneint hatte, machte Herr Pichele eine abwertende Handbewegung und wandte sich wieder seinen Rosen zu."

Im „bürgerlichen" Teil des Bruckhaufens lebten damals verschiedene Ethnien: Neben sogenannten „Ur-Wienern", die hierher aus ihren Wohnungen aus anderen Bezirken in ihre neu errichteten Einfamilienhäuser auf den Pachtgründen des Stiftes Klosterneuburg und der Gemeinde Wien übersiedelt waren, gab es auch viele Zuwanderer. Etliche aus Siebenbürgen, der Batschka, dem Banat und der Tschechoslowakei nach dem Zweiten Weltkrieg vertriebene „Volksdeutsche" und Sudetendeutsche. Dazu kamen die schon erwähnten sesshaften Roma und – natürlich – die burgenländischen Kroaten.

„An Spannungen zwischen diesen unterschiedlichen Volksgruppen kann ich mich nicht erinnern", erzählt Lukas. „Ähnlich wie in Favoriten fühlten wir uns eher wie in einem „Melting Pot". Es gab regen kulinarischen Austausch – besonders gut kann ich mich an die selbst gepökelten Würste und Schinken der Familien erinnern, die aus der Batschka stammten. Verächtlich geredet wurde allerdings über die wenigen Leute, die auf ihren Pachtgründen keine Häuser, sondern Wohnwagen stehen hatten. Das waren neben einigen Roma vor allem Jenische."

Zum Begriff der „Jenischen" fanden wir in Wikipedia folgende Definition:

> *„**Jenische** ist sowohl eine Eigen- als auch eine Fremdbezeichnung für Angehörige eines nach landschaftlicher und sozialer Abkunft in sich heterogenen Teils der Bevölkerung in Mittel- und Westeuropa. Historisch lassen sich Jenische auf Angehörige der marginalisierten Schichten der Armutsgesellschaften der frühen Neuzeit und des 19. Jahrhunderts zurückführen. Merkmale dieser historischen Jenischen waren ihr ökonomischer, rechtlicher und sozialer Ausschluss aus der Mehrheitsbevölkerung und eine dadurch bedingte Binnenmigration, meist innerhalb Europas."*

Die Jenischen am Bruckhaufen lebten vom fahrenden Handel meist mit Küchengeräten – wobei sie vor allem Siebe feilboten – und vom Messerschleifen. Ende der 1960er-Jahre verschwanden dann aber die Wohnwagen. Einige Jenische zogen weg, andere blieben und bauten sich nun ebenfalls Häuser.

Vorbildkarrieren für sein späteres Leben sah der kleine Erich in seiner Umgebung vorerst eher keine. Schon als Ministrant und Jungscharmitglied war er begeistert hinter dem runden Leder hergejagt. Erfolgserlebnisse in der Mannschaft der Jungschar am Keplerplatz hatte es genug gegeben, jetzt wollte er zu einer richtigen Mannschaft.

Und tatsächlich durfte er bald schon dem FAC beitreten, dem Floridsdorfer Athletiksport-Club, dem er dann auch jahrelang als Spieler erhalten blieb.

RECHTSAUSSEN

Der Floridsdorfer AC ist ein österreichischer Traditionsklub: Er wurde bereits im August 1904 gegründet und wurde damals als 20. Verein in den Wiener Verband aufgenommen. Gegen Ende des Ersten Weltkrieges, in der Saison 1917/18, wurde man Österreichischer Meister, dank des besseren Torverhältnisses vor dem punktegleichen SK Rapid.

Aus seiner Zeit beim FAC sind Lukas bis heute viele Erlebnisse in Erinnerung geblieben. Stellvertretend seien hier zwei erwähnt.

Das erste Ereignis war eine Weihnachtsfeier für die Jugendmannschaft des FAC. Alle Buben waren sehr aufgeregt. Denn man wusste ja, dass man anlässlich dieser Feier eine wunderschöne silberne Anstecknadel bekommen würde. Das hatte der Trainer erzählt, der ein wirklich netter Kerl war. Alle sprachen ihn mit „Du" und seinem Spitznamen „Pantschi" an.

Pantschi schaute auf seine Burschen und als Siegesprämie gab es immer Eis oder Punschkrapferln, die auch im Falle einer Niederlage verteilt wurden, dann eben als „Trostpflaster". Pantschi zahlte das alles aus eigener Tasche. Und diese Großzügigkeit wurde umso höher gewertet, zumal alle wussten, dass er kein reicher Mann war. Wenn schon Pantschi ein so großes Herz für die Jugendmannschaft hatte, um wie viel größer musste dann erst das Herz der Mächtigen im Verein sein!

Und so ging man in der Erwartung, fürstlich beschenkt zu werden, zu dieser Weihnachtsfeier.

Nach einer kurzen, stimmungsvollen Einleitungsmusik, die von einem Stuzzi-Tonbandgerät kam, erhob sich in der ersten Reihe ein hochrangiger Funktionär – vermutlich der Herr Präsident selbst oder jedenfalls ein Mitglied des Vereinsvorstandes – und schritt ans Rednerpult.

Mit einer lässigen Bewegung nahm er aus der Brusttasche seines Sakkos einen Zettel, entfaltete ihn, legte ihn auf das Pult und begann schließlich mit seiner feierlichen Weihnachtsfestrede.

Es ist ein kurzer Einschub aus rechtlichen Gründen notwendig: Da uns diese im Folgenden abgedruckte Festansprache natürlich nicht schriftlich vorliegt, wurde sie von Lukas aus der Erinnerung rekonstruiert. Das heißt, wir können keine Garantie dafür angeben, dass hier jedes einzelne Wort dieses ambitionierten Vortrags hundertprozentig exakt wiedergegeben wird.

Für die Authentizität des Inhaltes und der signifikanten Formulierungen können wir uns aber verbürgen.

Der Funktionär räusperte sich und führte Folgendes aus:

„Meine sehr geehrten Damen und Herren, liebe junge Spieler unseres wunderbaren Vereins, leider muss ich gleich mit einer schlechten Nachricht anfangen. Denn indem dass mir unseren Spieler Tikal an die Innsbrucker verkauft haben, und indem, dass die Beidln bisher nicht bezahlt haben, können mir unsern Jugendspielern nicht wie traditionsgemäß unsere herrliche silberne Anstecknadel in feierlicher Form überreichen, respektive ans Revers stecken. Sondern, liebe Jugendspieler, die sich hier euch alle so zahlreich versammelt habt, ihr müssts euch heute, an diesem schönen Weihnachtsfesttag, leider nur mit einem Gaugau und einem Stück Guglhupf zufriedengeben. Dazu singen wir jetzt alle gemeinsam das bekannte *englische* Weihnachtslied Stille Nacht, Heilige Nacht!"

Offensichtlich hatte der Herr Funktionär hier das Songwriter-Duo Gruber/Mohr mit Lennon/McCartney verwechselt.

„Wirklich peinlich war aber die Tatsache, dass der Kakao angebrannt schmeckte und der Guglhupf genauso war, wie Guglhupfe fast immer sind, nämlich staubtrocken", erinnert sich Lukas. Er fügt aber gleich darauf hinzu: „Ansonsten waren die Feiern beim FAC aber immer sehr stimmungsvoll. Und der gute Pantschi hat uns nach dem nächsten Spiel als Ausgleich für das Weihnachtsdesaster gleich die doppelte Menge an Süßigkeiten geschenkt."

Als 17-Jähriger spielte Erich dann bei den Junioren. Eines Tages aber wurde er – wegen eines plötzlich eingetretenen Personalmangels – als Rechtsaußen für die „Reserve", also die zweite Kampfmannschaft, aufgestellt. Gegner war der Favoritner AC, kurz FavAC. Es ging also gegen den alten Heimatbezirk, wo Erich noch die achte Klasse des Gymnasiums besuchte.

Der Platz des FavAC liegt inmitten eines Wohngebiets. Damals war es durchaus üblich, dass viele Familien bei offenen Fenstern – quasi „Erste Reihe fußfrei" – gratis dem Spiel beiwohnten. Das ging natürlich nicht ohne heftige Emotionsäußerungen ab. Jugendfrei war das nicht, was die Spieler der gegnerischen Mannschaften da zu hören bekamen. Allerdings darf man davon ausgehen, dass es nicht die Zartbesaiteten waren, die damals den Fußballsport ausübten.

Auch die Regeln des Österreichischen Fußballbundes (ÖFB) wurden recht kreativ ausgelegt. So musste etwa Erich eine neue Identität annehmen, um an diesem Tag in der Reserve spielen zu dürfen. Im Gegensatz zum Juniorenfußball setzte das Mitwirken in einer Kampfmannschaft für „Erwachsene" damals einen speziellen, ärztlichen Tauglichkeitstest voraus, den Erich damals allerdings noch nicht absolviert hatte. So schlüpfte er in die Rolle eines krankheitshalber ausgefallenen Kollegen, dessen Name in der dem Schiedsrichter übergebenen Spielerliste aufschien. Schwindeleien dieser Art waren damals durchaus üblich, getreu dem Leitsatz: wo kein Kläger, da kein Richter.

Nachdem die Floridsdorfer von den wenigen zahlenden und zahllosen gratis aus den Wohnungsfenstern zuschauenden Favoritnern mit einem gellenden Pfeifkonzert begrüßt worden waren, pfiff der Mann in Schwarz die Partie an.

Das Spiel wurde damals noch nicht von einem professionellen Platzsprecher begleitet, sondern von sprachlich Talentierten, die sich für besonders originelle verbale Beiträge dann gelegentlich auch zu Sprechchören zusammenfanden. Diese durchaus volksnahen Aphorismen richteten sich gegen zwei Zielgruppen: Neben der gegnerischen Mannschaft war dies traditionsgemäß natürlich das Schiedsrichterteam. Dieses bestand aus drei Personen: dem eigentlichen Schiedsrichter und den beiden Linienrichtern, die in Wien und Umgebung despektierlich als „Outwachler" bezeichnet wurden. Einen vierten Schiedsrichter gab es damals noch keinen.

Den dreien wurde Blindheit vorgeworfen – „Outwachler, hast a Palatschinken auf der Gucken?" – oder auch Bestechlichkeit: „Schiedsrichter, wievü kriagst dafür?"

Weiters wurde der „Unparteiische", nachdem man ihm die Überparteilichkeit lautstark abgesprochen hatte, auch zu spielunterbrechenden Handlungen aufgefordert, Beispiel: „Schiedsrichter zum Telefon!“ Zusätzlich ließ man ihm Informationen zukommen, die Übersensible auch als gefährliche Drohung verstehen konnten, wie etwa: „Schiedsrichter, mir wissen, wo dei' Auto steht.“

Den Spielern der gegnerischen Mannschaften unterstellte man durchwegs eine gleichgeschlechtliche sexuelle Orientierung: „Beim FAC spieln lauter Worme!“, und nahm gelegentlich auch Bezug auf deren individuelle körperliche Typologie. Dazu einige oft gehörte Beispiele: „Rotschädlerter, de Feierwehr kummt!“, „Dirrer, paß auf, dass d' net obrichst!“, „Laungzodada, bist a Saupittl oder a Madl?“, „G'füllter renn net so g'schwind, sunst hoit di der Quiqui!“

Für Erich lief dieses Debüt bei den Erwachsenen von der ersten Minute an ganz ausgezeichnet. Der gegen ihn spielende linke „Außenpracker“, wie man in Wien damals den linken Außenverteidiger zu nennen pflegte, war ein älterer Herr, so um die 32. Er war zwar von durchaus kräftiger Statur, doch das half ihm vorerst nichts. Denn der 17-jährige Rotzlöffel lief ihm regelmäßig davon, konnte sich den Ball dann auch noch schön zurechtlegen und zur Mitte flanken.

Irgendwann war es der Methusalix leid, dauernd dem Jungspund hinterherzuhecheln. Gleichzeitig aber war er wohl auch eine gute Seele. Und so sagte er knapp vor Ende der zweiten Hälfte, als sich das Spielgeschehen gerade auf die linke Angriffsseite der Floridsdorfer verlagert hatte, zu seinem direkten Gegenspieler in gütigem Tonfall die folgenden Worte:

„Hurch zua, Burli. Bei mir kaunnstas guat haum, waunst ma net dauernd davonrennst. I kaun owa a aunders!“

Nun hätte möglicherweise ein aus dem Cottage stammender Jungsportsmann, der etwa bei der Vienna – genauer gesagt: beim „First Vienna Football Club“ – als Flügelstürmer wirkte, sich für ein solches Anbot freundlich bedankt. Für einen Floridsdorfer gab es darauf aber nur eine Antwort und die lautete: „Geh scheißen!“

So leicht dahingesagt dieser Konter war, so schwerwiegend waren seine Folgen. Dazu ist ein kurzer Einschub nötig: Damals waren die meisten Fußballplätze von Laufbahnen umrahmt, deren Belag war allerdings noch nicht aus Kunststoff, sondern aus Asche. Die „Tartanbahnen“ verbreiteten sich erst in den 1970er-Jahren weltweit.

Erichs nächster Sprint endete damit, dass er bäuchlings auf der Aschenbahn dahinrutschte. Und der seelische Schmerz ob der Demütigung übertraf noch jenen, den die Schürfwunden an den Beinen hervorriefen. Über das Ende dieses Spieles wollen wir den Mantel des Schweigens breiten.

Dem Fußballsport blieb Erich noch lange erhalten – auch dann noch, als er den meisten Leuten schon lange als „Lukas“ bekannt war. Auch als durchaus schon gereifter Herr spielte er bei diversen Promimatches mit – unter anderem gemeinsam mit Fußballlegenden wie Hans Krankl und Herbert Prohaska oder dem Weltstartenor Plácido Domingo.

Ende der 1960er-Jahre, nachdem er mit seiner jungen Familie nach Bisamberg übersiedelt war, wechselte er von den Floridsdorfern zum FC Bisamberg. Doch auch dort holte ihn nach gut eineinhalb Jahrzehnten der FAC noch einmal ein: und zwar in Gestalt des damaligen Bisamberg-Trainers Otto Walzhofer. Der stürmte von 1947 bis 1950 für den FAC. In den 1950er-Jahren spielte er in 13 Länderspielen mit der österreichischen Fußballnationalmannschaft und erzielte drei Tore.

BEATMUSIK STATT SCHUNDHEFTLN

Es war Samstag, der 16. Juni 1966. Der Saal des Gasthauses „Czepa“ im Strandbad Klosterneuburg war gesteckt voll. Kein Wunder: Im gleißenden Scheinwerferlicht wirkte eine jener Beatbands, die damals wie Schwammerln aus dem zu dieser Zeit an sich doch eher von weinseliger Musik durchtränkten Boden der österreichischen Bundeshauptstadt schossen:

Jerry and the G-Men stimmten den Song an, der zwischen Wiener Neustadt und Stockerau bereits als ihre „Zugnummer“ galt: „Gloria“.

„‚Gloria‘? Echt? Ihr habt’s den Umberto-Tozzi-Hadern auch gesungen? Wie später dann die Laura Branigan?“

„Aber nein! Diesen Schmachtfetzen hat’s doch damals noch gar net gegeben“, meint Lukas. „Unser ‚Gloria‘ war der Hit von *Them*.“

Ich schäme mich ein bisschen, denn ich habe mich seit jeher für einen echten Kenner der sogenannten „Beatära“ gehalten. Sogar eher „ausgerissene“ Bands wie *Vanilla Fudge* oder *Sam the Sham and the Pharaos* sind mir durchaus bekannt.

„But who the fuck is *Them*?“

„Das war die Band vom Van Morrison“, erklärt mir Lukas. Sie war das allerdings nicht lange, wie mir Wikipedia tröstend mitteilt: Zwei Jahre nach der Gründung hat Van, der in seinen späten Jahren gelegentlich recht krause Thesen über Gott und die Welt vertritt, die Band zwecks Starts seiner Solokarriere verlassen.

Jerry and the G-Men spielten damals die vermutlich weltweit längsten Versionen von „Gloria".

„Das Original dauerte knapp unter drei Minuten – bei uns im Regelfall circa 20!", erzählt Lukas.

Bei einem Auftritt im Winter 66/67 im Arbeiterkammersaal in Tulln kam es schließlich zu einer Rekordperformance von 35 Minuten.

„Dabei schlug ich mir, Iggy Pop gleich, mit dem Tamburin den rechten Oberschenkel blutig. Dies löste unter den aus dem gesamten Tullnerfeld angereisten Beatfans Begeisterungsstürme und hysterische Verzückungsrufe aus."

Beim eingangs erwähnten sommerlichen Strandbadauftritt kam es während dieses Songs ebenfalls zu Beifallskundgebungen, die in einer Reihe von Verhaltensauffälligkeiten mündeten – durch eine im damaligen Klosterneuburg durchaus bekannte Persönlichkeit. Es handelte sich um den juvenilen Spross eines Seifensieder-Imperiums.

An diesem warmen Frühsommertag drängten sich extrem viele junge Leute im „Czepa". Verstärkt durch exzessiven Zigarettenkonsum herrschte dort ein derartiger Sauerstoffmangel, dass man im Vergleich dazu die Atemluft in einem zur Stoßzeit überfüllten Straßenbahnwagen wie die eines alpinen Luftkurortes empfunden hätte.

Ob bei dem, was sich unter diesen Rahmenbedingungen zutrug, auch illegale Substanzen im Spiel waren oder bodenständige, rechtlich anerkannte Drogen wie etwa Ribiselwein aus Königstetten oder Zweigelt aus den nahen Stiftskellern, ist nicht belegt. Wir wollen es also einer teuflischen Kombination aus Hypoxie, rhythmischer Brillanz der Band und suggestiver Vortragskunst des Sängers zuschreiben, dass der Seifenerbe konvulsivisch zuckend zuerst in Ekstase geriet, um daraufhin zügig von einer Ohnmacht übermannt zu werden.

Gottlob fanden sich zuhauf barmherzige Samariterinnen mit Erste-Hilfe-Ausbildung, die dem auf dem Boden Liegenden bald wieder auf die Beine halfen. Der hatte nichts Besseres zu tun, als sogleich neuerlich in Ekstase zu geraten und wiederum in Ohnmacht zu fallen. Nach einer weiteren gelungenen Rettungsaktion durch das selbstlose Emergency-Team wiederholte sich dieser Vorgang noch einige Male, bis endlich der erlösende Schlussakkord des Songs erklang.

Wie waren diese spektakulären Auftritte in der alten Babenbergerstadt überhaupt möglich? Klosterneuburg steht ja an sich seit alters her nicht im Ruf, ein Hort aufmüpfiger Umtriebe zu sein. Und Rockmusik oder „Beatmusik", wie man damals im deutschsprachigen Raum den Britrock nannte, galt beim Großteil der Erwachsenenwelt als schlimmste Form dessen, was man als „Negermusik" zu bezeichnen pflegte. Auch die damit verbundenen Langhaarfrisuren, die „Carnaby-Street-Mode" mit Glockenhosen, „Schockfarbenhemden" und Miniröcken, all das zusammen war für viele Ausdruck eines satanischen Anschlags auf das christ-katholische Abendland.

Und war nicht gerade Klosterneuburg mit seinem prächtigen Augustiner-Chorherren-Stift samt den darin befindlichen habsburgischen Kaisersälen einer der Kristallisationspunkte eben dieses Abendlandes?

Wie also kamen *Jerry and the G-Men* hier, in diesem – gewissermaßen – „Mekka" katholischer Biederkeit, zu einer Auftrittsserie?

Schuld daran war der Herr Czepa.

Herr Czepa war nicht nur Gastronom, er war auch ein Virtuose auf der Hammondorgel. Allein schon die Wahl dieses nach seinem Erfinder Laurens Hammond benannten Instruments wies den Strandbadwirten als Mann der Moderne aus. Denn wiewohl sie am 24. April 1935 mit einem Vortrag der 1. Sinfonie von Johannes Brahms erstmalig der Öffentlichkeit präsentiert wurde, fand die Hammondorgel rasch Verbreitung in der sakralen Gospelmusik und bald darauf auch im „profanen" Jazz.

In der Musik des Britpop lieferte sie den charakteristischen Basissound bei „House of the Rising Sun", dem ersten großen Hit der *Animals.*

Herr Czepa war vermutlich kein Fan dieser Band, denn sein musikalischer Wirkungskreis lag in einem Grinzinger „Heurigen-Café", wo er neben seiner Tätigkeit als Gastronom im Strandbad regelmäßig auftrat. Aber er spielte das „Kleine Café in Hernals" oder „Schnucki, fahr ma nach Kentucky" nicht auf einem Pianino, sondern auf der neuzeitlichen „Hemmungsorgel", wie sie von konservativeren Vertretern der Pianisten-Zunft gerne ironisch genannt wurde.

Auch in merkantilen Dingen schien der musische Wirt ein Anhänger offener Liberalität zu sein und dafür gerne gelegentlich „wertkonservative" Grundhaltungen hintanzuhalten.

Denn als Andy Wölfel, der ebenfalls aus Klosterneuburg stammende Manager von *Jerry and the G-Men*, mit der vorsichtigen Frage an ihn herantrat, ob der Herr Gastronom sich vielleicht vorstellen könne, an den Sommerwochenenden eine „Beatband“ zu engagieren, erwiderte Herr Czepa wie aus der Pistole geschossen:

„Na freilich. Wenn das den jungen Leuten g'fallt und wenn sie dann auch in Massen kommen, dann kann mir das nur recht sein!“

Die jungen Leute kamen und es gefiel ihnen.

Doch Andy Wölfel war das nicht genug. Der Mann, der sich niemanden Geringeren als Brian Epstein, den damals schon legendären Manager der *Beatles*, zum Vorbild erkoren hatte, wollte den Markt ausweiten – *generationenübergreifend.*

Und so gebar er die Idee, im Rahmen eines „Strandbad-Events“ – wie das heute die Absolvent*innen einschlägiger Fachhochschulen nennen würden – die „Beat-Oma“ zu wählen.

„Es war schrecklich!“, erinnert sich Lukas noch heute mit Schaudern an diesen Auftritt in der Strandbadhalle. „Vier ältere Damen warfen sich wacker kreischend in die Konkurrenz und wir mussten sie begleiten.“

Eine der vier Teilnehmerinnen beim „Beat-Oma-Wettbewerb“. Rechts im Bild Erich

Siegerin und damit „Beat-Oma“ wurde die älteste, über 70-jährige Teilnehmerin. Sie trug den damals gerade aktuellen Song „My Baby Baby Balla Balla“ der bundesdeutschen Band *The Rainbows* vor.

„Um es diplomatisch zu formulieren: Der Vortrag der Dame wurde der Qualität dieser Nummer durchaus gerecht!“, meint Lukas heute dazu.

Andy Wölfel überraschte *Jerry und seine G-Men* dann auch noch mit der „sensationellen Nachricht“, dass ihm ein „großartiger Coup“ gelungen war: Er habe bereits eine Tournee für die frischgebackene Ikone organisiert und wer als Begleitband für die „Beat-Oma“ auserwählt worden war, das war auch schon klar.

„Gottlob gab es nur wenige Auftritte, zu denen noch dazu kaum Zuschauer kamen. Entsprechend mickrig waren die sogenannten Künstlergagen", erinnert sich Lukas. „Als Andy der *Beat-Oma* in Amstetten ihren Anteil in Höhe von 33 Schilling bar auf die Hand gab, bewies die Dame Charakter. Sie schleuderte dem Westentaschen-Epstein den Bettel ins Gesicht und beendete damit erhobenen Hauptes stolz ihre vielversprechende Karriere."

Rückblende – 1964.

Kaum hatten in London Roger Daltrey, John Entwistle und Pete Townshend *The Who* gegründet, denen sich schon im April Drummer Keith Moon anschloss, fand in der Graf-Starhemberg-Gasse zu Wien ebenfalls eine erste Bandprobe statt: in einem dunklen Keller, der zu einer feudalen Großbürgerwohnung gehörte. Neben dem 16-jährigen Erich, der als Leadsänger wirkte und damals dazu auch noch auf seiner akustischen Gitarre spielte, übten seine Klassenkollegen „Blasl" Blasoni am Bass und Bertl Rehm an der elektrischen Sologitarre. Unterstützung am Schlagzeug fanden sie in einem gewissen „Jimsy", der angeblich mit Angehörigen der legendären österreichischen Unternehmerdynastie Meinl befreundet war, und in Kurt Pollak, der ebenfalls E-Gitarre spielte und sang.

Obwohl die *Beatles* kurz zuvor – im Frühjahr 1964 – ihre erste und einzige deutschsprachige Single mit „Komm, gib mir deine Hand" und „Sie liebt dich" auf den Markt gebracht hatten, wollten Erich und seine Buben ausschließlich englisch singen. Und keine *Beatles*-Songs, sondern härtere Sachen.

Als Universalverstärker für alles diente bei dieser Probe ein Tonbandgerät, was dem Sound gleichermaßen Originalität wie mangelnde Massentauglichkeit verlieh.

Das sollte sich aber bald ändern.

Denn Kurt Pollaks Eltern waren das, was man in Wien gerne als „g'schtopft" bezeichnet – also wohlhabend. Ihnen gehörte nicht nur der Probenkeller, sondern auch die dazugehörige Großbürgerwohnung. Und um sich beides leisten zu können, waren sie gottlob auch noch die Eigentümer von zwei Kinos und einem Filmverleih.

Es bot sich also an, Kurtis Mama nahezulegen, sie solle den Papa dazu überreden, dem Sohnemann eine Schallplattensammlung zu kaufen. Und als sinnvolle Extrainvestition eine Verstärkeranlage plus Effektgeräten, um das Gehörte mit der Band dann auch authentisch umsetzen zu können. Denn als Beatstar würde der Filius ja ohnehin in Kürze locker dazu in der Lage sein, das von den Eltern in dieser sinnvollen Weise angelegte Kapital mit fürstlichen Zins- und Zinseszinsen zurückzuzahlen.

Was oder wer sollte bitte *da* dagegensprechen?

Die Mutter.

Kurtis Mama konnte „diese grausliche Beatmusik" nicht ausstehen. Noch weniger mochte sie allerdings die Langhaarigen, die sie spielten. Und diese Doppelabneigung der Frau Mama wusste Kurti geschickt zu nutzen.

„Kurti! Deine Haare sind zu lang!", sprach die Frau Mama und fügte hinzu: „Du musst dringend zum Friseur gehen."

„Tu ich eh!", erwiderte der gehorsame Sohn. „Wenn ihr mir einen Gitarrenverstärker kauft."

„Und wenn nicht?"

„Dann geh ich *nicht* zum Friseur."

Anhänger der neoliberalen Denkweise mögen dies als cleveren Deal, Vertreter wertkonservativer Positionen als rotzfreche Erpressung bezeichnen – wir enthalten uns hier jeder Wertung und stellen nur sachlich fest: Es funktionierte.

Jeder Friseurbesuch Kurtis brachte ihn selbst einen kleinen Schritt weg vom erstrebten Pilzkopf, die Band aber einen großen Schritt näher zum perfekten Equipment. Schließlich gelang es Kurti sogar, sein Haarproblem zu lösen: Er konnte seine Mutter überreden, ihm eine Langhaarperücke für die Auftritte zu kaufen. Natürlich kein Billigmodell, sondern eine aus Echthaar.

Erich hatte keine reichen Eltern und so musste er nach zwei Monaten Ferialarbeit am Bau eine Grundsatzentscheidung treffen: Moped oder E-Gitarre?

Die Entscheidung fiel nicht schwer. Mit stolzgeschwellter Brust sollte er nun als Rhythmusgitarrist seine *Brokat* spielen – ein wunderschönes Instrument der deutschen Traditionsfirma *Höfner*. Diese war seit Kurzem im US-amerikanisch dominierten E-Gitarren-Markt höchst präsent, da Paul McCartney bei den *Beatles* auf der Linkshänder-Version eines Höfner 500/1-E-Basses spielte.

„Unser erster öffentlicher Gig fand im Martinsschlössel im 18. Bezirk statt, wo wir dann mehrmals auftraten", weiß Lukas zu berichten. „Später gab es dann Auftritte in der Coca-Cola-Fabrik am Wienerberg – die sogenannten Cola-Partys!"

Die Abendgage betrug immerhin 500 Schilling, was für eine Newcomer-Band in dieser Zeit beachtlich war. 500 Schilling war damals so in etwa der durchschnittliche Wochenlohn.

Die Veranstaltungen am Wienerberg waren sehr gut besucht – und das erhöhte recht zügig den Bekanntheitsgrad der Band. Beworben wurden die Cola-Partys damit, dass die jugendlichen Gäste kostenlos so viel Coca-Cola trinken durften, wie sie wollten oder konnten.

„Dieses Lockangebot wurde so intensiv genutzt, dass immer wieder Tanzende in eine Art von Koffein-Ekstase fielen, während sie ‚*Jerry, spielts* ‚Gloria" skandierten."

Apropos: Wer hat eigentlich den Bandnamen *Jerry and the G-Men* erfunden?

„Das war eine Kollektivarbeit. Ich als Leadsänger sollte im Bandnamen vorkommen, aber *Erich* fand keiner prickelnd. Irgendwer sagte dann, *Jerry* passt gut! Da hab ich dann ergänzt: *and the G-Men*."

Jerry steht in diesem Fall natürlich für „Jerry Cotton" und nicht für die schlaue Maus, die permanent mit dem doofen Kater „Tom" im Clinch liegt.

Was das „G" in *G-Men* bedeutet, ist umstritten: Allgemein wird angenommen, es stehe für „Gun". Angeblich soll aber Delfried Kaufmann, der Erfinder von *G-Man Jerry Cotton*, das „G" als Kürzel für „Government" eingesetzt haben.

„Wurscht!", meint Lukas dazu trocken. „Uns hat es damals gefallen, uns nach Schundheftl-Figuren zu benennen. Ein Leser dieser Heftromane war ich allerdings nie. Ich bin schon früh bei den wirklich guten Krimis gelandet: bei Raymond Chandler oder Dashiell Hammett, später dann natürlich bei Patricia Highsmith und Sjöwall und Wahlöö." Dann fügt er lächelnd hinzu: „Aber der Jerry Cotton war mir natürlich lange Zeit sehr, sehr nah. Zuerst als Jerry, dann als Kottan."

Bei den ersten Auftritten stellte sich heraus, dass Jimsys Schlagzeugfähigkeiten enden wollend waren. Und so ersetzte ihn schon sehr bald der spätere Direktor des Circus „Roncalli", Bernhard Paul. Der war offenbar bereits damals ein Fan von Kunststücken, denn er spielte sein Schlagzeug im Stehen.

„Im Stehen? Echt? Warum?"

„Weil der Bernie das cool fand."

„Und wie spielt man im Stehen die Bassdrum und die Hi-Hat?"

„Schlecht."

Und so währte auch Bernhard Pauls Wirken bei den *G-Men* nicht allzu lange. Statt ihm kam Toni Griebaum.

„Toni war genial", schwärmt Lukas von dem späteren Drummer der *Untouchables*. „Er spielte nicht nur großartig Schlagzeug, sondern sang auch die eine oder andere Nummer, zum Beispiel ‚Lucille' von Little Richard."

Dieser Song spaltete bei einem Auftritt im burgenländischen Schandorf das Publikum: In dem kleinen Gasthaussaal saßen rechts und links auf Bänken burgenländisch-kroatische und -ungarische Großmütter, die ein Auge auf ihre tanzenden Enkelinnen hatten. Während „Lucille" bei Letzteren Begeisterung auslöste, führte sie bei der Oma-Securitate zu einer Art Schreckstarre.

Nach Bernhard Pauls Abgang blieben allerdings zwei seiner Freunde der Band als Fans erhalten: die Kunststudenten Gottfried Helnwein und Manfred Deix.

„Mit Manfred verband mich seit dieser Zeit bis zu seinem Tod eine enge Freundschaft", erzählt Lukas. „Er war zeitlebens ein Riesenfan der *Beach Boys*. Und damals hat ihm unsere Interpretation von ‚Little Honda' ausnehmend gut gefallen."

Was gleich zu der Frage führt: Was hatten denn *Jerry and the G-Men* in ihrem Repertoire?

Dazu Lukas: „Von den *Rolling Stones* hatten wir fast alle Songs der ersten LPs im Programm. Für ‚Satisfaction' kauften wir uns einen *Fuzz* (Verzerrer) für die Sologitarre, der auch für ‚Mother's Little Helper' oder ‚Keep on Running' von der *Spencer Davis Group* nutzbringend eingesetzt wurde. Überhaupt spielten wir gerne Britpop-Songs von den *Kinks, The Who, Animals* oder von den *Pretty Things* die heute weithin unbekannten Nummern ‚L.S.D.' und ‚Buzz the Jerk'.

Natürlich mussten wir auch sogenannte Lamour-Hatscher spielen, bei denen junge Menschen beiderlei Geschlechts einander körperlich näherkommen konnten. So etwa ‚Ginny come lately' von Brian Hyland oder ‚Apache' von den *Shadows*.

Zu Auftritten wurden wir in der Anfangszeit im Kombi des Filmverleihs von Kurtis Eltern mit dem Firmenchauffeur transportiert. Es war eine *Estafette* von *Renault*. Einen solchen Wagen durfte ich Jahrzehnte später in dem Film *Schwarzfahrer* chauffieren."

Die Band war inzwischen sehr gefragt und hatte auch auf dem Land, also bei den „G'scherten", wie der Wiener sagt, regelmäßige „Gigs" in diversen Arbeiterkammer- und Gasthaussälen.

„Legendär waren unsere Auftritte im südburgenländischen Schachendorf, bei dem dort weltbekannten Bäcker und Cafetier Otti Varga", erzählt Lukas. „Dort spielten wir auf einer Bühne, die man über der Kegelbahn errichtet hatte. In den Pausen, die auf Anweisung von Herrn Varga zwecks Hebung des

Gastro-Umsatzes besonders lang sein mussten, wurden wir – wie alle Musiker damals im Burgenland – mit Riesenschnitzeln, Erdäpfelsalat und Apfelstrudel überfüttert."

Aber man feierte auf dem platten Lande nicht nur Triumphe.

„Ein Auftritt in der Weinviertler Metropole Mistelbach gestaltete sich besonders schwierig", erinnert sich Lukas noch heute mit Schaudern.

Das Konzert fand in einer Location mit dem illustrativen Namen „Sauhalle" statt. Und in diesem wenig anheimelnden Ambiente forderte eine große Schar autochthoner Betrunkener das sofortige Abspielen des Welthits „La Bamba" anstatt des vorgesehenen Liedgutes.

Auf den lautstarken Ruf „SPÜHTS LA BAMBA!" folgte eine eloquente Antwort Jerrys, die aus Jugendschutzgründen hier nicht zitiert wird. Die Ansprache des Leadsängers führte jedenfalls dazu, dass die *G-Men* das Etablissement fluchtartig in der folgenden, hastig vorverlegten Pause verließen, wobei das Equipment durch das Garderobenfenster in den Band-Bus erfolgreich evakuiert werden konnte.

Die Heimfahrt nach Wien verlief ohne Zwischenfälle. Weder Traktoren noch Mähdrescher nahmen die Verfolgung auf.

Natürlich blieb aber das zentrale Auftrittsgebiet für *Jerry und seine G-Men* weiterhin Wien.

Die letzten, ziemlich großen Auftritte fanden im Porr-Haus, im Hotel Wimberger bei einem Bandwettbewerb und im HVZ (Hernalser Vergnügungszentrum), dem späteren *Metropol,* statt.

Besonders gern erinnert sich Lukas an die Gigs im „Gasthaus Unsinn" im Favoritner Bezirksteil Rothneusiedl zurück.

Dazu Lukas: „Vor einigen Jahren durfte ich dort noch einmal auftreten: Als Gastsänger der *Untouchables*, bei denen Toni Griebaum am Schlagzeug saß, habe ich einige Songs der *Rolling Stones* zum Besten gegeben.

Früher, in den 1960er-Jahren, hatten wir dort regelmäßig einen vollen Saal und es wurde wild geshaked. Die Toiletten links und rechts von der Bühne waren mit Schwingtüren ausgestattet. Aus eigenartigen Gründen hat sich deren lautes Geräusch gut in unseren Band-Rhythmus eingefügt. Wenn wir aber gelegentlich eine der Konsumation geschuldete, kurze Bier- und Zigarettenpause einlegten und nur mehr die Häusl-Schwingtüren zu hören waren, dann begannen mit schöner Regelmäßigkeit Raufereien im Saal. Daraufhin pflegte ein Kellner zu uns in die Garderobe zu eilen und uns anzuflehen: ‚Bidschön, spielts weida, wei do haun si scho wieda a paar Depperte ane in de Goschen!‘ Selbstverständlich eilten wir sofort auf die Bühne, begannen zu spielen, die Kampfhähne lösten sich voneinander und tanzten wieder. Ein herrliches Beispiel für die friedensstiftende Wirkung von lauter Rockmusik!“

Und was war der schrägste Auftritt mit deinen *G-Men*?

Lukas lacht. „Das war sicher der im ‚San Remo‘, das später in ‚Camera‘ umbenannt wurde. Dort waren damals die legendären *Slaves* mit dem nicht minder legendären Karl Ratzer die Hausband. Einmal war dort eine Londoner Gruppe namens *The Cheetahs*, also die *Geparden*, angekündigt. Aus Gründen, die ich nicht mehr weiß, kamen die aber nicht. Also wurden wir als Ersatz engagiert. Mit der Bedingung, dass wir nicht als wir selbst, sondern als *The Cheetahs* auftreten. So sprachen wir untereinander nur genuscheltes Englisch. Das fiel einem von uns besonders leicht: Denn der letzte Schlagzeuger der *G-Men* hieß zwar Georg Schwyzer, war aber ein echter Londoner. Wir kamen als *Geparden* im ‚San Remo‘ ganz gut an.“

Mit dem Drummer Georg Schwyzer sollte Lukas noch einiges erleben. Aber das ist eine andere Geschichte. Und die wird auch noch erzählt. Ein paar Seiten weiter hinten.

IM ELFENBEINTURM DER WISSENSCHAFT

Im Wintersemester 1965 immatrikulierte der 17-jährige Erich an der Universität Wien. Ursprünglich wollte er Medizin studieren. Doch 45 Wochenstunden an Pflichtübungen und Vorlesungen schienen ihm dann doch etwas zu viel zu sein. Bei einem solchen Arbeitspensum würde ihm zu wenig Zeit für seine Band bleiben.

Er suchte also nach einer verwandten Studienrichtung, die deutlich weniger Anwesenheitspflicht erforderte, und entschied sich schließlich für ein Doktoratsstudium mit Psychologie als Hauptfach. Als Nebenfach wählte er Anthropologie und Humangenetik.

Eine der ersten Vorlesungen, die der frischgebackene Student besuchte, war ‚Statistik 1‘.

Kaum hatte er im Hörsaal Platz genommen, fragte ihn ein Kommilitone:

„Wie oft sind Sie denn schon zur ersten Statistikprüfung angetreten?“

„Noch nie. Ich bin heute zum ersten Mal in dieser Vorlesung!“

Der Kollege lachte ebenso glockenhell wie ein wenig schadenfroh.

„Na ja, machen S' Ihnen nichts draus, wenn Sie bei der ersten Prüfung einen Fleck kriegen. Beim ersten Mal fallen praktisch alle durch."

Für heutige Studierende ist an diesem Dialog vermutlich besonders irritierend, dass 1965 die Studenten untereinander per Sie waren. Anders als heute war auch die Tatsache, dass es kaum Student*innen* gab – nicht einmal in Psychologie. Auch im Lehrpersonal war das weibliche Element nur in höchst geringer Zahl vertreten, wodurch auch die Praxis des Genderns mangels Grundlage keine Anwendung fand.

Mit *einer* Professorin bekam es Erich aber während seines nicht allzu lange dauernden Studiums doch zu tun: und zwar mit der Psychologin Sylvia Bayr-Klimpfinger. Legendär war diese Professorin unter anderem deshalb, weil sie bei mehreren Generationen von Lehramtskandidatinnen im Pflichtfach Entwicklungspsychologie für relativ hohe Durchfallraten sorgte.

Selbstverständlich war nicht nur für den erfolgreichen Lehramts-, sondern auch für den Psychologieabschluss ein „Schein" bei Frau Bayr-Klimpfinger zu machen. Erich war aufgrund einer umfangreichen Auftrittsserie mit *Jerry and the G-Men* beim ersten Antreten zu dieser Prüfung erbärmlich schlecht vorbereitet.

Und so griff er zu einer List, deren Erfolgsaussichten er selbst damals mit maximal fünf Prozent bewertete. Dank seines erfolgreichen Abschlusses von „Statistik 1" war er ja bereits ein Meister der Wahrscheinlichkeitsrechnung und damit der Prognostik.

Fünf Prozent Erfolgswahrscheinlichkeit waren nicht viel. Aber Erich dachte sich:

A) Wer nicht wagt, der kann nicht gewinnen.

B) Wenn ich durchfalle, dann trete ich halt noch einmal an.

Seine Strategie bestand darin, bei dem schriftlichen Test irgendetwas, und zwar sehr viel davon, völlig unleserlich zu schreiben.

„Das hört sich einfacher an, als es ist!", sagt Lukas heute dazu. „Probieren Sie einmal, neun Seiten lang etwas zu schreiben, das kompetent ausschaut, aber halt völlig unlesbar ist!"

Circa eine Woche nach der Prüfung fand Erich im Aushang des Psychologischen Instituts die Nachricht, dass Kollege Erich Resetarits in der nächsten Sprechstunde bei Frau Univ.-Prof. Dr. Sylvia Bayr-Klimpfinger vorsprechen solle.

„Sie scheinen sich ja intensiv mit der Materie auseinandergesetzt zu haben", begann die Frau Professor in durchaus wohlwollend klingendem Tonfall. „Neun Seiten haben nur ganz wenige Kandidaten abgegeben. Allerdings – so etwas ist mir noch nie passiert: Ich kann *kein einziges* Wort Ihrer Arbeit lesen. Könnten Sie mir vielleicht jetzt etwas davon vorlesen?"

Mit diesen Worten reicht sie Erich seinen Test. Er starrt kurz auf das Schriftbild, atmet verzweifelt aus und sagt dann mit belegter Stimme:

„Frau Professor, mir tut das schrecklich leid! Ich muss furchtbar nervös gewesen sein. Diese Schrift ist ja grauenhaft. Nicht einmal *ich selbst* kann das lesen."

„Ja, so was kommt vor", antwortete die Frau Professor. Als habilitierte Psychologin war sie natürlich auch eine Fachfrau im Einschätzen von paradoxen Reaktionen auf Stresssituationen. „Aber da kann ich Ihnen natürlich nur ein *Genügend* geben. Dissertieren können Sie bei mir mit dieser Note natürlich nicht."

Erich glaubte nicht recht zu hören. Er kannte Studienkollegen und Lehramtskandidaten, die nach einem *Genügend* bei Bayr-Klimpfinger in katholischen Studentenheimen Partys feierten. Nach außen hin aber spielte er den Zerknirschten.

„Ja, das verstehe ich natürlich vollkommen, Frau Professor!", antwortete er leise und nahm mit traurigem Blick und lachendem Herzen den Schein mit dem wohlverdienten Vierer sehr zufrieden entgegen.

Frau Bayr-Klimpfinger hatte übrigens mit etlichen Professoren der Wiener Universität neben ihrer Gelehrsamkeit noch etwas gemeinsam – nämlich die frühere Mitgliedschaft bei der NSDAP. Sie wurde am 1. Januar 1941 mit der Mitgliedsnummer 9.026.127 aufgenommen.

Ein wesentlich prominenterer Nazi war allerdings Univ.-Prof. Dr. Emil Breitinger gewesen, bei dem Erich im Fach Anthropologie einige Übungen zu absolvieren hatte.

„In erster Linie waren das Totenschädelvermessungen", erinnert sich Lukas an diese wenig erquickliche Tätigkeit. „Breitinger machte dabei immer wieder Anspielungen auf angebliche Parallelen zwischen Menschenaffen und minderrassigen Slawen. Er machte sich gar nicht die Mühe, die Kontinuität seiner Rassenideologie zu verschleiern."

Herr Professor Breitinger war kein „gewöhnliches" Parteimitglied gewesen, sondern SS-Oberscharführer und Schulungsleiter im „Rasse- und Siedlungshauptamt der SS".

Es wirft ein bezeichnendes Licht auf die österreichische Bildungspolitik der 1950er-Jahre, dass der aus Bayern stammende Emil Breitinger nicht in Deutschland eine Professur bekam, sondern 1957 an der Universität Wien Ordinarius wurde. Darüber hinaus wurde er Wirkliches Mitglied der *Österreichischen Akademie der Wissenschaften*.

Wer 1965 ein Psychologiestudium begann, weil er sich gerade in Wien einen Einblick in die Lehren von Sigmund Freud und seiner wissenschaftlichen Nachfolger*innen erwartete, der wurde enttäuscht. Der damalige Star des Psychologischen Instituts der Universität Wien, Univ.-Prof. DDr. Hubert Rohracher, war ein Vertreter der „positivistischen Psychologie", die davon ausging, dass man, um die Psyche verstehen zu können, ausschließlich hirnphysiologische Vorgänge zu erforschen habe, weil diese dem „psychischen Erleben" zugrunde lägen.

„Bei den Übungen, die wir bei Herrn Professor Rohracher machten, stand nicht der Mensch im Mittelpunkt unseres Forschungsinteresses, sondern eine große Zahl von Würmern", erinnert sich Lukas. „Mit denen wurden immer wieder Experimente gemacht, um ihre Hirnphysiologie zu erforschen. Mir kamen diese Experimente ziemlich grauslich vor. Ich bin seither nicht gerade ein Freund von Tierexperimenten."

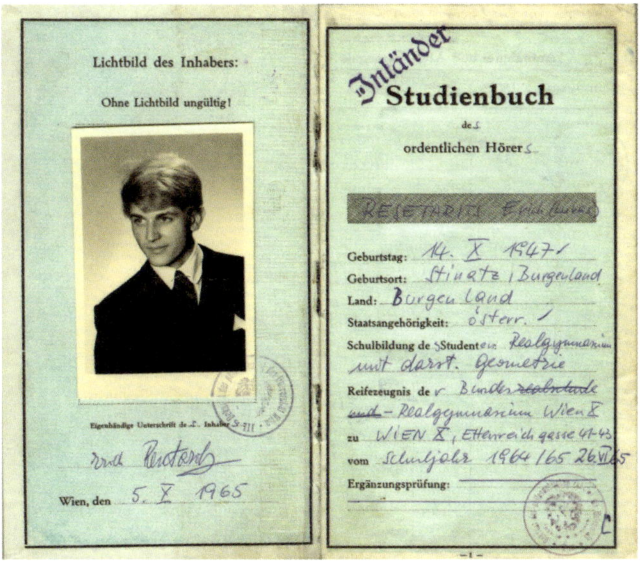
Lichtbild des Inhabers:
Ohne Lichtbild ungültig!
Eigenhändige Unterschrift de*s* Inhaber*s*:
Wien, den 5. X 1965

Inländer
Studienbuch
de*s*
ordentlichen Hörer*s*
REISETARITS Erich (Lukas)
Geburtstag: 14. X 1947
Geburtsort: Stinatz, Burgenland
Land: Burgenland
Staatsangehörigkeit: österr.
Schulbildung de*s* Student*en*: Realgymnasium mit darst. Geometrie
Reifezeugnis de*r* Bundes-~~realschule und~~ -Realgymnasium Wien X
zu WIEN X, Ettenreichgasse 41-43
vom Schuljahr 1964/65 26.VI.65
Ergänzungsprüfung:
– I –

Erichs Studienbuch an der Alma Mater Rudolphina

Die aus heutiger Sicht wohl bei Weitem interessantesten Vorlesungen während seiner Studienzeit erlebte Erich bei dem Univ-Prof. für Pädiatrie und Leiter der Wiener Universitätskinderklinik, Dr. Hans Asperger. Er gilt als erster Beschreiber des nach ihm benannten Syndroms. Die englische Wissenschaftlerin Lorna Gladys Wing, Gründerin der *National Autistic Society* im Vereinigten Königreich, hat in einer wissenschaftlichen Publikation 1981 Hans Aspergers Arbeit international bekannt gemacht und auch die von ihm erstmals dokumentierte Form des Autismus nach ihm benannt.

Bis heute erinnert sich Lukas an ein „Begutachtungspraktikum", das in einem Hörsaal des damaligen Allgemeinen Krankenhauses in Wien in der Alser Straße stattfand. Gemeinsam mit seinem Assistenten Franz Wurst präsentierte Hans Asperger dem studentischen Auditorium einen seiner Patienten.

„Der Bub war circa zehn Jahre alt, sehr aufgeweckt und eloquent!", erzählt Lukas. „Professor Asperger stellte ihm eine Reihe von Fragen, die von dem Buben alle sehr präzise beantwortet wurden. Allmählich wurden daraus kurze Erzählungen, die sich immer mehr vom Gegenstand der eigentlichen Frage entfernten. Schließlich meinte der Bub, dass er gelegentlich von einem Geist besucht werde, der sich dann auf den Kasten in seinem Zimmer setze.

‚Und was passiert dann?', fragte der Professor.

‚Dann beginne ich ganz laut zu schreien', erwiderte der kleine Patient.

‚Und dann verschwindet der Geist?'

‚Nein. Dann kommt die Schwester herein und haut mich.'

Darauf folgte ein kurzes, peinliches Schweigen und der Bub wurde vom Assistenten und der Schwester, die offenbar vor der Tür gewartet hatte, hinausgeleitet."

Nach ein paar Semestern kam Erich dann zu dem Schluss, dass er doch nicht Psychologe werden wollte. Arbeitserfahrungen in verschiedenen beruflichen Metiers hatte er inzwischen schon mehrfach gesammelt.

ARBEIT MACHT DAS LEBEN SÜSS

Seinen ersten Ferialjob machte Erich schon im Gymnasium – im Sommer 1962 auf einer Baustelle seines Vaters in der Khunngasse im 3. Bezirk. Der 14-Jährige war als Hilfsarbeiter tätig. Bereits damals gab es unter seinen

Kollegen einige Türken, was damals in Ostösterreich noch recht selten war. Die meisten Gastarbeiter am Bau kamen ja aus Jugoslawien.

An zwei der türkischen Bauhilfsarbeiter kann sich Lukas noch sehr gut erinnern:

Hanefi und Šukru waren anatolische Kleinbauern und höchst unterschiedlich, was ihre Weltanschauung betraf. Hanefi war strenggläubiger Muslim. Er verrichtete alle Gebete, die der Koran vorschrieb, nachdem er die rituellen Waschungen mit Wasser aus dem Baukübel penibel durchgeführt hatte. Šukru hingegen war bekennender Atheist und Sozi, und er machte sich gerne über den frommen Landsmann lustig: „Imma Allah!! Allah!!“, rief er, wobei er den Tonfall und die gebückte Gebetshaltung des Kollegen nachäffte. Der nahm das mit stoischer Ruhe hin. Vermutlich in dem sicheren Bewusstsein, dass er dereinst des Paradieses teilhaftig sein werde, während Šukru dem Schaitan in der Dschehenna Gesellschaft leisten müsse.

„Den beiden war allerdings gemeinsam“, erzählt Lukas, „dass sie schnell und trotzdem genau arbeiteten. Besonders beim Schuttwegräumen, wenn wir fertig verputzte Etagen *besenrein* machen mussten. Das kam nicht bei allen gut an.“

„De Kamötreiber haun uns ja unsere ganzen Zeit'n z'amm!“, brummt ein älterer Wiener Hilfsarbeiter und fügt hinzu: „De zwa san die reinen Laien, die brauchen a Lektion!“

Also ruft er Hanefi und Šukru zu sich und zeigt ihnen, wie man in Wien korrekt arbeitet.

„Mit Hirn!“, erklärt er. „Net aunzah'n wia a Wagelhund. Sonst holt di der Quiqui, verstehst? Der Herzinfarkt! Schaufeln, schaufeln, schaufeln, bumm – Herz kaputt!“

Diese Erklärung begleitet er mit hektischem Schaufeln. Die beiden Türken sehen ihm andächtig zu.

Dann macht der selbst ernannte Lehrmeister ein paar langsame Schaufelschwünge und zeigt schließlich, wie man sich fachmännisch an den Stiel gelehnt erholt.

„So arbeiten“, erklärt er, „wenn Polier NICHT da. Kapiert?“

Hanefi und Šukru nicken.

„Wenn aber Polier kommt – DANN SO!“

Er beginnt heftig zu schaufeln.

„NUR wenn Polier ist da – SO schaufeln! Wenn Polier nicht da – so!“

Er macht wieder die langsamen Schaufelschwünge und lehnt sich dann sogleich wieder an den Stiel.

„Kapiert?“, fragt der Wiener. Hanefi und Šukru nicken.

„Jetzt du machen!“, befiehlt der Lehrmeister. „Polier nicht da – langsam, los! Jetzt Polier kommt – schneller – los! Jetzt Polier wieder weg! Bravo!“

Während er seine Regieanweisungen gibt, imitieren die beiden Türken die jeweiligen Schaufelbewegungen. Nach ein paar Minuten ist der Wiener zufrieden.

„Na bitte!“, meint er. „Wenn man si a bissel bemüht, dann kann man sogar den Kamötreibern a zivilisiertes Arbeitstempo beibringen!“

Ferialarbeit am Bau konnte allerdings auch durchaus gefährlich sein. Ein paar Jahre nach seinem Hilfsarbeiter-Debüt war Erich auf einer Baustelle in der Wiener Spitalgasse dazu eingeteilt, den Bauaufzug zu bedienen.

„Das war ein ziemlich altes Gerät“, erzählt Lukas, „mit Lattenverschalung von unten bis oben und rechteckiger, nicht drehbarer Plattform. Der Aufzug lief in fixen Schienen an einem Drahtseil, das in der ‚Aufzughüttn‘ an einer elektrisch getriebenen Walze befestigt war. Das Aggregat war schwierig in Gang zu setzen: Man stützte sich mit dem linken Fuß ab, während man gleichzeitig mit der linken Hand das schwere Gegengewicht der Handbremse löste und mit der rechten das Getriebe einkuppelte. Es war fast wie Helikopterfliegen – mit dem zusätzlichen Problem, dass schwere Gewichte an den Hebeln lasteten. Einmal sollte ich circa 300 Kilo Staubkalk und Gips in den vierten Stock befördern, um die dort tätigen Stuckateure mit Material zu versorgen. Diese Spezialmaurer verputzten Schilfrohrplafonds an der Ast-Molin-Decke. Beim Einparken der Aufzugsplattform oben entglitt mir die Bremse, und 300 kg ‚Staub‘ donnerten aus dem vierten Stockwerk in die Tiefe. Aus dem Innenhof stieg eine circa 15 Meter hohe Staubsäule hoch, die unten schmal war und sich nach oben hin verbreiterte. Dieser ‚Atompilz‘ aus Gips und Staubkalk sorgte für große Aufregung im 9. Bezirk.“

Nachdem er den Führerschein gemacht hatte, bekam Erich einen Job als Fahrer bei der Wiener Magistratsabteilung 30. Die hier Beschäftigten werden zwar häufig despektierlich als „Kanalratten“ bezeichnet. Dies tut aber ihrem Selbstbewusstsein keinen Abbruch. Sie halten sich für eine echte Elite – und das durchaus nicht zu Unrecht.

Schließlich ist ein funktionstüchtiges Abwasser- und Fäkalienbeseitigungssystem eine der wesentlichsten Voraussetzungen für die Prophylaxe gegen Seuchen. Eines Tages war Erich als Fahrer dem alten, erfahrenen Kanalräumer Franz Trizil zugeteilt, der in der Floridsdorfer Station der MA 30 „Verstopfungsdienst“ hatte.

Nach einer damals schon Jahre zurückliegenden Rattenattacke war der alte Haudegen gesundheitlich so schwer angeschlagen, dass er für „ausschließlich innendienstfähig“ erklärt worden war. Die Beseitigung von Abflussverstopfungen in Wohnhäusern war allerdings Teil dieses Innendienstes.

Franz hatte Erich erzählt, wie es zu der beinahe letalen Begegnung mit den Kanalratten gekommen war. Er hatte damals einen sogenannten „schliefbaren“, also nur im Kriechgang begehbaren Kanal geputzt. Er trug seine volle Montur, inklusive Schutzhelm mit Stirnlampe und die hüfthohen Watstiefel mit Bleisohlen. Natürlich führte er auch sein „Heindl“ mit, eine Haue zum Wegscheren und Abhacken von Schmutzverkrustungen in den Kanälen.

Als er durch eine Engstelle kroch, blieb er dort so unglücklich stecken, dass die Rechte, in der er die Haue hielt, hinter seinem Rücken eingeklemmt war. Und auch die linke Hand war blockiert, sodass er sie auch nicht bewegen konnte. Normalerweise schützen sich Kanalräumer in einem Schliefkanal gegen Ratten, die immer auf das Licht der Stirnlampe zulaufen, indem sie mit der freien Hand die Stirnlampe ausschalten und mit der „Heindl-Hand“ feste Schläge gegen Wand und Boden führen, worauf die Ratten meist das Weite suchen. Franz konnte damals weder das eine noch das andere machen.

Daher strömten die Ratten auf das Licht zu und versuchten, sich dann an ihm vorbeizuzwängen. Dabei bekam er zahllose Bisse von den hochinfektiösen Nagern ab.

Nachdem ihn ein Kollege endlich befreien konnte, brachte ihn ein Rettungswagen ins Allgemeine Krankenhaus, wo die MA 30 damals eine eigene Intensivstation hatte. Nur dank einer allerdings nebenwirkungsintensiven Antibiotika-Behandlung gelang es den Fachärzten, sein Leben zu retten.

„Es war ein Freitagnachmittag, als Franz und ich wegen eines Notfalls in einen Gemeindebau in die Jedleseer Straße gerufen wurden. Die Hausbesorgerin empfing uns aufgeregt am Eingang zur 13er-Stiege und führte uns ins Treppenhaus. Der Aufzug war stillgelegt. Und so gingen wir über die Treppe, auf der uns bereits ein munteres Bächlein entgegensprudelte, bis hinauf in den sechsten Stock.

‚Und so was nennen die Innendienst!‘, bemerkte Franz keuchend und fügte hinzu: ‚Der Architekt muaß a Kinstler g’wesen sei. Die Woschkucheln in obersten Stock verlegen – sowos foit nur an Kinstler ein!‘

Oben angelangt sahen wir, dass kein Tropfen Wasser aus den großen Waschmaschinen mehr im Abfluss verschwand, sondern alles übers Treppenhaus abfloss."

Erich sah Franz dabei interessiert zu, wie der die Spirale zur Verstopfungsbeseitigung in den Abfluss steckte, bedauernd den Kopf schüttelte und die Spirale wieder herauszog.

„Um Himmels willen!", sagte die Hausmeisterin entsetzt. „Geht's net? Ist es so schlimm?"

Franz nickte bedächtig und zog seine Stirn in Sorgenfalten.

„Allein kann i da gar nix machen. Da müssen wir eine zweite Fachkraft anfordern. Das wird a Weile dauern, bis ana kommt!"

Franz seufzte, die Hausmeisterin begann zu hyperventilieren. Und Franz legte noch ein Schäuferl nach:

„Jessas na, heut is ja Freitag! Freitagnachmittag. Da kömma das Ganze vergessen. Da kriegn mir kan mehr her! Da san schon alle daham."

„Na ja – aber da steht doch der junge Herr da! Der kann Ihnen doch helfen!", meinte die Hausmeisterin, während ein zarter Hoffnungsschimmer ihr Gesicht zu erhellen schien.

„Das können S' vergessen!", erwiderte Franz. „Der junge Mann ist der reine Chauffeur. Außerdem ist er angehender Akademiker. Der macht sich doch da die Händ net dreckig, um Gottes Lohn!"

„Muss ja nicht um Gottes Lohn sein!", erwiderte jetzt die Hausmeisterin mit wachsender Entschlossenheit. Und wie um ihre Worte zu unterstreichen, drückte sie Franz einen Fünfzig-Schilling-Schein in die schwielige Hand.

„Was is, Dokta?", fragte Franz. „Hülfst ma?"

„Gern net!", erwiderte Erich. Doch der Zwanziger, den er von der Hausmeisterin nun eilfertig zugesteckt bekam, weckte sofort den barmherzigen Samariter in ihm.

„Wir betätigten nun stöhnend und keuchend die Spirale, wobei wir darauf achteten, die relativ leichte Verstopfung nicht sofort zu lösen", erzählt Lukas. „Nach einigen Minuten zeitigten unsere emsigen Bemühungen den verdienten Erfolg. Die Verstopfung löste sich und gurgelnd verschwand das Wasser im Abfluss. Die überglückliche Hausmeisterin ließ uns noch einen Extra-Zehner hinüberwachsen und wir verabschiedeten uns huldvoll winkend nach dieser erfolgreichen Aktion. Bevor wir in die Station zurückfuhren, genehmigten wir uns am Würstelstand noch eine Heiße und ein Bier.

‚Des woa a scheene Maut heite!', meinte grinsend der Franz.

‚Ein bissel ein schlechtes G'wissen habe ich schon, wegen der Komödie, die wir der Hausmasterin vorg'spielt haben.'

‚Des brauchst net hab'n!', erwiderte Franz lächelnd. ‚De Oide hat bei ihre Hausparteien vorher schon sicher des Dreifache von dem kassiert, was sie uns zahlt hat!'"

Das Jahr 1967 hatte kaum begonnen, das Studium dümpelte eher so nebenbei dahin, als Erichs Vater Druck machte: Der Filius, der noch zu Hause wohnt, solle zur Finanzierung seines Lebensunterhaltes einen anständigen Beitrag leisten. Als gehorsamer Sohn machte sich Erich daran, einen Job zu suchen.

„In einer Zeitung fand ich ein Stellenangebot der Firma *Alfa Laval*. LAVAL. Mir gefiel der Name. Also rief ich sofort an und bekam auch gleich einen Termin für ein Vorstellungsgespräch", erzählt Lukas. „Am Morgen dieses wichtigen ersten Treffens warf ich mich in Schale. In weißem Hemd, Krawatte und Kleiderbauer-Anzug fuhr ich in die Wienerberger Straße, wo die Firma angesiedelt war. Zu diesem Zeitpunkt wusste ich über *Alfa Laval* überhaupt nichts. Ich wusste nicht, dass es sich dabei um einen schwedischen Weltkonzern handelte, der mit Molkereitechnologie, Melkmaschinen, Futtertrögen und Tränken, Waschtrögen aus verzinktem Eisenblech sowie auch Milchkannen in gewerblicher Größe Milliardenumsätze machte. Die österreichische Dependance spielte damals in der Konzernhierarchie eine durchaus bedeutende Rolle. Das alles wusste ich nicht. Was ich wusste, war: Ich wollte einen Alibijob ergattern, um meinen Vater zu beruhigen."

Erich wird sehr freundlich empfangen und zu seinem Erstaunen gleich zum Direktor der Österreich-Filiale gebeten. Aufgrund seiner schriftlichen Bewerbung, die ihn als Maturanten ausweist, und auch aufgrund seines Studiums ist der aus Schweden stammende Österreich-Direktor des Konzerns von dem vielversprechenden jungen Mann offensichtlich sehr angetan.

„Wir arbeiten eng mit Universitäten zusammen", erzählt der Chef nicht ohne Stolz. „Sie wissen natürlich, dass wir sehr erfolgreich Melkmaschinen für Kühe produzieren. Was Sie aber vermutlich nicht wissen, ist die Tatsache, dass wir für ein wissenschaftliches Projekt auch eine Mäusemelkmaschine von Weltgeltung entwickelt haben."

Nachdem das Wort „Mäusemelkmaschine" gefallen ist, hustet Erich dezent in sein Taschentuch und erstickt damit einen sich ankündigenden Lachkrampf erfolgreich im Keim.

Der Herr Direktor malt dem Bewerber dessen wunderbare Karriereaussichten in leuchtenden Farben: Er müsse zwar ganz unten anfangen – werde schon bald aber durch alle Abteilungen nach oben wandern, um dann schlussendlich vielleicht schon in wenigen Jahren auf der Direktorenebene zu landen.

„Mit einem aufmunternden Handshake wurde ich in den Weltkonzern aufgenommen und vom Big Boss zu seiner Sekretärin geschickt. Die fackelte nicht lange und teilte mich für die kommende Arbeitswoche der Hollerith-Abteilung zu", erzählt Lukas. „Ich heuchelte überbordende Begeisterung, dass man mir diese herrliche berufliche Herausforderung schon am Beginn meines Arbeitsverhältnisses zutraute. Selbstverständlich hatte ich nicht den Schimmer einer Ahnung, was man in der Hollerith-Abteilung zu machen hatte."

Am nächsten Montag wurde Erich seiner neuen Kollegenschaft, fünf Damen und einem Herrn, mit großem Pomp als eine Art neuer Wunderwuzzi vorgestellt.

Die Abteilungsleiterin wies ihn in sein zukünftiges Tätigkeitsfeld ein. Und dabei stellte sich heraus, dass das Herz der Hollerith-Abteilung neben dem Büro lag, in dem Erich und seine sechs Kolleg*innen arbeiteten: Dort sah man mehrere Männer in Hemdsärmeln mit wichtigem Gesichtsausdruck noch nicht gelochte Lochkarten durch eine Lochmaschine laufen lassen, worauf sie Löcher und eine Menge von Daten erhielten. Damit war auch klar, worauf sich der Name *Hollerith-Abteilung* bezog: auf den US-amerikanischen Ingenieur und Unternehmer Herman Hollerith, den Erfinder der elektromechanischen Lochkartenmaschine und „Vater der Datenverarbeitung".

Dazu Lukas: „Nun klärte mich die Abteilungsleiterin über unser genaues Betätigungsfeld in diesem Datenverarbeitungsprozess auf. ‚Wir sind hier die Nachkalkulation', sagte sie und fügte erklärend hinzu: ‚Das heißt: Wir kalkulieren nach.' Ich nickte verständnisinnig, obwohl ich überhaupt nicht verstand, was sie damit meinte. Als Schulungsbeispiel nahm meine neue Chefin nun eine tadellos gelochte Lochkarte zur Hand, die sogar beschriftet war. Am oberen Rand der Karte stand in Druckschrift: *Zitzengummi!* Das waren – wie ich bald herausfinden konnte – die Gummitröten der Melkmaschine, die an den Eutern befestigt wurden. Weiter unten fanden sich neben vielen Löchern handschriftlich eingetragene Groschenbeträge. Meine Aufgabe sei es ab nun, den Zitzengummi einer Nachkalkulation zu unterziehen. Auf meine Frage, wie ich das denn machen solle, antwortete die Chefin geduldig mit einem illustrativen Beispiel:

‚Schauen Sie: Hier zum Beispiel steht 37 Groschen. Das streichen Sie durch und ersetzen es durch einen anderen Betrag, zum Beispiel 39 Groschen.' ‚Aha', meinte ich, ‚und das ist dann die Nachkalkulation?' ‚Im Wesentlichen ja!', erwiderte sie. ‚Das verstehe ich nicht!', sagte ich. ‚Keine Sorge, da werden

Sie schon noch draufkommen', meinte sie beruhigend. Nun wollte ich noch wissen, ob ich als Nachkalkulator auch einen geringeren Betrag auf die schon vorgelochte Lochkarte schreiben könne. ‚Theoretisch ja!', meinte sie vielsagend, ‚aber ratsam ist das nicht.' So begann ich also meine verantwortungsvolle Tätigkeit in einem Weltkonzern."

Das Klima in der Abteilung empfand Erich als sehr angenehm. Der Kollege schien offensichtlich nicht an Damen interessiert, umso mehr richtete sich deren Aufmerksamkeit auf den Neuzugang. Genauer gesagt, auf seine kulinarische Bedürfnisbefriedigung. Da die Kolleginnen keine Kostverächterinnen waren und keineswegs den Ehrgeiz hatten, als Twiggy-Kopien durchs Leben zu laufen, ließen sie täglich riesige Sandwiches mit opulentem Mayo-intensiven Belag ins Büro liefern. Die Riesenbrötchen stammten aus einer nahe gelegenen Imbissstube, in der auch legendäre Unterweltler wie die berüchtigten Meidlinger Schmutzer-Buben verkehrten. Darüber hinaus brachte täglich eine der Damen ein großes Blech mit verschiedenen Strudeln für die Zwischendurch-Labung mit. Selbstverständlich gab es auch ein dreigängiges Mittagessen in der Kantine – es herrschten hier schließlich schwedische Standards.

Die Sandwiches und Strudel waren nur kleine Jausen. Natürlich konnte Erich die beständigen Einladungen zum Mitessen nicht ausschlagen. Das hätte das wunderbare Betriebsklima unnötig belastet.

„Allerdings währte die Zeit im Schlaraffenland für mich nicht ewig. Mein Freund Georg Schwyzer machte mir ein Angebot, das ich nicht ablehnen konnte. Und so musste ich *Alfa Laval* leider schon bald wieder verlassen."

Die Damen und auch der Herr Direktor verabschiedeten sich traurig von Erich, sahen sie doch ihren künftigen Generaldirektor, diesen gut aussehenden, sympathischen und keineswegs spindeldürren Burschen ungern scheiden.

„Für mich war die Arbeit beim schwedischen Weltkonzern eine schöne Erfahrung, vor allem kulinarisch. Wobei ich zugeben muss: Ich träumte damals oft von der Knusperhexe, die Hänsels körperlichen Zustand auf dessen Schlachtreife untersucht", meint Lukas und fügt hinzu: „Was Nachkalkulation bedeutet, weiß ich bis heute nicht."

FAST EIN ROCKSTAR IN SCHWEDEN

Der 10. April 1967 war ein verregneter, saukalter Montag. Jedenfalls im schönen Bayernland, wo die Welt damals noch in Ordnung war. Ministerpräsident war der lupenreine Demokrat Alfons Goppel, der sich schon 1930 der *Bayerischen Volkspartei* angeschlossen hatte. Freilich zwangen den kreuzbraven Beamten schon drei Jahre später die furchtbaren Zeitläufte, zur SA zu gehen und 1937 der NSDAP beizutreten. Nach dem Zusammenbruch des Hitlerregimes konnte Goppel seine katholische Gesinnung, die er selbst in den dunklen Jahren der Barbarei tief in seinem Herzen verschlossen weitergetragen hatte, endlich wieder stolz und öffentlich ausleben: 1945 trat der wackere Mann in die neugegründete *Christlich Soziale Union* ein. Er erlebte in dieser Gesinnungsgemeinschaft einen großartigen Aufstieg und wurde 1962 erstmals Ministerpräsident des Freistaates Bayern. Ein Amt, das er nach mehreren fulminanten Wahlsiegen 16 Jahre lang innehatte.

An diesem verregneten, saukalten April-Montag quält sich stotternd ein betagtes *VW-Käfer*-Cabrio mit geschlossenem „Fetzendach“ auf der ehemaligen deutschen Reichsautobahn zwischen Salzburg und München den Irschenberg hoch. Das Fahrzeug ist ein pensionierter Funkstreifenwagen der Wiener Polizei und besitzt deshalb einige Modifikationen, die es von anderen Modellen gleichen Namens unterscheiden:

Zum einen hat dieser Käfer vier Türen, um es hinten sitzenden Polizisten zu ermöglichen, im Einsatzfall schnell und akkurat mit gezücktem Gummiknüttel aus dem Wagen zu springen, um mit schlagkräftigen Argumenten die gefährdete Ordnung wiederherzustellen.

Zum anderen hat er eine charakteristische Ausbuchtung an der Motorhaube, die beim Käfer bekanntlich am Wagenheck zu finden ist. Diese Ausbuchtung ist notwendig, um Platz für eine Lichtmaschine zu schaffen, die deutlich größer als die serienmäßige ist. Denn neben den üblichen Funktionen muss die Lichtmaschine eines Funkstreifenwagens im Einsatzfall natürlich zusätzlich noch Blaulicht- und Funkanlage mit Strom versorgen.

„Dass wir eine verstärkte Lichtmaschine hatten, ist uns bei der Fahrt nach München damals allerdings nicht aufgefallen“, erzählt Lukas und fügt hinzu: „Das Fernlicht unserer Scheinwerfer hatte die Strahlkraft von zwei Grablaternen.“

Die miserable Lichtleistung war allerdings der geringste Mangel, den dieser *VW* aufwies. Denn kurz vor der damals schon legendären Raststation Irschenberg beginnt der Motor zu tuckern, gibt dann explosionsartige Geräusche von sich, um daraufhin abrupt in Stillschweigen zu verfallen.

„What's going on, Erich?“, fragt Georg „George“ Schwyzer seinen Freund.

„Nothing goes!!“, erwidert der genervt. „Das Kreuwe is hin!“

Doch man hat Glück im Unglück. Erich kuppelt sofort aus und kann den vorhandenen Restschwung des Fahrzeuges so weit nutzen, dass es der Käfer ausrollend bis zum Parkplatz der Raststätte schafft. Von dort ruft Erich den Pannendienst des ADAC an.

Eine Dreiviertelstunde später ist der Pannenfahrer da und gelangt nach einem ausführlichen Rundumblick im Motorraum zu einer vernichtenden Diagnose:

„Das Auto könnts ihr vergessen. Das ist ein kompletter Motorschaden. Aber ich kenn einen Verschrottungsspezialisten. Wenn ihr wollts, ruf ich den an. Der ist ein seriöser Mann!"

Auf die Frage, wie viel Geld man von diesem grundehrlichen Manne für das Wrack denn erwarten dürfe, gibt es als Antwort zuerst einmal ein glucksendes Lachen aus dem Munde des ADAC-Schutzengels. Dann wird er ernst und sagt knochentrocken:

„A Geld wollts ihr sehn? Das könnts ihr fei vergessen. Im Gegenteil! Ihr könnts dem Herrgott danken, wenn euch der Mann für das Abschleppen und des Verschrotten net noch ein paar Hundert Mark abnimmt. Und räumts vorher die Musikinstrumente aus dem Auto!"

In dem Funkstreifen-Käfer-Cabrio befanden sich, aufgeteilt auf die Hinterbank und den Kofferraum, Erichs *Höfner-Brokat*-E-Gitarre und das Schlagzeug von George. Letzteres bestand aus Bass- und Snare-Drum, Hi-Hat, zwei Hängetoms, einem Standtom, einem Ride- und einem Crashbecken, jeweils mit den dazugehörigen Ständern.

Bedenkt man das bekannte Physik-Gesetz von Sir Isaac Newton, nämlich jenes, das besagt: „Wo ein Körper ist, kann kein anderer sein", dann wundert man sich, wie alle diese Trümmer in dem Käfer Platz finden konnten.

Zu klären ist aber hier vor allem noch die Frage, *warum* sich die beiden jungen Herren mit ihren Musikinstrumenten auf diese Auslandsreise begeben hatten. Und was das Ziel dieses Unterfangens gewesen ist.

Dazu ist eine kurze Rückblende nötig.

Es ist ein paar Tage nach Allerheiligen 1966. Eigentlich sollte Erich in einem Abendseminar am Psychologischen Institut der Uni Wien sitzen und einmal mehr interessiert jenen epochalen Experimenten beiwohnen, die Professor Rohracher an Würmern vollführt. So jedenfalls hat Erich das seiner Mutter erzählt, als die sich wieder einmal nach seinen Studienfortschritten erkundigt hat.

Tatsächlich sitzt er nun im Kreis einiger weiblicher *Jerry and the G-Men*-Fans in der „Palette", einem damals legendären Künstler- und Studentenlokal im Wiener Künstlerhaus. Plötzlich erhebt sich an einem der Nachbartische ein etwa gleichaltriger Bursche, geht auf Erich zu und sagt:

„Jerry, you look like a bloody pop star!"

Dies ist der Beginn einer kurzlebigen, aber wunderbaren Freundschaft.

Georg Schwyzer wurde in London geboren, als Sohn jüdischer Emigranten, die sich nach der Annexion Österreichs durch Hitlerdeutschland gezwungen sahen, ihre Heimat zu verlassen. George besuchte in Wien eine Tante, die nach dem Krieg zurückgekehrt war. Er wollte ein paar Monate bleiben und suchte eine Band, in die er als Schlagzeuger einsteigen konnte. Der Zufall wollte es, dass zur selben Zeit dieser „Posten" bei den *G-Men* wieder einmal vakant war. So besetzte George das Schlagzeugstockerl und erwies sich dabei als erstklassige Kraft. Kein Wunder – hatte er doch vorher in London schon bei einer dortigen Beatband in die Trommeln gedroschen.

Und genau diese Bandkollegen meldeten sich ein paar Monate später, im März 1967, mit einem Anliegen bei ihm.

Erich hat einmal mehr Professor Rohracher mitsamt seinen bedauernswerten Würmern allein gelassen und sitzt stattdessen wieder in der „Palette". Diesmal ist er aber ohne Damenbegleitung da. Denn er hat sich mit George zu einem Vieraugengespräch verabredet. Es geht ums Geschäft.

„Was hältst du davon?"

George sieht Erich gespannt an.

„Ich bin dabei. Die Frage ist nur: Wie kommen wir mit dem ganzen Zeug nach Schweden?", fragt Erich.

„Kein Problem!", meint George. „Ein Bekannter von mir hat einen alten *VW*. Den überlässt er mir um einen Pappenstiel!"

Kurzer Nachtrag: Georges frühere englische Band war in Schweden gelandet, weil sie dort in Kürze ein Engagement antreten sollte. Leider war ihnen knapp zuvor nicht nur der Drummer, sondern auch der Sänger abhandengekommen. Ihr Notruf hatte bei George ein offenes Ohr gefunden. Und seine Mitteilung, er habe da einen Sänger an der Hand, der wie ein „bloody pop star" aussehe, ließ in Schweden alles paletti erscheinen.

Erich verabschiedete sich von seinen *G-Men* und belog die lieben Eltern. Er müsse zu einem Wochenend-Seminar nach Salzburg. Aber er nahm sich fest vor, sich dann aus Schweden bei ihnen zu melden und die ganze Wahrheit zu beichten. Spätestens dann, wenn er dort mit seiner englischen Partie in den Charts gelandet war.

Der bayerische Schrotthändler wird dem exzellenten Ruf gerecht, den Vertreter seiner Branche weltweit genießen. Mit gutherzigem Lächeln macht er den beiden Buben klar, dass er keinen Pfennig für die alte Rostlaube hergeben wird. Und dass sie dem Herrgott danken können, dass er ihnen nicht ein paar Hundert Mark abknöpft, für …

„Die G'schicht haben wir schon g'hört!", unterbricht ihn Erich.

Dann sehen George und er traurig, wie der Käfer halb aufgebockt auf dem Abschleppwagen, nur noch mit den Hinterrädern auf der Straße, zügig aus ihrem Leben entschwindet.

„Wie kommen wir jetzt nach Schweden?", fragt Erich.

„Das klären wir später", sagt George. „Momentan interessiert mich mehr, wie wir von dieser Scheiß-Autobahnraststation wegkommen. Autostoppen wird nicht gehen mit dem Schlagzeug!"

Der Kellner in der Raststation weiß Rat.

„Da müssts eich nur gedulden bis morgen in der Früh! Um 6 Uhr 30 kommt da der Autobahnbus vorbei. Mit dem kemmts ihr geradeaus nach Mincha!"

Nachdem Erich dem Freund erklärt hat, dass es sich bei „Mincha" wohl um München handeln müsse, fragt der sicherheitshalber nach:

„Und ich kann MIT DEM SCHLAGZEUG in den Bus einsteigen?"

„Freilich!", erwidert der Gaststättengastronom im Brustton der Überzeugung. „Der Autobahnbus ist doch bei jeder Fahrt halb leer! Da ist Platz in Hülle und Fülle, keine Sorge!"

Nachdem Erich und George eine durchfrorene Nacht wach vor der verschlossenen Tür der Raststätte verbracht haben, hält der Bus. Und er ist gesteckt voll. Den beiden Jungmusikern wogt keine Welle der Sympathie entgegen, als sie neben dem Gitarrenkoffer auch noch die Schlagzeugteile unter beständig gemurmelten Entschuldigungen in den Passagierraum wuchten. Lediglich eine elegant gekleidete, ältere Dame erkundigt sich interessiert bei Erich nach den Plänen des Musikanten-Duos.

„Sie scheint dabei, vielleicht durch beginnende Schwerhörigkeit, einiges missverstanden zu haben", erzählt Lukas. „Als wir am Münchener Hauptbahnhof ankamen, sagte die Dame zu mir, ich soll mich ihr anschließen!"

Die Dame schritt voran, Erich folgte ihr, George wartete in sicherer Entfernung. Zielgerichtet ging sie auf eine Türe zu, über der in fetten Lettern

„BAHNHOFSMISSION“ stand. Die Dame öffnete die Türe und sagte aufmunternd: „Folgen Sie mir!“, und beide gingen hinein.

Hinter dem Empfangspult stand ein Mann, dem jede Form seelsorgerischer Ausstrahlung fehlte. Er wirkte genervt und sagte in lautem, barschem Ton:

„Was wollen Sie denn?“

Die Dame ließ sich davon nicht irritieren.

„Dieser junge Mann ist aus Schweden!“, erklärte sie und fügte hinzu: „Er und sein Freund haben hier ein Engagement bei einer Musikkapelle. Die beiden suchen eine Übernachtungsmöglichkeit, nicht wahr?“

Bei den letzten beiden Worten sah sie Erich aufmunternd an – so, als verlange sie, dass er dies bestätige.

In fließendem Pseudoschwedisch erwiderte er: „Jeg soog et plats at slaafa!“ Was so viel heißen sollte wie: „Ich suche einen Platz zum Schlafen!“

Der Bahnhofsmissionar musterte Erich – dessen lange und weißblonde Haare schienen im Verein mit dem nordisch klingenden Satz offensichtlich ausreichend seine schwedische Herkunft zu untermauern. Denn ein sanftes, ja geradezu gütiges Lächeln aufsetzend meinte der mutmaßliche Laienpriester:

„Kein Problem! Wir tun, was wir können.“

Mit diesen Worten greift er zu einem kleinen Stapel mit Karten und gibt eine davon Erich. Darauf steht „Jugendherberge München“ und die dazugehörige Adresse.

„Dort wird man Sie aufnehmen!“, fügt der Bahnhofsmissionar hinzu, klopft dem jungen Mann kameradschaftlich auf die Schulter und setzt dabei eine gönnerhafte Miene auf – so, als habe er gerade eine Gratiseintrittskarte ins Elysium verschenkt.

Auch Erich bedankt sich artig mit einem freundlichen „Tack!“ Das heißt tatsächlich „Danke“ auf Schwedisch. Das hat er während seiner Tätigkeit bei *Alfa-Laval* aufgeschnappt und gespeichert. Auch bei der Dame bedankt er sich überschwänglich und diese verabschiedet sich von ihm in der wohltuenden Gewissheit, ihrem schwedischen Schützling Gutes getan zu haben.

George teilt diese Begeisterung über eine Übernachtung in einer – wie er das nennt – „YMCA-artigen Unterkunft“ nicht. Er habe keine Lust, in einem Acht-Betten-Saal zu übernachten. Er meint, man solle sich ein Privatzimmer nehmen. Doch Erich lehnt ab. Seine Barschaft ist schmal, er zieht die Jugendherberge vor.

So trennen sich vorerst einmal die Wege der beiden Freunde.

Georges Einschätzung der wohlfeilen Unterkunft war zu optimistisch: Der Saal hatte nicht acht, sondern zwölf Betten. Erichs schon erwähnter Horror vor Menschenansammlungen wurde einmal mehr virulent. Er tat in dieser Nacht kaum ein Auge zu. Die Ausdünstungen der Umliegenden beleidigten seine Nase, ihr Schnarchen fand Widerhall in seinen Ohren.

Am nächsten Morgen packte er seine Siebensachen zusammen, inklusive des Gitarrenkoffers mit der ebenso treuen wie teuren *Höfner Brokat*.

Der Fischerbrunnen auf dem Nikolaiplatz – unweit des Englischen Gartens – war damals ein beliebter Treffpunkt junger Leute. Erich hatte den Tipp in der Jugendherberge von ein paar Jungs aus Bremen bekommen, mit dem zusätzlichen Hinweis: „Dort kannst du auch Shit und Trips bekommen!", also Haschisch und LSD.

Daran hat Erich aber – zumindest vorerst einmal – überhaupt kein Interesse. Die Lage am Nikolaiplatz will er aber trotzdem erkunden.

An diesem sonnigen Vormittag ist das Gelände um den Fischerbrunnen noch ziemlich leer. Ein Typ in Lammfelljacke und Levi's Jeans sitzt malerisch hingegossen am Brunnen, spielt auf seiner akustischen Gitarre „Blowing in the Wind" und wird von drei reizenden Musen angehimmelt. Eine sieht aus wie Janis Joplin, die zweite wie Joan Baez und die dritte wie ein adrettes Collegegirl, das sich in ein Paralleluniversum verirrt hat.

Erich zündet sich eine *Hobby* an und geht auf das Quartett zu. Als der Reserve-Dylan unter dem Jubel seines Damenflors den Schlussakkord ausklingen lässt, fragt Erich, ob irgendjemand vielleicht einen günstigen Schlafplatz wisse.

Joan Baez meint, sie wohnten alle in einem „nice motel in Old-Schwabing".

Der Fischerbrunnen in München

„It's pretty cheap!", ergänzt Janis.

Und das Collegegirl fügt erklärend hinzu:

„We pay with traveller's cheques from American Express."

„Where are you from?", fragt Erich.

„From California!", erwidert nun der Reserve-Dylan mit unverwechselbarem Westcoast-Kaugummi-Akzent. Und fügt hinzu: „The best place in the world!"

Erich will ihn fragen, warum er denn dann nicht dortgeblieben sei, an diesem besten Platz in der besten aller möglichen Welten.

Er kommt aber nicht dazu, denn er wird von hinten an der Schulter angetippt.

Als er sich abrupt umdreht, schaut er in das von einer Robert-Plant-artigen Mähne umrahmte Gesicht eines um etwa zehn Jahre älteren Typen. Der Spätlese-Twen sagt mit einer abgrundtiefen Bassstimme:

„Hätscht vielleicht a Zigarettle für mi?"

Sein Akzent weist ihn als Schwaben oder Alemannen aus, der ihm entströmende Odeur als „Gammler".

Für die jüngere Leserschaft ist hier eine kurze Erklärung vonnöten. Die brennende Frage „Was ist ein Gammler?" beantwortet das universalgelehrte Wikipedia so:

> *„**Gammler** war eine abwertende Bezeichnung für jugendliche Abweichler von der sozialen Norm, die in der alten Bundesrepublik, in der DDR, in Österreich und in der Schweiz verwendet wurde. Die so Etikettierten trugen meist lange Haare und waren mit Jeans und Parka bekleidet. Sie übernahmen den Begriff Gammler als Selbstbezeichnung."*

Die zusätzliche Definition laut Wikipedia, die Gammler seien eine „hippieske Subkultur" gewesen, wäre von den damals Betroffenen nicht geteilt worden, wie wir sogleich erfahren werden.

Erich zieht sein fast leeres *Hobby*-Packerl heraus und gibt dem Gammler die vorletzte Zigarette. Die letzte zündet er sich selbst an.

„Dank dir! Ah – a Esterreicher. Bist neu da, gei?"

„Ja. Ich bin der Jerry. Aus Wien."

„I bin der Vinz aus Höchstädt. A bayerischer Schwob. Beruf: Gammler! Nicht zu verwechseln mit einem Hippie. Das sind die da drübn. Amerigganische Mülchkinder!"

Dabei deutet er auf das Dylan-Double und seine Girls.

„Diese Unterscheidung zwischen Gammlern und Hippies habe ich bald danach auch getroffen", erzählt Lukas. „Die Hippies, die ich damals kennengelernt habe, waren allesamt bürgerliche Urlaubsaussteiger, die sich mit den Travellerschecks der Eltern komfortable *Love, Peace and Freedom*-Ferien leisteten. Im September sind sie dann wieder auf ihre Unis in Berkeley, Oxford, Heidelberg oder Wien zurückgekehrt."

Vinz und Erich nehmen ein spätes Frühstück im „Picknick" ein, einem Imbiss-Lokal in der Nähe des Fischerbrunnens. Dort gibt es einen Automaten, dem man um ein paar Pfennige eine Wurst- oder Fischsemmel entnehmen kann. Cola, Kaffee und Apfelsaftschorle gibt's an der Theke.

Während des Essens gibt Vinz einen kurzen Einführungskurs in das Gammlerleben. „Regel eins: der Polizei möglichst aus dem Weg gehen. Regel zwei: einen möglichst warmen Schlafplatz finden. Am g'scheitesten irgendwas, wo dich der Regen net erwischt. In oana Scheune oder unter oana Brück'n. Und jetzt, wo's noch saukalt ist, darfst auf koan Fall direkt am Boden schlafen!"

Erich bedankt sich überschwänglich für die tollen Tipps des Gammel-Profis. Und er macht das, was alle sturen Jungen tun, wenn sie von erfahrenen Älteren gute Tipps erhalten: Er hält sich nicht daran.

Denn auch am frühen Abend zeigt sich dieser Frühlingstag von seiner sonnigsten Seite. Und so beschließt Erich dann, als es Nacht wird, sein Lager an einem verschwiegenen Plätzchen im Englischen Garten aufzuschlagen.

Da gibt es keine Brücke und keinen Schuppen, und Schlafsack hat er auch keinen dabei. Aber das macht nichts. Es regnet ja eh nicht. Todmüde legt er sich ins weiche Gras und schläft sofort ein.

Doch die Nacht ist eiskalt. Erich erwacht bibbernd, denn die feuchte Kälte des Bodens frisst sich durch seine Kleidung. Selbst der schlaue Versuch, die Situation zu verbessern, indem er sich dann um zwei Uhr früh auf eine Parkbank bettet, bringt gar nichts. Die Zähne klappern weiter.

Als er dann am nächsten Morgen um sechs Uhr übernächtig wieder zum Nikolaiplatz geht, trifft er dort am Brunnen eine ebenso halb erfrorene Kollegin. Sie ist achtzehn, also ein Jahr jünger als Erich. Und schon als sie ihn von Weitem sieht, steht sie auf, läuft auf ihn zu und sagt:

„Du bist doch der Jerry, oder? Der Jerry von den *G-Men*, oder?"

Erich bejaht und man kommt überein, dass die Welt ein Dorf ist. Das Mädchen heißt Burgi und kommt aus Klosterneuburg. Auch sie hat eine durchwachte Nacht im Englischen Garten hinter sich.

Später dann, beim Frühstück im „Picknick", beschließen die beiden, zumindest die nächste Nacht im Warmen zu verbringen. Der darauffolgende „Kassasturz" bringt allerdings ein ernüchterndes Ergebnis. Die Barschaft von Burgi und Erich reicht gerade für circa eine Woche Wurst- oder Fischsemmeln im „Picknick", ein paar Tassen Kaffee und ein paar Dosen Cola.

Und was ist mit Zigaretten?

„Du solltest auf Wuzeln umsteigen, das ist viel billiger", meint Burgi. Sie nimmt eine Packung *Samson*-Tabak und Zigarettenpapier aus ihrer NATO-Jacke und „wuzelt" zwei Zigaretten – eine für sich und eine für Erich.

Man kann auch beim Essen und Trinken noch einiges einsparen, denkt sich der. Aber man kann es drehen und wenden, wie man will – ein Zimmer können wir uns nicht leisten.

Er verflucht sich innerlich, dass er statt der E-Gitarre nicht seine akustische Wanderklampfe mitgenommen hat. Straßenmusiker gibt es in Schwabing zwar auch ohne ihn schon genug. Aber Erichs Selbstbewusstsein ist gut ausgeprägt und so ist er überzeugt, dass er sich mit seinen *Kinks-*, *Who-* und *Rolling-Stones*-Songs gegen die „lähmenden Hippie-Folksänger" schon gut durchsetzen würde. Aber ohne Gitarre geht halt gar nix.

Doch wer einmal Ministrant war, dem ist ein katholischer Sinnspruch immer präsent:

Wenn du glaubst, es geht nicht mehr, kommt von irgendwo ein Lichtlein her.

Die Eingangstür des „Picknick" fliegt auf und herein kommt, umflort von den Strahlen der Frühlingsmorgensonne, George Schwyzer.

„Georgie-Boy!", ruft Erich begeistert. Die Freunde umarmen einander. Erich stellt Burgi vor, dann setzt sich George und erzählt.

Er hat in Schwabing ein Untermietzimmer genommen.

„Das ist sauteuer, aber dafür ist wenigstens die Zimmerwirtin ein Albtraum", sagt George und lacht sarkastisch. „Damenbesuche sind strengstens untersagt. Nur donnerstags sollte ich immer eine sturmfreie Bude haben. Denn da geht sie von 7 bis 11 Uhr abends ins Wirtshaus um die Ecke zum Schafkopfen. Hat sie mir jedenfalls gesagt."

„Schafkopfen?", fragt Burgi. „Was ist'n das Grausliches?"

„Ein traditionsreiches altbayerisches Kartenspiel mit deutschen Karten", erwidert George und fügt hinzu: „Nächsten Donnerstag werden sie dann nach dem Kartenspiel anlässlich des 78. Geburtstages des Führers ein Flascherl Marillenschaumwein auf sein Wohl aussaufen und den alten Massenmörder hochleben lassen."

Erich ist hellhörig geworden.

„Heut ist Donnerstag", sagt er sinnend und meint dann lächelnd: „Sturmfreie Bude! Das heißt, wir zwei, die Burgi und ich, können heut bei dir übernachten."

„Nein!", erwidert George entschlossen. „Das geht auf gar keinen Fall!"

Doch Erich kann sehr überzeugend sein.

Um 20 Uhr 15 schleichen Burgi und er die knarrende Holztreppe eines Hauses mit Eigentumswohnungen in der Schwabinger Arcisstraße hoch. Im dritten Stock erwartet sie vor der Tür mit dem Namensschild „Himmlinger" ein nervöser George. Flüsternd fordert er die beiden auf, leise zu sein. Dann führt er sie in sein Zimmer.

„Ihr müsst euch spätestens um sechs Uhr früh hinausschleichen!", sagt er immer noch flüsternd. „Die Alte steht immer um halb sieben auf. Die darf euch nicht erwischen. Sonst flieg ich hier raus."

„Hast einen Wecker?", fragt Erich.

„Nein!", erwidert George flüsternd. „Du?"

„Natürlich nicht!"

„Kein Problem!", flüstert Burgi. „Ich bin eine Frühaufsteherin. Ich wach jeden Morgen ohne Wecker um halb sechs auf. Ich weck dich dann gleich, Erich."

George seufzt erleichtert und legt sich in sein Bett. Burgi und Erich kriechen in ihre Schlafsäcke, die sie auf dem Zimmerboden ausgelegt haben. Es ist wunderbar kuschelig warm. Nach der letzten, weitgehend durchwachten, eiskalten Nacht übermannt beide zügig der Schlaf.

Sie schlafen tief. Und lange.

Gut elf Stunden später werden alle drei durch heftiges Klopfen an der Tür geweckt.

Eine laut kreischende, weibliche Stimme übertönt noch dieses Poltern:

„Aufmachen! Herr Schwyzer, Sie haben illegalen Besuch! Machen Sie sofort die Tür auf! Sonst ruf ich die Polizei!"

Wie von einer Tarantel gestochen, springt George aus dem Bett. Er rennt zum Fenster, öffnet es und sagt in hysterischem Flüsterton:

„Ihr müsst verschwinden! Durchs Fenster."

„Geh bitte, sei net so deppert!", erwidert Erich, während er sich anzieht. „Ich regel das schon mit der oiden Schabracken!"

Dann geht er hinaus ins Vorzimmer. Frau Himmlinger ist eine Dame in mittleren Jahren, die dank des Wirtschaftswunders die Entbehrungsjahre des Krieges gut überstanden hat. Anders gesagt: Sollte sie jemals an Untergewicht gelitten haben, so liegt dieser Lebensabschnitt sichtbar weit hinter ihr.

„Junger Mann, Ihnen ist schon klar, dass Hausfriedensbruch ein kriminelles Delikt ist, gei?", sagt sie schnippisch.

Erich beschließt, das auszupacken, was man in Deutschland gelegentlich unter „Wiener Charme" versteht.

„Gnädige Frau", flötet er mit butterweicher Stimme, „ich möchte mich in aller Form bei Ihnen entschuldigen."

„Ihnere Entschuldigungen dürfen S' bei sich behalten – um die kann ich mir nix kaufen. Kommen S' mit in die Küche, vielleicht finden wir eine Regelung."

Sie geht voran, er folgt ihr in die große Wohnküche, wo sich Frau Himmlinger sofort niedersetzt, ohne ihm einen Platz anzubieten.

„Machen wir das kurz", sagt sie. „Sie geben mir 20 Mark und die ganze Angelegenheit ist vergessen."

„Ich habe keine 20 Mark!", erwidert Erich.

Während er das sagt, sieht er durch die offene Küchentür, wie Burgi durchs Vorzimmer Richtung Ausgang huscht.

„Da ist hinter meinem Rücken offensichtlich grade eine Frauensperson aus der Wohnung g'rannt", meint Frau Himmlinger. Sie scheint ein anatomisches Wunder zu sein und auch hinten Augen zu haben. Nach einem genüsslichen Seufzer sagt sie: „Damit haben sich die 20 Markeln schlagartig auf 40 erhöht."

„Ich hab schon gesagt, dass ich keine 20 Mark habe. Und 40 schon gar net!", erwidert Erich etwas ungehalten.

„Ja, dann …", meint Frau Himmlinger, steht auf und geht zum Telefon. „Dann muss ich schweren Herzens die Polizei anrufen."

„Moment!", sagt Erich. „Ich könnt Ihnen ein Pfand dalassen. In ein paar Tagen habe ich das Geld, dann könnt ich das auslösen."

„Was können Sie denn schon Wertvolles dabeihaben?", entgegnet die Zimmerwirtin abschätzig. „Ein stinkerten Schlafsack? So was brauch i net."

„Eine Gitarre! Moment, ich hol sie!"

Erich eilt aus der Küche in Georges Zimmer, steckt den Schlafsack in seinen Seesack, nimmt ihn und den Gitarrenkoffer. Er will schon hinauseilen, als George ihn anbellt:

„Wenn ich jetzt wegen dir aus dem Zimmer rausfliege, dann ist Schweden für dich erledigt."

Erich dreht sich zu ihm um und sagt gefährlich ruhig:

„Schweden war für mich schon erledigt, wie du zu mir gesagt hast, ich soll vom dritten Stock aus dem Fenster springen."

Er geht in die Küche, packt die *Höfner Brokat* aus und sagt:

„Die kann ich Ihnen als Pfand dalassen."

„Da schau her, eine elektrische Gitarre", sagt Frau Himmlinger und fügt hinzu: „Stecken Sie's die da an der Steckdosen an und spuins mir was vor."

Erich erklärt, dass man ohne Verstärker dem Instrument keine relevant hörbaren Töne entlocken könne. Und sagt auf die Frage, was das „Gerät" denn wert sei, er habe sie um umgerechnet 1500 D-Mark in Wien gekauft. Frau Himmlinger ist zufrieden, behält Gitarre samt Koffer und Erich kann ohne Polizeibegleitung die ungastliche Wohnung verlassen. Im Stiegenhaus kommen ihm die Tränen. Vorerst mehr die des Zornes als jene der Verzweiflung.

GAMMELN IN MÜNCHEN

Erich steht an einem Autobahnzubringer in einem Münchener Außenbezirk. Er versucht schon seit Längerem, per Autostopp weiterzukommen. Dabei weiß er gar nicht, wo er eigentlich hinwill. Aber das ist ohnehin egal. Denn es bleibt kein Wagen stehen.

Plötzlich sieht er IHN. Den großen gelben Sattelschlepper, auf den er schon die ganze Zeit gewartet hat. Der MUSS anhalten. Erich geht auf die Straße und bleibt mitten auf der Fahrbahn stehen. Er breitet beide Arme weit aus – ein untrügliches HALT!-Zeichen. Der Sattelschlepper hupt einmal kurz, dann etwas länger, schließlich im Dauerton.

Erich bleibt stehen – auch noch, als das Quietschen der Bremsen so laut in seinen Ohren widerhallt, dass es alles andere brüllend übertönt.

Der Sattelschlepper bleibt ein paar Zentimeter vor ihm stehen. Der Fahrer im gelben Overall springt aus seinem Cockpit, läuft auf Erich zu, brüllt ihn an, fragt, ob er wahnsinnig geworden sei.

Erich nickt stumm.

Der Fahrer wird ruhiger und fragt:

„Wo willst du denn hin?"

Erich zuckt die Achseln.

„Dann geh dorthin zurück, wo du hergekommen bist."

Erich nickt, schaut auf seine ausgebreiteten Arme, lacht, steckt die Hände in die Taschen seiner Jeans und geht dorthin zurück, wo er hergekommen ist.

Wie viele Stunden er dafür brauchte, ist ihm bis heute nicht klar.

An der Umrandung des Fischerbrunnens lehnt Hank, der Kanadier, und sieht Erich aus wasserblauen Glupschaugen an. Seine Pupillen sind groß wie Wagenräder.

„You 're looking pretty. Pretty shitty!", sagt er und lacht.

Die beiden kennen einander erst kurz. Hank ist einige Jahre älter als Erich und Jack-Kerouac-Fan. Er ist schon seit mehreren Jahren „*on the road*". Das erzählt er jedenfalls.

Vor ein paar Stunden sind zwei Typen auf den „Gammler-Treff" zugegangen. Sie trugen Schockfarbenhemden, grell gemusterte Krawatten, Glockenhosen mit Messingkettchen über den in die Glocken eingenähten, grellbunten Stoffstücken – alles in allem war das ein bisschen zu viel „Carnaby-Street-Look", um wirklich „echt" zu wirken.

Erich lachte und sagte: „Kieberer."

„Kieböráh … what's that, Jerry??"

„Policemen. Undercover. Looking for drugs!"

„Fuck it!", antwortete Hank. "I've acid-pills!"

Innerhalb von Sekunden bildete sich auf der Stirn des Kanadiers ein Schweißfilm, der sich in dicken Tropfen sammelte, die langsam über sein Gesicht trieften.

Hektisch griff Hank in seine Jackentasche und holte eine Handvoll Tabletten heraus. Sie sahen aus wie *Dixi*-Traubenzucker, waren aber etwas anderes.

Hank drückte Erich ein paar Tabletten in die hohle Hand und verschluckte den Rest.

Die zwei Carnaby-Street-Typen kamen näher.

Erich schluckte die Tabletten, die Hank ihm gegeben hatte. Die vermeintlichen Polizisten würdigten die beiden keines Blickes und gingen weiter.

Hank bekam einen Lachkrampf und schlug Erich wiederholt auf die Schulter.

„These are no policemen, these are dedicated followers of fashion, Jerry!", sagte er. Und zitierte damit den Hit der *Kinks*, der etwas mehr als ein Jahr zuvor auf den Markt gekommen war.

Dann fügte er hinzu: „And you are on your first LSD-Trip! It's funny, isn't it?"

Erich lachte auch. Allerdings nur kurz. Dann hatte er seinen ersten Filmriss an diesem ereignisreichen Tag.

Den zweiten hatte er, nachdem er vom gelben Lkw zum Fischerbrunnen zurückgegangen war.

Der drogenerfahrene Hank weiß sofort, wie er den guten Jerry von dem Horrortrip, auf dem er sich offensichtlich gerade befindet, wieder herunterbringen kann. Er gibt ihm einen frisch gedrehten Joint. Das Haschisch sei, wie er mit ehrfürchtigem Timbre betont, vom Allerfeinsten – ein schwarzer Afghane.

„This will calm you down!", sagt Hank im salbungsvollen Ton eines bestens ausgebildeten Kurpfuschers.

Erich inhaliert ein paar Züge, sein Gesicht entspannt sich, er lächelt selig. Hank ist zufrieden. Jerry ist wieder der alte. Gut gelaunt. Hank klopft ihm auf die Schulter und verabschiedet sich. Er hat noch etwas zu tun. Er macht sich auf den Weg, um neue „Ware" zu besorgen. Er ist ein kleiner Dealer. Und kleine Dealer kaufen bei großen Dealern ein.

Kaum ist Hank weg, bekommt Erich Durst. Er geht die Leopoldstraße hoch, um sich im „Schwabing 7" ein großes Bier zu genehmigen. Bei der Community am Fischerbrunnen hat dieses Lokal den Spitznamen „Die böse Sieben".

In einigen Regionen Deutschlands wird so eine „zänkische Frau" genannt. Im konkreten Fall bezog sich das vermutlich auf eine Kellnerin des Lokals. Die war nicht auf den Mund gefallen und zeichnete sich auch nicht durch übertriebene Freundlichkeit gegenüber den vorwiegend jungen Gästen aus.

Als Erich die Straße entlangging, hatte er plötzlich das Gefühl, dass sich ein seltsames Brausen erhob, während die Häuser sich aufzublasen und Richtung Straßenmitte zu rücken schienen.

„Scheiße!", dachte er und Panik erfasste ihn. „Der Trip kommt zurück!"

Er ging schneller und versuchte, sich zu konzentrieren. Er wollte sich in der Wirklichkeit verankern, um es dem Lysergsäurediethylamid (LSD) nicht zu gestatten, mit ihm Schlitten zu fahren.

Als er endlich in dem Lokal saß und ein paar Schlucke Bier getrunken hatte, war das Brausen in seinem Kopf plötzlich verstummt. Er sah alles klar: Das Lokal war halb leer. Die letzten Sonnenstrahlen der Nachmittagssonne fanden ihren Weg durch das Fenster und blendeten ihn. Er setzte sich auf einen anderen Sessel, sodass er die Sonne im Rücken und die Eingangstür vor sich hatte.

Ihm fiel plötzlich ein, dass sich so die Westernhelden im Saloon hinzusetzen pflegten:

„Immer die Sonne im Rücken und die Schwingtür im Blickfeld."

Erich hatte den Gedanken kaum zu Ende gedacht, als die Eingangstür aufflog und vier Typen hereinstürmten. In der Rechten hielten sie ihre Walther PKK-Dienstwaffen, in der Linken zeigten sie aufgeklappte Polizeiausweise.

„Polizei, Drogenfahndung. Alle Hände auf den Tisch!"

Erich bekam in panischer Angst einen Schweißausbruch.

„Die sind hinter mir her!", dachte er bei sich. „Die sehen mir an, dass ich einen Trip geschluckt hab!!"

Doch die vier Polizisten stürmten an ihm vorbei. Drei Tische weiter saß ein langhaariger Riese, der mit vorgehaltenen Fäusten aufsprang, als die vier auf ihn zustürmten. Er versuchte, einen Schlag zu landen, doch er hatte keine Chance. Der erste Polizist wich aus, die anderen beiden packten ihn links und rechts, bogen ihm die Arme hinter den Rücken und der vierte legte ihm Handschellen an.

Dann warfen sie den unartikuliert Brüllenden zu Boden, zwei packten ihn an den Beinen und schleiften ihn aus dem Lokal. Die anderen beiden fuchtelten mit ihren Pistolen herum und riefen, dass sie sofort das Feuer eröffnen würden, wenn sich auch nur einer bewegen sollte.

Nach kaum einer Minute war der Spuk vorbei.

Erich saß wie gelähmt auf seinem Sessel. Er hatte schon einiges an Gewalt erlebt – aber so eine Polizeiaktion noch nie. Langsam legte sich der Schock und seine Lebensgeister erwachten. Er nahm ein paar Schlucke vom Bier, das eigenartig süßlich schmeckte, und stand auf. Mit langsamen Schritten ging er zu dem Tisch, an dem vorher der bedauernswerte Hüne gesessen hatte, den die vier so mir nichts dir nichts fertiggemacht hatten.

Jetzt saß dort ein schlanker Typ mit John-Lennon-Brille, der ein angeregtes Gespräch mit seiner Freundin oder Studienkollegin führte. Sie sprachen über Theodor W. Adornos Kritik an den *Beatles*, die der Philosoph ein Jahr zuvor als „Teil der dirigistischen Massenkultur" bezeichnet hatte.

Erich war ehrlich empört über so viel Ignoranz gegenüber der brutalen Polizeistaat-Realität, deren Zeugen sie doch alle noch vor wenigen Augenblicken gewesen waren.

„Was diskutierts ihr da über die Ästhetik-Probleme vom Adorno?! Habt ihr net g'sehen, wie brutal die Bullen den armen Kerl da ausse g'schliffen hab'n?!"

Die beiden sahen ihn verständnislos an.

„Da waren keine Bullen da!", sagte das Mädchen. „Und Bullen, die nicht da sind, können auch niemanden hinausschleifen."

„Was?! Spinnts ihr?"

„Wir nicht!", meinte das John-Lennon-Imitat und fügte nach einem kurzen abschätzigen Lächeln spitzzüngig hinzu: „Der Drogenpapst Timothy Leary rät übrigens davon ab, dass man LSD ohne Aufsicht nimmt."

Erich bekam unbändige Lust, dem Klugscheißer eine rechte Gerade ins spöttisch grinsende Antlitz zu schicken. Er besann sich aber eines Besseren.

Er wandte sich um, ging an die Theke, bezahlte bei der mürrischen „Bösen Sieben" sein Bier und ging hinaus.

Als er ins Licht der Sonne sah, war ihm klar, dass er an diesem Tag einiges dazugelernt hatte: Ein weißer Gespritzter oder ein Bier waren für ihn deutlich verträglicher als halluzinogene Drogen.

Hier erscheint uns ein kurzer Exkurs über den oben erwähnten Timothy Leary angebracht. In seiner Zeit als Dozent für Psychologie in Harvard von 1959 bis 1963 hatte er erste Experimente mit sogenannten „psychedelischen Drogen" wie LSD oder Mescalin gemacht.

Als 1965 im Zuge einer Grenzkontrolle von Mexiko in die USA bei seiner Tochter Marihuana gefunden wurde, übernahm er dafür die Verantwortung und wurde wegen „Steuerhinterziehung und illegaler Einfuhr" zu 30 Jahren Gefängnis (!) verurteilt. 1969 wurde dieses Urteil vom US-amerikanischen Höchstgericht aufgehoben und Leary kam frei.

Doch ein Jahr später wurden bei ihm zwei Joints gefunden – dafür gab's noch mal zehn Jahre Gefängnis!

Richard Nixon, der Watergate-Skandal-Präsident mit dem Spitznamen „Tricky Dicky", nannte ihn den „gefährlichsten Mann Amerikas" und „einen der gefährlichsten Männer der Welt".

Kurz nach seiner Verurteilung gelang Timothy Leary im September 1970 die Flucht aus dem kalifornischen Gefängnis, angeblich mit Unterstützung der „Weathermen", einer linksradikalen Organisation. Seine Flucht führte ihn von Algerien über die Schweiz und Österreich schließlich nach Afghanistan, wo er 1973 festgenommen und an die USA ausgeliefert wurde. Dort blieb er bis 1976 in Gefängnishaft.

Gut drei Wochen nach seinem Drogenabenteuer sitzt Erich am Ufer der Isar und grillt einen Flussbarsch auf einem Rost über dem Lagerfeuer. Marion schüttelt die Schlafsäcke aus und breitet sie geöffnet auf dem weichen bemoosten Boden aus, „zum Durchlüften". Erich hat Marion vor einer Woche kennengelernt. Sie ist so alt wie er und kommt aus Bad Kreuznach in Rheinland-Pfalz. Hier, im Münchener Stadtteil Oberföhring, haben die beiden eine Luxus-Gammler-Bleibe in den Isar-Auen gefunden. Die Sonne scheint, der Boden ist weich und das dichte Laubdach der Bäume bietet ausreichend Schutz vor dem Frühsommerregen.

Seit ein paar Tagen hat sich ein junger Afroamerikaner zu dem Pärchen gesellt. Er heißt Sean L. Mainell und ist ein GI. Genauer gesagt: Er ist ein GI auf Fronturlaub. Und die Front, an der er bis vor Kurzem noch im Kampfeinsatz stand, liegt am Ende der Welt, in Vietnam. Und dorthin will er wohl nie wieder zurück.

„Das habe ich mir damals jedenfalls gedacht", erzählt Lukas. „Sean hat mich am Fischerbrunnen angeredet. Einige Leute dort hatten ihm erzählt, dass ein gewisser Jerry sehr gute Schlafplätze kenne. Sean war Marion und mir von Anfang an sympathisch. Also haben wir ihm vorgeschlagen, er soll sich bei uns in Oberföhring an der Isar einquartieren!"

Es stellt sich bald heraus, dass Sean wie die beiden anderen auch ein 1947er-Jahrgang ist. Im letzten Monat ist er 20 geworden. So jung und schon ein Held der freien Welt.

„Er hat keine Details vom Krieg erzählt. Wir hatten allerdings von Anfang an den Eindruck, dass er schwer traumatisiert war. Im Juni 1967 war unser Informationsstand über den Vietnamkrieg noch ziemlich unterentwickelt. In den Fernseh- und Rundfunk-Nachrichten war damals alles klar: Die Amis unterstützten die lupenreine Demokratie Südvietnam und damit die westlichen Werte gegen die Bedrohung durch die kommunistische Diktatur aus dem Norden. Wenn wir Sean solche Einschätzungen der Politkommentatoren des Bayerischen Rundfunks übersetzten, pflegte er das mit einem bitteren Lachen oder einer wegwerfenden Handbewegung zu quittieren."

Erich fand bald heraus, dass Sean ursprünglich davon überzeugt gewesen war, für die gerechte Sache zu kämpfen. Und er war offenbar ein guter Soldat. Immerhin hatte man ihn bereits zum „Light Arms Specialist" ausgebildet, obwohl er nur den Rang eines „Private First Class" bekleidete, was einem „Gefreiten" entspricht.

Durch seine Ausbildung für das „Leben im Felde" ist Sean natürlich auch beim Überleben in Oberföhring eine große Hilfe. Gemeinsam mit Erich baut er eine Laubhütte, mit einer in einem Baumarkt erstandenen Folie als Boden. Dazu kommt, dass Sean auch noch über etliche Packungen Zigaretten und einiges Geld vom Urlaubssold verfügt. Er kauft die notwendigen Utensilien für ein Angelzeug und setzt sie selbst zusammen. Er erweist sich als begnadeter Schwarzfischer, der sich auch nie erwischen lässt. Letzteres ist allerdings nicht nur auf seine bei der US-Army erlernten Fähigkeiten im Tarnen und Täuschen zurückzuführen. Es ist auch der Tatsache geschuldet, dass sich die Polizeikontrollen in Oberföhring in Grenzen halten. In den Innenstadtbezirken Münchens sind aber offenbar immer mehr Polizisten in Uniform und Zivil unterwegs, die junge Leute nach deren Personalpapieren und der aktuellen Wohnadresse fragen.

Trotzdem zieht es alle illegal in München lebenden jungen Systemverweigerinnen und ihre deutlich die Mehrzahl darstellenden männlichen Pendants immer wieder nach Schwabing. Nicht nur zum Fischerbrunnen, sondern auch in den Englischen Garten, zum Monopteros. Dieser auf einem Hügel liegende griechische Tempel wurde 1832 bis 1837 nach Entwürfen des königlichen Hofarchitekten Leo von Klenze errichtet und ist bis heute ein beliebter Aussichtspunkt.

Damals – Mitte der 1960er-Jahre – war er neben dem Fischerbrunnen *die* „Kommunikationszentrale" für die in München gelandeten Aussteiger.

„Am Monopteros wurden wir Gammler damals auch immer wieder von jungen Leuten, meist sehr bürgerlich wirkenden Mädels, mit Essen und Trinken versorgt", erinnert sich Lukas. „Während die ältere Generation mehrheitlich bei unserem Anblick nach Polizei, Arbeitslager und dem sprichwörtlich gewordenen *kleinen Hitler* rief, zeigten viele auch durchaus angepasst wirkende Jüngere offen ihre Sympathie für uns Leistungsverweigerer."

In den letzten Junitagen 1967 erlebt Erich am Monopteros eine Überraschung.

Er unterhält sich gerade mit einer jungen Engländerin, die eben aus Italien zurückgekehrt ist und begeistert von Venedig erzählt. Dort gäbe es deutlich mehr Hippies und Gammler als hier in München und deutlich weniger Polizeikontrollen und damit Ausweisungen. Während Erich interessiert lauscht, hört er plötzlich eine vertraute Stimme:

„Servus, Erich!"

Er wendet sich abrupt um und schaut in die braunen Augen seines Bruders Willi.

„Wie hast du mich g'funden?", fragt Erich erstaunt. Dann merkt er, dass Willi nicht alleine ist. Neben ihm steht Manfred Rittenbacher. Der ist nicht nur ein angenehmer Studienkollege an der Uni Wien, wo

Der Monopteros im Englischen Garten

Willi für ein Lehramtsstudium in Englisch und Leibesübungen inskribiert hat. Manfred ist auch ein guter Freund.

Die beiden erzählen nun, wie sie herausgefunden haben, wo sich der „verschollene" Erich aufhalte. Vor Kurzem hat Willi mit seiner neuen Band *The Big Grave* sein erstes (und wie sich im Rückblick herausstellt, auch einziges) Konzert gegeben. Im Publikum war – neben Manfred und anderen Studienkolleginnen und -kollegen – jene Burgi aus Klosterneuburg, mit der Erich im Untermietzimmer von George Schwyzer in der Wohnung der unsäglichen Frau Himmlinger übernachtet hat.

Burgi hatte frisch vor sich hingeplaudert. So hatten Willi und Manfred erfahren, dass der blonde Jerry nicht in Schweden, sondern in München weilte. Und Willi war ausgezogen, um den 14 Monate älteren Bruder „heimzuholen".

Doch Erich zeigt kein Interesse.

„Ich komm erst im Herbst wieder nach Wien!", erklärt er und duldet keinen Widerspruch.

Willi fragt skeptisch nach, ob der Bruder überhaupt noch genug Geld habe.

„Wenn man sparsam ist, kommt man schon durch!", erklärt Erich.

Was eine gute Gelegenheit gibt nachzufragen, wie er seine „Gammelei" damals finanziert hat.

„Bevor wir nach Schweden aufgebrochen sind", erzählt Lukas, „habe ich natürlich alles von meinem Sparbuch abgehoben, was ich vorher bei den Ferialjobs verdient und noch nicht für meine zwei Gitarren ausgegeben hatte. Auch meinen Firmungs-Golddukaten habe ich in einem dubiosen Juweliergeschäft gegen Geld eingetauscht."

Danach war er mit ein paar Tausend Schilling aufgebrochen. Inzwischen war von dieser Barschaft trotz eiserner Sparpraxis nicht mehr viel übrig. Doch illegale Geldbeschaffung hat er nie in Betracht gezogen.

„Mit Drogen zu dealen, kam für mich grundsätzlich nicht infrage. Und kleine Ladendiebstähle, die damals in der Aussteigerszene so gut wie alle begingen, habe ich auch nicht gemacht. Dazu hat es mir offensichtlich an krimineller Energie gefehlt", fügt Lukas lächelnd hinzu. Und dann meint er: „Wie schon gesagt: Mir mein Geld als Straßenmusikant zu verdienen, das war etwas, was mich interessierte. Allerdings lag ja meine akustische Gitarre weit weg, zu Hause in der Rehgasse am Bruckhaufen in Wien-Floridsdorf."

Wochenlang war die „Glampfn" unerreichbar gewesen, nun aber ergab sich eine Chance, an das gute Stück heranzukommen. Bevor er mit Freund

Manfred unverrichteter Dinge nach Wien zurückgekehrt war, hatte Willi angedeutet, dass das Elternhaus im Juli für zwei Wochen leer stehen würde. Er selbst werde mit Freundinnen und Freunden bergwandern in den Hohen Tauern gehen, und die Eltern hatten sich endlich dazu entschlossen, auch einmal Urlaub zu machen: gemeinsam mit dem siebenjährigen Peter, der gerade dabei war, die erste Volksschulklasse abzuschließen.

Marion und Sean waren Feuer und Flamme, als Erich ihnen erzählte, wie er sich den Sommer vorstellte. Zuerst einmal zwei Wochen ausruhen im leer stehenden Elternhaus in Wien.

„Klasse!", sagte Marion begeistert. „Endlich wieder ein Dach über dem Kopf!"

Sean freute sich auf den Garten, in dem man „Barbecues" machen konnte.

Aber Erich war noch nicht fertig mit der Entwicklung seiner Sommerpläne. Nach dem ungestörten Ausruhen daheim werde dann das Abenteuer lange genug Pause gemacht haben. Per Autostopp sollte es daraufhin in den Süden gehen. Nach *Bella Venezia*. Da sei jetzt das Wetter herrlich und die Polizei nachlässiger als in München.

„Toll!", meinte Marion. „Fragt sich bloß, wovon wir dort unser Essen bezahlen werden."

„Kein Problem!", erwiderte Erich. „Ich nehme meine Gitarre mit. Als Straßenmusiker kann man dort sehr gut überleben. Die Schickimickis haben ein Herz für Gammler!"

„In Venedig gibt's nur Kanäle, keine Straßen!", antwortete Marion und lacht.

„Dann eben net Straßensänger, sondern Kanalsänger!", sagt Erich und küsst sie.

Sean wirkt ziemlich bedrückt. Sein Urlaub läuft in Kürze ab. Dann muss er sich wieder bei seiner Einheit melden. Er will aber nicht nach Vietnam. Und er hat Angst, als „Deserteur" in Italien aufgegriffen zu werden. Das NATO-Land Italien würde ihn mit Sicherheit sofort an die US-Army ausliefern.

Nach Wien kommt er aber mit: „Austria is a neutral state!" Trotzdem will er nicht „offiziell" einreisen. Er meint, dass die Grenzbehörden zwischen Österreich und Deutschland einen regen Informationsaustausch pflegen. Also wird er in unbewohntem Gebiet von Bayern nach Oberösterreich über den Inn schwimmen.

Von dort würde er dann per Autostopp nach Wien fahren.

Marion und Erich hatten es sich in dessen Elternhaus seit zwei Tagen gemütlich gemacht, als es am Abend an der Tür klingelte. Erich öffnete – und begrüßte freudig Sean Mainell. Und der kam nicht allein: In seiner Begleitung waren drei „Sirloin-Steaks" – gut abgehangene Beiried-Scheiben, jedes circa 40 Deka schwer.

Sean lachte breit und fragte nach einem Gartengrill. Zu seiner Freude gab es einen und am Abend feierten die drei ein Fest. Erich packte seine Wandergitarre aus und spielte ein paar „Hadern" von den *Kinks* und von den *Stones.* Marion und Sean sangen mit, während sie das Abendessen zubereiteten. Dabei erwies sich Sean als Barbecue-Meister.

„Das Steak war das beste, das ich bis dato gegessen hatte", erinnert sich Lukas. „Sean war gut gelaunt – es schien ihm hier in Wien am Bruckhaufen wesentlich besser zu gefallen als in München. Allerdings gab er auf Marions Frage, ob er tatsächlich *illegal* über die deutsch-österreichische Grenze gegangen war, eine ausweichende Antwort und wirkte plötzlich wieder unrund und ziemlich gestresst."

In den nächsten Tagen wurde er aber immer entspannter. Er liebte *„peaceful Vienna"*, wie er sagte. Und wenn sich Marion und Erich über ihre bevorstehende Venedig-Reise unterhielten, dann beteiligte sich Sean an den Gesprächen so, als habe er sich alles genau überlegt und wolle mit von der Partie sein.

„Marion und ich hatten damals beide den Eindruck, dass er ernsthaft daran dachte zu desertieren. Denn es schien für uns klar, dass er nicht nach Vietnam in den Krieg ziehen wollte. Das war aber nur die eine Seite von ihm. Die andere Seite war, dass er eine große Verpflichtung gegenüber seinem Land fühlte. Er zitierte gerne den berühmten Satz von John F. Kennedy: ‚Du sollst nicht fragen, was dein Land für dich tun kann, sondern was du für dein Land tun kannst!'"

Dennoch: Als nach zehn Tagen Erholung vom anstrengenden Gammler-Dasein ein Freund, der beruflich nach Wiener Neustadt musste, Lukas und seine deutsche Freundin in der Rehgasse abholte, um ihnen sozusagen einen „Lift" für die erste Etappe Richtung *Bella Venezia* zu geben, da war auch Sean mit dabei.

Doch nachdem die drei wie vereinbart in der Neunkirchner Allee ausgestiegen waren, kam es dann überraschenderweise doch zu einem Abschied.

Sean Mainell hatte sich die Sache noch einmal genau überlegt. Er wollte umkehren und zurück nach Deutschland stoppen. Der Versuch, ihn zu überreden, mit nach Venedig zu kommen, war also endgültig gescheitert.

Erich machte sich große Sorgen um den Freund.

„In Deutschland musst du schauen, dass du so schnell wie möglich nach Schweden kommst!“, hatte er ihm eingebläut.

Sean nickte, lächelte und meinte, er wisse schon, was er zu tun habe. Erich insistierte weiter:

„Die Schweden liefern keine US-amerikanischen Deserteure aus. Du bekommst dort auch eine Aufenthaltsgenehmigung.“

Sean umarmte zuerst Marion, dann Erich. Wortlos schnappte er sich seinen Seesack und ging auf die andere Straßenseite.

„Der Arme! Der kommt da nie weg!“, sagte Erich.

„Wir auch nicht“, antwortete Marion. „Zumindest dann nicht, wenn du so dicht bei mir stehen bleibst.“

Erich machte eine wegwerfende Handbewegung und streckte dann seinen Daumen aus. Marion auch. Allein fahrende Männer, die zuerst nur sie wahrgenommen hatten, quietschen sich ein, um dann zügig wieder Gas zu geben, wenn sie sahen, dass die hübsche Blondine nicht allein war.

Geschätzte 70 Autos später geschah auf der anderen Straßenseite ein Wunder. Ein Lkw blieb neben Sean stehen. Der nahm Haltung an, grinste übers ganze Gesicht und salutierte noch einmal in Richtung Marion und Erich. Dann stieg er ein und der Lastwagen fuhr ab.

„Das war das letzte Mal, dass ich ihn gesehen habe!“, erzählt Lukas. „Eine Ewigkeit lang habe ich mich gefragt, was aus dem Freund von damals geworden ist. Vor ein paar Jahren, mehr als 50 Jahre später, kam dann die traurige Gewissheit.“

Durch eine Recherche im Internet erfuhr Lukas, dass Sean ein Jahr nach dem Abschied auf der Neunkirchner Allee in Vietnam gefallen war. Als *war hero*, wie die armen Opfer eines sinnlosen Krieges immer wieder genannt werden. In den ihm gewidmeten Erinnerungsschriften steht natürlich nichts von Angst, Zweifeln oder von versuchter Desertion.

„Es ist auch durchaus möglich, dass Sean sich bei seiner Einheit zurückgemeldet und gar nicht den Versuch unternommen hat, ins sichere Schweden zu kommen“, meint Lukas dazu. Um etwaigen Fehlspekulationen keinen Vorschub zu leisten, haben wir „Seans“ wirklichen Namen abgeändert.

„Eine Geschichte in Zusammenhang mit ihm soll aber nicht unerwähnt bleiben: Kurze Zeit später, in Venedig, wurden Marion und ich von zwei modisch gekleideten Herren angesprochen.“

Die beiden fragten, woher die beiden denn kämen.

„From Germany, Munich“, erwiderte Marion.

Die nächste Frage war, ob sie hier in Venedig amerikanische GIs kennengelernt hätten.

„No!“, erwiderte Erich rasch und barsch.

Der eine der beiden Herren lächelte gütig und sagte:

„We are not military police of the US-army. We are from Israel. And if you find some GIs with special knowledge, you can tell them: They are welcome in Israel.“

Der andere, der weniger gütig wirkte, erklärte in militärisch knappem Ton, was die GIs Besonderes können sollten, um bei ihnen willkommen zu sein:

„They should be experts on small weapons!“

Der Freundliche erklärte, warum man solche Experten suche: Im erst wenige Wochen zurückliegenden Sechstagekrieg habe Israel eine riesige Menge an Faustfeuerwaffen und Gewehren unterschiedlicher Provenienz von den arabischen Armeen erbeutet. Nun suchte man wohl amerikanische Experten, um diese Waffen zu identifizieren und zu katalogisieren.

„Es war schon ziemlich eigenartig, denn Sean hätte exakt in das Anforderungsprofil dieser beiden Herren gepasst. Die Frage ist nur, ob sie wirklich von der israelischen Regierung autorisiert waren oder nicht vielmehr einem international Waffenschmugglerring angehörten. Im Grunde ist es egal. Denn Sean war für uns ja ohnehin nicht mehr erreichbar.“

Zurück in die Neunkirchner Allee. Erich greift zu einer List und stellt sich mit dem Rücken zum herannahenden Verkehr neben seine Freundin. Das Kalkül dabei ist: Dank seiner langen Haare wirkt es auf den ersten Blick für manche motorisierte Straßenkameraden wohl so, als würden da zwei Blondinen stoppen. Der Erfolg lässt nicht lange auf sich warten. Ein Mercedes bremst sich ein. Als Erich auf dem Sitz neben dem allein reisenden Lenker Platz nimmt, trägt der sein Schicksal mit Fassung:

„Ich muss zum Augenarzt. Brauche eine stärkere Brille!“

Insgesamt verläuft die Reise äußerst flott. Der „Zwei-Blondinen-Trick“ funktioniert immer, und die Autos, von denen sie mitgenommen werden, fahren (fast) alle lange Strecken.

So benötigen Marion und Erich insgesamt nur dreieinhalb Fahrzeuge bis zum Lido.

Frage: „Was war das *halbe* Fahrzeug?“

Lukas: „In der Gegend von Roveredo in Piano nahm uns ein Melonenhändler mit, der auf seinem typisch italienischen dreirädrigen Pritschengefährt Melonen geladen hatte. Er musste uns geradezu überreden einzusteigen, denn das Cockpit des ‚Transporters' bot Platz für nur einen Beifahrer. Um ihn nicht zu beleidigen, quetschten wir uns zu zweit hinein. Am Ende der glücklicherweise kurzen Fahrt schenkte uns der gütige Herr eine riesige Wassermelone, mit der wir unseren Durst löschen und den Zuckermangel ausgleichen konnten."

Schon am Abend des ersten Reisetages steigen Marion und Erich in ein „Vaporetto" – einen der öffentlichen Wasserbusse der Lagunenstadt – und fahren ins Zentrum.

„Es war sehr beeindruckend. Als wir um die erste Biegung des Canal Grande fuhren, hatte ich das Gefühl, eine Hollywoodkulisse vor mir zu haben", erzählt Lukas. „Überall Kirchen und Paläste aus der Zeit der Renaissance und des Barocks."

Aber vorerst wissen die beiden nicht, wo sie übernachten sollen. Also gehen sie auf das Gelände des Bahnhofes „Santa Lucia", durch den Wartebereich hindurch zu den Gleiskörpern. Dort platzieren sie ihren selbst genähten Zweipersonen-Schlafsack zwischen den Gleisen. Es ist Mitte Juli und da können die venezianischen Nächte schon unerträglich heiß sein. Doch heute ist die Abendluft lau, denn vom Meer her weht eine wohltuende Brise. Und so schlafen Marion und Erich ruhig und tief wie in Abrahams Schoß.

Am frühen Morgen werden sie allerdings nicht vom Kitzeln der ersten Sonnenstrahlen sanft geweckt, sondern vom Höllenlärm des einfahrenden Frühzuges aus dem Schlaf gerissen. Die Lehre, die sie daraus ziehen: In Hinkunft werden sie nicht mehr auf dem Bahnhofsgelände, sondern auf anderen Plätzen schlafen.

Dort werden sie dann regelmäßig von Möwengeschnatter und Taubenrufen geweckt. Vor allem die Tauben, die gerne auch als „Ratten der Lüfte" bezeichnet werden, sind ja nicht nur auf dem Markusplatz gern gesehene Touristenattraktion, sondern in der ganzen Stadt omnipräsent.

Erich, der begnadete Fußmarschierer, nutzt den ersten Tag in Venedig naturgemäß für eine Entdeckungsreise per pedes. Marion ist anfänglich davon nicht rasend begeistert. Aber je weiter sie gehen, desto mehr ist sie von der „Zauberstadt" – wie sie Venedig nennt – fasziniert. Und desto weniger klagt sie darüber, dass ihr die Füße wehtun.

Lukas erinnert sich „nicht hundertprozentig, aber doch ziemlich genau" an den Weg, den sie damals einschlagen: Ausgehend von ihrem Schlafplatz gehen sie über die Rialtobrücke, die den Canal Grande überquert und ins Zentrum der Stadt führt – in den Bezirk San Marco.

In ihrer heutigen Form wurde diese Brücke zwischen 1588 und 1591 nach Plänen von Antonio da Ponte gebaut und war mehr als zwei Jahrhunderte lang der einzige Fußweg über den Canal Grande. Erst 1854 wurde die Accademia-Brücke errichtet, die das Zentrum mit dem Universitätsviertel Dorsoduro verbindet.

Die Accademia-Brücke war genauso wie die 1858 fertiggestellte Degli-Scalzi-Brücke ursprünglich aus Metall hergestellt. Beide wurden gebaut, als Venedig unter habsburgischer Herrschaft stand. Um dieses Erbe einer Fremdbesatzung zu beseitigen, wurden in der Zeit des Faschismus unter Mussolini beide Brücken abgetragen und durch neue ersetzt. Die Entwürfe stammten vom damaligen venezianischen Stadtbaumeister Eugenio Miozzi.

Nach einem ersten Besuch auf dem Markusplatz mit der weltberühmten gleichnamigen, weil dem Schutzpatron Venedigs, dem Evangelisten Markus gewidmeten Kathedrale gingen damals auch Marion und Erich über die Accademia-Brücke zur Galleria dell'Accademia. Dieses Museum ist im Besitz der weltweit größten Sammlung venezianischer Malerei von der Gotik bis zum Rokoko.

Venedig nach dem Regen

Fun-Fact: Zwei der hier ausgestellten venezianischen Künstler der Frührenaissance sind Freundinnen und Freunden gehobener Kulinarik mindestens genauso gut bekannt wie der kunstinteressierten Öffentlichkeit.

Giuseppe Cipriani, der legendäre Gründer der wohl berühmtesten Bar der Welt, der „Harry's Bar" in Venedig, hat zwei seiner ebenfalls weltberühmten Kreationen nach diesen beiden Herren benannt: den 1948 erstmals gemixten Pfirsich-Prosecco-Cocktail „Bellini" nach Giovanni Bellini (1437–1516) und das 1950 entwickelte, unter anderem aus hauchdünnen rohen Rindsfiletscheiben bestehende „Carpaccio" nach Vittore Carpaccio (1465–1525/26).

Vor der Galleria dell'Accademia packt Erich erstmals hier in Venedig seine Gitarre aus. Er beginnt damit seine Karriere als Straßenmusiker in der „Stadt ohne Straßen". Trotzdem finden sich nach gut zwei Stunden beatmusikalischer Vortragskunst etliche 100-Lire-Scheine im umgedrehten Sonnenhut. Das klingt üppiger, als es ist.

„In der nächsten Gelateria bekamen wir für das Bündel Hunderter zwei kleine Eisportionen und zwei kleine Caffè Espresso. Aber ich durfte auch ein interessantes Gespräch führen!", erinnert sich Lukas.

Am Nebentisch saßen drei Burschen – unüberhörbar Angehörige der *Grande Nation*. Einer von ihnen fragte das junge Paar freundlich, woher die beiden denn kämen. Obwohl weder Marion noch Erich Französisch sprachen, war ihnen klar, was da wohl gemeint war, und sie erwiderten: „Allemagne" und „Autriche".

Die Antwort war ein Schwall auf Französisch. Verständlich davon war nur, dass der junge Mann offensichtlich „Guy" hieß.

„Comme Guy Périllat!", erwiderte Erich und imitierte mit beiden Händen wilden Skistock-Einsatz. Guy nickte begeistert und freute sich. Für jüngere Leser sei angemerkt, dass Guy Périllat damals ein sehr bekannter französischer Skiläufer war, der 1967 im neu gegründeten Ski-Weltcup zwei Slaloms gewonnen hatte: in Megève am 29. Jänner und in Madonna di Campiglio am 5. Februar.

Ansonsten schien jede weitere Kommunikation unmöglich. Denn die Franzosen sprachen weder Deutsch noch Englisch. Guys Freunden schien das ziemlich egal zu sein, denn sie unterhielten sich untereinander weiter. Guy jedoch war offensichtlich an einem bilateralen Dialog interessiert und so fragte er Erich auf Lateinisch, ob er der Sprache Cäsars und Ciceros mächtig sei. Erich bejahte und so entspann sich zwischen Guy und ihm ein Dialog, der selbst in Venedig Seltenheitswert hatte, wo sich ja bis heute immer wieder hohe Vertreter des internationalen katholischen Klerus treffen, die sich gelegentlich noch immer der lateinischen Sprache befleißigen.

Es wurden auch durchaus komplexe Inhalte vermittelt – unter Zuhilfenahme von Gesten und illustrativer Lautmalerei. Als Erich fragte, wieso es in Venedig derzeit so wenig „Gammler“ und „Hippies“ gäbe, erklärte dies der Franzose sehr einleuchtend:

Vor wenigen Tagen habe es eine große Razzia in der Stadt gegeben. Dabei habe man alle aus der Stadt „rausgeschmissen“, die keinen fixen Wohnort nachweisen konnten. Mit Ähnlichem war in etwa vier Wochen zu rechnen. Denn vom 28. August bis 8. September fand das 28. Filmfestival statt, neben Cannes das größte und bedeutendste in Europa. Bis dahin, meinte Guy, könnten Marion und Erich damit rechnen, als „wilde Camper“ im urbanen Raum relativ unbehelligt zu bleiben.

An die „Gammelei-Wochen“ in der Lagunenstadt erinnert sich Lukas heute noch gerne zurück. „Das Positive überwiegt das Negative“, meint er und fügt lächelnd hinzu: „Und in der Erinnerung an die Jugend wird manches Trübe ohnehin automatisch aufgehellt.“

Viel Zeit verbrachten Marion und er im Bahnhofsviertel Santa Croce. Denn hier fanden sich etliche Schlafplätze, auf denen man ungestört war und die ruhiger waren als die erste Übernachtungsstätte zwischen den Eisenbahngleisen. Bei Regen bot sich etwa der Platz unter dem Dach des Portikus der Kirche „San Simeone Piccolo“ an. Sie liegt am Canal Grande gegenüber dem Bahnhof, ist der erste kreisrunde Sakralbau in Venedig und ein frühes Werk des italienischen Klassizismus. Sie wurde zwischen 1718 und 1738 nach Plänen des Architekten Giovanni Antonio Scalfarotto errichtet und ist den Aposteln Simon Zelotes und Judas Thaddäus geweiht.

Bei dieser Kirche erhielt Erich auch ein durchaus exklusives und seltenes Geschenk. Dazu muss eine kleine Vorgeschichte erzählt werden. Zu einer Karriere als junger Straßenmusikant gehörte zu jener Zeit neben schulterlangem Haupthaar auch ein veritabler Vollbart. Als dieser sich nach zwei Wochen ausgesprochen gut entwickelt hatte, erhielt Erich von Paolo, dem Bäcker, den Spitz- oder besser Ehrennamen „Gesù da Venezia“, also „Jesus von Venedig“.

Paolo hatte Marion und Erich in den ersten Tagen ihres Aufenthalts immer wieder gratis mit Brot und Gebäck versorgt. Später, als sich nach Erichs Gitarrenauftritten an Touristenzentren wie dem Markusplatz, bei der Rialtobrücke,

Waschtag in der Lagunenstadt

vor dem Dogenpalast oder in der Calle Vallaresso nahe von „Harry's Bar", der umgedrehte Sammelhut regelmäßig gut füllte, wurde er bei Paolo dann zahlender Stammkunde.

Der Name „Gesù" machte erstaunlich schnell die Runde. Und da sich allmählich immer mehr junge Aussteiger wieder in Venedig einfanden, weil die Zeit der Razzien gemäß den Worten des französischen Propheten Guy noch nicht gekommen war, umgab den Gitarren-Jesus auch eine wachsende Zahl von Jüngern. Sie lauschten nicht nur gebannt den Worten des begnadeten Schmähführers, sondern vergriffen sich gelegentlich auch ungeniert an dem, was ihm sein Gitarrenspiel eingebracht hatte. Getreu jenem Umverteilungsprinzip, das unser gemeinsamer Freund Wolfgang Teuschl eineinhalb Jahrzehnte später so beschrieben hatte: „Deins ist meins und meins bleibt meins."

Allmählich schien sich der Bekanntheitsgrad des aus Wien stammenden „Gesù" zu erhöhen. Denn als Erich wieder einmal unter dem schützenden Dach der Säulenhalle der Kirche „San Simeone Piccolo" Schutz vor einem Platzregen suchte, wurde er von einem Gondoliere angesprochen. Der wollte ihn über den Canal Grande zu der Parkanlage „Giardini della Biennale" bringen, wo sich angeblich ein paar prominente bildende Künstler herumtrieben. Warum sie das taten, war unklar. Denn in diesem Jahr fanden zwar die Filmfestspiele statt, die Kunstbiennale allerdings erst wieder im Jahr darauf.

Egal.

Der Gondoliere versicherte jedenfalls, während er wild mit den Händen herumfuchtelte, er wolle diesen Berühmtheiten den Jesus von Venedig vorstellen, was diesen in der Folge ebenfalls zügig in den Olymp internationaler Bekanntheit hinaufhieven würde.

Ehe Erich dazu irgendetwas sagen konnte, tauchte wie aus dem Nichts ein Motorboot-Taxifahrer auf, der offenbar Ähnliches im Sinn hatte wie der Gondoliere. Die beiden begannen wild zu streiten, wer von ihnen den berechtigten Zugriff auf „Gesù“ habe. Letztlich kam man überein, dass der Meister es wohl selbst entscheiden müsse, welches Gratis-Wasserfahrzeug er für den Weg in den Olymp benutzen wolle.

Um den Wettstreit um die jesuanische Gunst für sich zu entscheiden, griff der Erstere zu einer List. Er riss sich sein blau-weiß gestreiftes venezianisches Gondoliere-Hemd vom Leib, drückte es Erich in die Hand und sagte in gebrochenem Englisch:

„This is for you!“

Der Motorboot-Taxler stieß einen gequälten Seufzer aus, verdrehte die Augen, bekreuzigte sich und suchte kopfschüttelnd das Weite.

Das Verschenken eines traditionsreichen Gondoliere-Hemdes an einen *zweifach* Fremden, also an einen, der weder Venezianer noch Nautiker war, stellte für ihn als autochthonen Gondellenker offenbar eine noch nie da gewesene Tabuverletzung dar.

Den anderen schien dies allerdings überhaupt nicht zu stören. In der Pose eines Triumphators stand er mit nacktem Oberkörper da, strahlte über das ganze Gesicht, klopfte Erich anerkennend auf die Schulter und sagte: „Come on!“

Sogleich verfinsterte sich der Himmel, ein greller Blitz spaltete das tiefschwarze Wolkenband, ein dröhnender Donnerschlag folgte. Sekunden später verwandelte sich der Platzregen in einen vom Himmel stürzenden sintflutartigen Wasserfall.

Erich machte dem Gondoliere klar, dass er bei diesem Wetter nirgendwo hinfahren werde. Als der Gondellenker daraufhin wütend wurde und unmissverständlich sein Hemd zurückforderte, fasste Erich – einer inneren Eingebung folgend – einen raschen Entschluss:

Er öffnete seinen Seesack, nahm daraus seine mit Lammfell gefütterte Lederjacke und reichte sie dem Gondoliere. Der akzeptierte das Gegengeschenk, zog sich das gute Stück an und stapfte wacker hinaus in das Unwetter.

Erich aber durfte ab nun ein echtes Gondoliere-Hemd sein Eigen nennen.

Nach circa fünf Wochen Aufenthalt war für Marion und Erich die Zeit in Venedig vorbei. Wie von Guy angekündigt, nahmen die Polizeikontrollen, je näher die Filmfestspiele kamen, immer mehr zu. Vorerst wichen die beiden noch auf den Lido Communale aus. Doch der Sandstrand war öde und die Übernachtung in einer Bunkerruine aus dem Zweiten Weltkrieg war nicht dazu angetan, den Aufenthalt angenehmer zu machen.

Schließlich beschlossen sie, in Marions Heimatstadt Bad Kreuznach zu fahren. Die Heimreise erwies sich von Anfang an als äußerst schwierig. Der früher so bewährte Zwei-Blondinen-Trick brachte nun überhaupt keinen Erfolg mehr, weder in Italien noch in Österreich. Erst nach fünf Tagen erreichten die beiden die Grenzstation Walserberg in Richtung Deutschland.

Hier wartete die nächste unangenehme Überraschung auf sie.

Der neben dem Zollbeamten stehende junge Polizist überprüft mit Akribie die Pässe.

„Sie dürfen nicht einreisen!“, sagt er schließlich und gibt Erich den Pass zurück.

„Warum nicht?“, fragt Erich.

„Weil Ihr Passfoto mit Ihrem Gesicht nicht übereinstimmt!“

Der Polizist lächelt maliziös und deutet auf Erichs Vollbart.

„Das lässt sich ändern!“

Erich macht kehrt und läuft zur Raststation vor dem Grenzübergang. Dort geht er in die Toilette, greift in seine Hosentasche und nimmt ein Erbstück seines Großvaters heraus – den rasierklingenscharfen Krotenfeitl. Mit der Handseife schmiert er sein Gesicht ein und schabt sich, so gut es geht, mit dem Messer den Bart ab.

Marion sieht ihn hoffnungsfroh an, als er mit mehr oder weniger abrasiertem Bart ins Büro der Grenzstation zurückkommt. Der Polizist lächelt gütig:

„Na, sehen Sie? Geht doch! Warum net gleich?“

„Dürfen wir jetzt einreisen?“ Erichs Stimme klingt ruhig. Doch sein Puls pendelt sich gerade bei 150 Schlägen ein.

„Wir brauchen nur noch eine Kleinigkeit“, meldet sich jetzt der Zollbeamte zu Wort. „Sie als Ausländer müssen 100 Mark bei sich führen. Ich fordere Sie auf, mir diesen Betrag vorzuweisen!“

„100 Mark?! Die haben wir nicht!“

Marion scheint den Tränen nahe.

„Dann darf Ihr Freund nicht einreisen. Leider!“

Der Zöllner stellt sein schauspielerisches Talent unter Beweis, indem er eine mitleidige Miene aufsetzt.

„Komm, wir gehen!"

Erich legt seinen Arm um Marions Schulter und beide verlassen den unwirtlichen Ort.

Sie beschlossen, die Einreise nach Deutschland über einen der kleinen Grenzübergänge im Salzburger Land zu versuchen. Eine Stunde später standen sie wieder autostoppend auf einer Landstraße. Und da geschah etwas, was üblicherweise nur in Filmkomödien passiert: Eine Luxuslimousine nähert sich und bleibt stehen. Der Lenker dieses *Daimler Sovereign*, ein eleganter Herr um die fünfzig, fordert die beiden auf einzusteigen.

Im folgenden Gespräch stellt sich heraus, dass er ein Schweizer Geschäftsmann auf dem Weg nach München ist. Marion sieht Erich lächelnd an. Der lächelt zurück.

Doch plötzlich verfinstert sich seine Miene. Ihm fällt ein, dass es da ja noch ein veritables Problem gibt.

„Entschuldigen Sie", sagte er und räuspert sich verlegen.

„Ich muss Sie um noch etwas bitten: Könnten Sie mir für den Grenzübertritt 100 Mark leihen? Ich gebe Ihnen das Geld danach natürlich sofort wieder zurück!"

„Kein Problem!", entgegnet der Schweizer.

Als sie vor dem Grenzübergang anhalten, greift er in die Brusttasche seines Tweed-Sakkos, nimmt seine Brieftasche heraus und gibt Erich zwei Hundertmarkscheine.

Das wäre gar nicht nötig gewesen. Die deutschen Zollbeamten winken den Daimler durch und salutieren freundlich.

Als Erich dem Herrn das Geld zurückgeben will, winkt der ab.

„Behalten Sie es!", sagt er. „Ich habe zwei Kinder in Ihrem Alter. Die sind jetzt auch irgendwo in Europa unterwegs. Auch als Autostopper. Ich hoffe, die treffen auch auf Leute, die keine Arschlöcher sind!"

„Für mich als zornigen jungen Mann war das schon eine äußerst lehrreiche Erfahrung!", meint Lukas heute und lächelt dabei. „Ich habe daraus zwei Schlüsse gezogen: Erstens – man kann auch Leuten trauen, die über dreißig sind. Zweitens – es gibt Leute, die reich und trotzdem anständig sind."

Als die beiden zwei Tage später nach einem tollen „Lift" mit einem *Opel Commodore*, der 200 Stundenkilometer fuhr, in Bad Kreuznach bei Marions Eltern eintrafen, waren die natürlich glücklich, ihre Tochter wieder wohlbehalten zu Hause zu haben. Selbstverständlich luden sie auch Erich zum Übernachten ein, zumal der ohnehin sagte, dass er nur zwei Nächte bleiben werde, um dann nach Wien zurückzukehren.

Allerdings passierte dann am zweiten Abend etwas, das ihn diesen Entschluss noch einmal überdenken ließ. Marion schleppte ihn in den örtlichen Club der US-Army, der sich als Konsumparadies erwies. In diesem Garten Eden kostete alles nur 50 Cent: ein Bier, ein Whisky, ein Hamburger, eine Schachtel Marlboro. Und außerdem trat anstelle eines Engelchors hier auch eine ausgezeichnete britische Beatband auf.

„Die interpretierten eine ganze Reihe jener Titel, die wir auch bei den *G-Men* gespielt hatten", erzählt Lukas. „In einer Pause kam ich mit den Musikern ins Gespräch. Als ich ihnen von meiner Band-Vergangenheit erzählte, luden sie mich sofort ein, mit ihnen einen Song zu performen. Ich entschied mich für ‚Down Home Girl' von den *Rolling Stones*."

Wie bitte? „Down Home Girl?"

Von dem Song habe ich noch nie etwas gehört. Und ich bin wirklich ein Hardcore-*Stones*-Fan! Google muss wieder einmal herhalten, um eine meiner Bildungslücken zu schließen. Resultat: Artie Butler und Jerry Leiber haben diesen Song geschrieben. Leiber war der textschreibende Teil des legendären Duos Leiber/Stoller, die etliche Elvis-Presley-Hits geschrieben haben, darunter „Hounddog", „Jailhouse Rock" und „King Creole".

Artie Butler ist Arrangeur, Studiomusiker und Songwriter und hat mit Größen wir Dionne Warwick, Louis Armstrong oder Joe Cocker zusammengearbeitet.

Erichs Interpretation von „Down Home Girl" war ein voller Erfolg bei den GIs und ihren Girlfriends. Da die Band – „leider hab ich deren Namen vergessen!" – keinen echten Leadsänger hatte, machten sie ihm ein Angebot, das er zuerst glaubte nicht ablehnen zu können: Die Britpop-Boys boten ihm den Sängerjob an.

„Wenn schon nicht Popstar in Schweden, dann wenigstens Ami-Truppenbetreuer im idyllischen Kurort Bad Kreuznach in Rheinland-Pfalz?"

Der Gedanke ließ Erich die halbe Nacht lang nicht einschlafen. Am nächsten Tag entschloss er sich dann aber doch, den Weg nach Hause anzutreten.

Tag für Tag in einem Club vor Soldaten zu spielen, das erschien ihm bei Tageslicht wesentlich weniger attraktiv als am Abend davor. Und schon seit einiger Zeit war klar, dass sich die Sommerliebe zwischen Marion und ihm beiderseitig dem Ende zuneigte. Es hielt Erich also nichts mehr in Rheinland-Pfalz, und als Marion und er voneinander Abschied nahmen, hielt sich der Trennungsschmerz in überschaubaren Grenzen.

Die US-Army sollte Erich aber so schnell nicht loswerden.

IM HÄFEN

Als Erich auf der Ausfahrtsstraße Richtung Autobahn unterwegs war und wieder einmal den Daumen hochstreckte, blieb überraschenderweise gleich einer der ersten Wagen stehen. Es war ein Jeep, der ziemlich bedrohlich wirkte, denn hinter den beiden Lieutenants, die nebeneinander vorne im Wagen saßen, war ein Maschinengewehr montiert.

„Do you know the way to Stuttgart?", fragte der Offizier, der auf dem Beifahrersitz saß.

„Sure!", erwiderte Erich, der nicht den Schimmer einer Ahnung hatte.

„So come on!"

Erich kletterte in das Militärvehikel und nahm auf dem MG-Schützensitz Platz.

Der Offizier, der am Steuer saß, forderte ihn auf, die Fahrtroute anzusagen. Als der nächste Wegweiser Richtung Stuttgart kam, sagte Erich: „To the right!"

Und so verfuhr er weiter: Er sagte die Richtung an, in die die Wegweiser zeigten, und erweis sich damit als brillanter Scout.

„Den schnellsten Weg sind wir sicher nicht gefahren!", meint Lukas heute dazu. „Wir waren kaum auf Autobahnen, sondern meist auf Landstraßen unterwegs. Aber die beiden Amis waren mit mir zufrieden."

Im schönen Schwabenland blieb man bei einem idyllisch gelegenen Gasthof stehen und kehrte ein.

„Order what you like!", sagte der eine der beiden Lieutenants und der andere ergänzte: „Don't be shy. We pay!"

Kaum hatte der beleibte Wirt dies vernommen, hielt er den Ausländern das, was unsere deutschen Freunde gerne als „Standpauke" bezeichnen.

In einer bizarren Mischung aus Schwäbisch-Deutsch und Kitchen-English machte er die Vertreter der Besatzungsarmee darauf aufmerksam, dass die Langhaarigen arbeitsscheues Gesindel seien, die, statt autochthone

Berauschungsmittel wie liebliche Moselweine zu genießen, dem Haschischgenuss frönten sowie den promiskuitiven Partnertausch der christlichen Ehe vorzogen. Und dass man solche vergammelten Existenzen – und das sei überhaupt das Wichtigste, was man als anständiger Mensch zu beherzigen habe! –, dass man solche Parasiten niemals einladen dürfe, denn dies sei eine Freveltat wider die Natur, Gottes Schöpfung und die baden-württembergische Landesregierung.

Ehe der schwäbische Gastronom die Wiederauferstehung eines Hitler im handlichen Kleinformat verbal herbeiwünschen konnte, schlug einer der Lieutenants mit der flachen Hand auf den Tisch, dass die Bierdeckel hochsprangen, und sagte in kühlem Befehlston, ohne die Stimme besonders zu heben:

„Shut up!"

Dann wandte er sich an Erich und forderte ihn auf, etwas möglichst Teures zu wählen. Der kam diesem Befehl gerne nach und bestellte ein Steak und ein großes Bier.

Alles schmeckte ausgezeichnet.

Als man in den späten Nachmittagsstunden die Zielkaserne in der Stuttgarter Peripherie erreicht hat, verabschiedet sich Erich von den sympathischen Herren aus *God's own Country*.

Als gleich darauf wieder ein Wagen stehen bleibt und ihn Richtung Autobahn München mitnimmt, glaubt er schon, das Glück gepachtet zu haben.

Doch das stellt sich als Irrtum heraus.

Jetzt beginnt nämlich eine richtige Pechsträhne. Kaum ist er aus dem Auto ausgestiegen, setzt ein heftiger Gewitterregen ein. Erich kann sich auf der Zubringerstraße unter der Autobahnbrücke vor dem Unwetter zwar in Sicherheit bringen – aber es bleibt kein Wagen mehr stehen.

Als an diesem Spätaugusttag die Nacht allmählich ihren dunklen Mantel über das Schwabenland legt, sitzt Erich noch immer am Randstein unter der Autobahnbrücke. Es regnet noch immer in Strömen. Doch wenn du glaubst, es geht nicht mehr, kommt von irgendwo ein Blaulicht her.

Die sympathischen Streifenpolizisten halten an. Einer steigt aus, der andere bleibt hinter dem Lenkrad sitzen und beginnt, gemütlich ein Zigarettchen zu rauchen.

Der eine scheint ein überkorrekter Mann zu sein. Denn er salutiert und grüßt, bevor er mit der Amtshandlung beginnt.

„Guten Abend. Identitätsfeststellung. Weisen Sie bitte Ihren Pass vor!"

Erich tut, wie ihm geheißen.

Der Polizist studiert das Dokument aufmerksam, spricht etwas ins Funkgerät und wartet auf Antwort. Erich wittert die Chance, dass er diese Nacht vielleicht nicht alleine in der kühlen Regennacht, mutterseelenalleine unter einer hässlichen Autobahnbrücke verbringen wird müssen, sondern in gemütlicher Atmosphäre. Bei angenehmen Leuten, die einem am nächsten Tag sogar noch ein Frühstück machen. Ein bescheidenes Frühstück, aber immerhin ein Frühstück.

Kurz gesagt: Er strebt eine Festnahme an.

Inzwischen hat der Polizist seine Funkantwort bekommen und sagt:

„Alles in Ordnung. Ich wünsche Ihnen eine gute Weiterreise."

„Augenblick, Herr Inspektor!", sagt Erich. „Ich möchte eine Selbstanzeige machen. Ich habe die 100 Mark, die man hier immer bei sich haben muss, nicht bei mir."

Der Polizist lacht und meint:

„Wie kommen Sie denn auf die lustige Idee, dass man bei uns immer 100 Märkle eing'steckt haben muss?"

„Das hat mir der Grenzbeamte gesagt."

„Ja!", erwidert der Polizist. „Wenn Sie einreisen, dann müssen Sie diesen Geldbetrag bei sich führen. Aber doch nicht dauernd, hier im Landesinneren. Wir sind doch nicht in der Ostzone! Auf Wiederseh'n."

Er salutiert noch einmal, setzt sich in den Streifenwagen und die beiden fahren ab.

Erich wundert sich zwar, dass in der „Ostzone", also in der DDR, die Bürger immer 100 Westmark eingesteckt haben müssen, aber er denkt nicht weiter darüber nach.

Aus der Festnahme ist nichts geworden. Also liegt vor ihm eine unangenehme, kalte Regennacht.

Allerdings: Wie es in einem Polizeigefängnis zugeht, wird er trotzdem bald wissen. Schneller, als ihm lieb ist.

Die darauffolgende Fahrt nach München erweist sich als mühsam. Diesmal hat sich Erich an der Stuttgarter Autobahnauffahrt die Haare zurückgebunden, um einen adretten Eindruck zu machen. Und prompt bleibt bald eine „Staatskarosse" stehen: ein 600er Mercedes – allerdings gute 50 Meter hinter Erich. Und während der zu dem Wagen hinläuft, löst sich das Haarband im Nacken, die Mähne weht im Wind und mit einem Kavalierstart, sprich mit rauchenden Pneus, macht sich die Luxuslimousine davon.

Jetzt heißt es warten, dann gibt's einen kurzen „Lift", dann heißt es wieder warten, dann gibt's wieder einen kurzen „Lift" und so weiter und so fort. Für die knapp 240 Autobahnkilometer braucht Erich einen ganzen Tag.

An der Münchener Peripherie erwartet ihn einmal mehr ein heftiges Spätsommergewitter, inklusive Weltuntergangsstimmung. Durchnässt bis auf die Haut kommt er schließlich an einem alten Industriegelände vorbei, auf dem ein desolates Gebäude steht, das sich als die Ruine eines ehemaligen E-Werks entpuppt.

Das ist ein guter Schlafplatz, denkt Erich. Und er ist nicht der Einzige, dem dieser schlüssige Gedanke gekommen ist. Denn kaum ist er in das Innere des Gebäudes vorgedrungen, hört er hinter sich ein Geräusch.

Er dreht sich abrupt um und steht plötzlich – Frank Zappa gegenüber.

„Wo kimmst'n du her?", fragt ihn der Weltstar in akzentfreiem Oberbayerisch, was den Schluss nahelegt, dass es sich bei ihm nicht um das Original, sondern um ein täuschend echt aussehendes Lookalike handelt.

„Aus Wien!", erwidert Erich. Diese Antwort scheint Frank zufriedenzustellen. Denn er antwortet gütig, aber doch ein wenig herablassend:

„Solaungs d' koa Preiß bist, kannst do bleib'n!"

Und so schlägt Erich für diese Nacht sein Lager im alten E-Werk auf – beseelt von dem Vorsatz, am nächsten Tag in aller Herrgottsfrühe schon wieder auf der Autobahnauffahrt zu stehen und nach Hause zu fahren.

Doch über Nacht ändern sich Entschlüsse oft schlagartig. Und so macht er sich am nächsten Morgen nicht Richtung Autobahn auf, sondern in Richtung Schwabing.

Das Unwetter ist vorbei, die Morgensonne lacht milde vom blau-weißen Barock-Wolkenhimmel und Erich freut sich auf den Fischerbrunnen.

Dort reden ihn zwei Herren in Zivil an. Sie verlangen seinen Pass. Erich hinwiederum verlangt zuerst einmal von den beiden Herren, dass sie sich ausweisen. Sie sind Streifenpolizisten in Zivil. Da der Ausländer keine aktuelle Wohnadresse angeben kann, wird er festgenommen und auf die Wachstube Leopoldstraße gebracht.

Warum die Festnahme stattfindet, sagt einer der beiden „Pflasterhirschen" freimütig und gern:

„In zwei Wochen fangt das Oktoberfest an! Und da soll München gammlerfrei sein."

„So wie früher judenfrei, gell?"

Erich deckt sicherheitshalber mit der Rechten sein Gesicht ab, weil er mit einer sogenannten „Verkehrten", also einer mit dem Handrücken verabreichten Ohrfeige, rechnet.

Aber nichts dergleichen passiert.

„Der Bursche ist verhaltensauffällig", meldet sich nun der zweite Polizist zu Wort. „Da ist es besser, wenn wir die Kripo einschalten. Der strahlt eine gewisse kriminelle Energie aus, der Österreicher."

Man telefoniert und kurz darauf erscheinen tatsächlich zwei Kriminalbeamte. Sie nehmen Erich mit in die Ettstraße, wo die Kripo residiert. Dort wird er vorerst einmal in die „Handzelle" gesperrt. Sie wird so genannt, weil sie direkt ans Büro der Kriminalbeamten angrenzt, sodass man die Inhaftierten jederzeit „zur Hand" hat. In der Zelle saß bereits ein rotgesichtiger Hüne ein, der nun aufstand und die beiden Kriminalbeamten auf das Wüsteste beschimpfte.

„Es g'schissenen H'urnkinder, i reiß euch die Brust auf und spuck euch aufs Herz!", war noch der mildeste Satz in der Suada, die er den Freunden und Helfern entgegenschleuderte.

Die nahmen es gelassen und trollten sich lachend.

Als sie außer Blickweite waren, wandte sich der Riese, der vor einem riesigen Schild mit der Aufschrift RAUCHEN VERBOTEN! saß, seinem neuen Zellengenossen zu. Er musterte Erich von oben bis unten, dann griff er in die Tasche seiner Jeansjacke, nahm ein Päckchen Roth-Händle und eine Streichholzschachtel heraus. In diesem Zusammenhang sei ein Spruch zitiert, der damals in der BRD kursierte:

Wer Roth-Händle raucht, frisst auch kleine Kinder.

„Da – rauchen!", sagte er in barschem Ton, der nicht so klang, als würde ein Zuwiderhandeln gegen diesen Befehl folgenlos bleiben. Erich hatte so etwas auch nicht im Sinn: Er zog eine Roth-Händle aus der Schachtel, sagte artig Danke, nahm einen Lungenzug und hustete. Jeder Mensch auf dem ganzen Erdenrund pflegte beim ersten Zug von einer Roth-Händle zu husten.

Der Rotgesichtige war über das Husten auch nicht verwundert, verzichtete auf jede spöttische Bemerkung und klopfte Erich sogar anerkennend auf die Schulter.

Kaum war die Zigarette ausgeraucht, waren die Kriminalbeamten wieder da – diesmal gleich vier Mann hoch. Sie erklärten dem Riesen, dass er verlegt werde. Ohne irgendwelchen handgreiflichen Widerstand zu leisten, folgte er den Beamten. Über die ergoss er allerdings neuerlich einen Schwall der ordinärsten Schimpfwörter, was diese aber wie zuvor mit heiterer Gelassenheit geschehen ließen.

Erichs Frage, was denn gegen ihn vorliege, blieb unbeantwortet. Einer der Beamten meinte aber, das werde er am nächsten Tag dann schon noch rechtzeitig erfahren. Eines war damit klar: Ihm stand die erste Gefängnisnacht seines Lebens bevor. Der Vorteil war: Die Zelle war alles andere als beengt. Der Raum war riesig und bot genügend Platz für sechs Schlafpritschen. Doch in dieser Nacht war und blieb er der einzige Inhaftierte.

Jetzt machte es sich bezahlt, dass er immer aufgepasst hatte, wenn erfahrene Gammler am Fischerbrunnen oder beim Monopteros über ihre Erfahrungen bei Verhaftungen berichtet hatten: In den Zellen der Polizeigefängnisse solle man sämtliche Mauerritzen akribisch durchsuchen. Denn die Kooperation Krimineller gehe so weit, dass sie immer wieder etwas Nützliches für nachfolgende Insassen hier versteckten.

Und auch in diesem Fall galt das Prinzip *Wer suchet, der findet*. Zum Vorschein kamen ein Päckchen Tabak, Zigarettenpapier und italienische Streichhölzer. Diese konnte man entfachen, indem man sie an der rauen Zellenwand anrieb. So hatte Erich noch eine ergiebige Nikotinzufuhr, ehe er sich im Häfen dem Schlaf des Gerechten hingab.

Am nächsten Morgen herrschte wenig Hektik. Es gab ein Frühstück in Form von Semmel und Käse plus einen Kaffee, der die gleichnamige Bohne nur vom Hörensagen kannte.

Auch der Vormittag verstrich ohne zielgerichtete Aktivität. Erst nach dem kalorienintensiven, dafür aber geschmacksneutralen Mittagessen kam „Leben in die Bude", wie man das damals in Deutsch synchronisierten, US-amerikanischen Gangsterfilmen wohl gesagt hätte.

Zuallererst wurden Erich die Fingerabdrücke abgenommen. Dies geschah durch eine Fachkraft, die das mit viel Akribie machte und jedem einzelnen Finger höchstes Augenmerk entgegenbrachte.

Dann wurde man dem Fotografen vorgeführt. In seinem kurzen Einführungsvortrag wies dieser darauf hin, dass man jedes echte und auch jedes durch „Cheese"-Sagen hervorgerufene künstliche Lächeln strikt zu vermeiden habe.

„Diese Bilder", sagte er, „sind für eine Verbrecherkartei und nicht für ein Vorstellungsgespräch. Also schauen Sie entsprechend drein!"

Nach dem En-face-Foto betätigte der Fotograf einen Hebel, und der Sessel, auf dem Erich saß, machte für das linke Profilbild ruckartig eine 90-Grad-Drehung und etwas später, für das rechte Profilbild, eine Drehung um weitere 180 Grad.

Auf diese erkennungsdienstlichen Maßnahmen folgte eine sehr genaue Aufnahme der Personalien durch einen engagiert wirkenden Kriminalbeamten. Sie gipfelte in zwei essenziellen Fragen.

Erstens: „Welchen Spitznamen haben Sie?“ und zweitens: „Was ist das für eine Art von Bart, die Sie tragen?“

Um beide Fragen entspann sich eine tiefschürfende Debatte.

Die erste Frage glaubte Erich nicht beantworten zu müssen.

„Spitznamen?“, sagte er. „Hab ich gar keinen.“

„Kommen Sie mir nicht so!“, erwiderte der Beamte streng. „Jeder Mensch hat einen Spitznamen. Manche haben sogar mehrere. Also? Auf geht's! Gemma! Reden Sie!“

„Ich hab keinen Spitznamen.“

Hier ist anzumerken, dass Erich natürlich zum Beispiel „Jerry“ hätte sagen können. Aber das wollte er nicht. Sein Gegenüber wiederum wollte unbedingt etwas hören.

„Wenn Sie mir keinen Spitznamen sagen wollen, sitzen wir morgen auch noch da. Kosenamen gelten auch.“

„Ach so, Kosenamen gelten auch?“, erwiderte nun Erich mit gespielter Neuerkenntnis. „Kosenamen habe ich natürlich jede Menge.“

„Na sehen Sie!“, erwiderte der Beamte triumphierend. „Dann sagen Sie mir ein paar, aber dalli, dalli!“

„Batman!“

„Batman, gut. Aber das ist natürlich eh mehr ein Spitzname als ein Kosename. Was noch?“

„Schnurli!“

„Sehen Sie? Das ist ein typischer Kosename. Haben S' noch was auf Lager?“

„Ja!“, erwiderte Erich und fuhr – wie aus der Pistole geschossen – weiter fort: „Bauxi, Superman, Donald Duck, Pluto …“

Er ratterte ein gutes Dutzend sogenannter Spitznamen herunter, die der Beamte alle mitstenografierte.

„Sehr gut!“, sagte er dann zufrieden. „Jetzt haben wir *noch* ein Problem zu lösen. Was ist denn das für ein Bart, denn Sie da tragen?“

„Gar keiner!“, erwiderte Erich. „Ich hab mich nur ein paar Tage nicht rasiert.“

„Nein. Für normal unrasiert ist da viel zu viel Bart da. Das ist ein *richtiger* Bart. Aber ich kann nicht erkennen, welcher. Das ist kein Schnauz- oder Schnurrbart, Spitzbart schon gar nicht, kein reiner Backenbart, aber auch kein Vollbart. Was also ist das für ein Bart? Sagen Sie es mir!“

„Was weiß ich?", meinte Erich und wurde allmählich ungehalten. „Von jedem a bissel was halt."

„Sehr gut!", erwiderte der Beamte. „Jetzt weiß ich, was ich schreibe: Sie haben *alle Arten von Bärten*!"

Er stand auf.

„So, wir sind durch. Jetzt gehen Sie z'rück in Ihre Zelle. So in circa eineinhalb Stunden werden Sie dem Herrn Untersuchungsrichter vorgeführt. Der wird über Ihr weiteres Schicksal entscheiden."

Am frühen Abend saß Erich dann auf dem Wartesessel im Büro des Untersuchungsrichters. Vor ihm wurde noch die Causa eines alten Mannes behandelt.

„Sie haben also schon wieder einen Diebstahl in einer Gemischtwarenhandlung begangen. Das ist schon der siebente in den letzten Jahren." Der Untersuchungsrichter sagte dies ohne große emotionale Erregung.

„Ja!", erwiderte der Dieb. „Ich bin halt ein gefährlicher Wiederholungstäter."

„Diesmal ist es ein Bagatelldelikt. Herr Hintermoser, Sie kommen mit einer Verwarnung davon."

Der alte Mann sprang auf.

„Ich bitte Sie, Herr Rat! Wir haben jetzt September. Die letzten zwei Jahre war ich spätestens im Oktober immer schon in Haft. Sie *müssen* mich einsperren."

Der Untersuchungsrichter verstand.

„Wegen die paar Semmeln und der Weißwurst kann der Staat kein Verfahren gegen Sie eröffnen. Wenn Sie über den Winter ins Gefängnis wollen, dann müssen Sie schon mehr stehlen. Aber jetzt können Sie gehen. Auf Wiedersehen!"

„Na gut, dann geh ich halt!", erwiderte der Alte. „Und danke für den guten Rat, Herr Rat!

„Herr Hintermoser – das war kein Ratschlag, sondern nur eine Feststellung, ja?"

„Danke!", sagte der Greis und ging hinaus.

„Der Nächste!"

Nachdem Erich vor ihm Platz genommen hatte, schlug der Untersuchungsrichter seine Akte auf. Dann lächelte er maliziös und meinte:

„Und wie schaut's bei Ihnen aus? Wollen Sie auch ein umfassendes Geständnis machen?"

„Ich wüsste nicht, welches Delikt ich begangen haben soll", erwiderte Erich.

„Vagabundieren? Landfriedensbruch? Besitz von illegalen Rauschmitteln? Ich kann Ihnen gerne noch ein paar Tipps geben, was Sie gestehen könnten."

Der Untersuchungsrichter sah Erich lauernd an. Und der dachte sich, dass in diesem Moment Reden vielleicht Silber, Schweigen aber mit Sicherheit Gold war.

Nach einigen Augenblicken der Stille machte ihm der Vertreter der bundesdeutschen Staatsgewalt ein Angebot, das er nicht ablehnen konnte:

„Schauen Sie, Sie sind Student und haben jetzt vermutlich ein paar abenteuerliche Tage oder Wochen am Rande der Gesellschaft hier bei uns erlebt. Wenn Sie jetzt schnurstracks schleunigst nach Wien zurückkehren, dann bleibt Ihnen eine schöne Erinnerung. Wenn Sie aber dableiben und wieder aufgegriffen werden, dann kriegen Sie ein Riesenproblem. Ich hoffe, wir haben uns verstanden. Sie können jetzt gehen."

Erich verabschiedete sich vom Herrn Rat und ging ins Büro der Kriminalbeamten, wo man ihm seine Sachen aushändigte.

„Schade, dass ich das Abendessen heute versäume!", sagte er mit leicht sarkastischem Unterton. Einer der Kriminalbeamten lächelte, ging kurz hinaus und kam mit einem riesigen Speckbrot zurück.

„Damit Sie uns in guter Erinnerung behalten!"

Erich bedankte sich und verspeiste das Brot mit großem Appetit. Es schmeckte sehr gut.

Erich nach seiner Rückkehr – frisch rasiert

Die Fahrt nach Wien verlief ähnlich wie die von Stuttgart nach München – zäh und von dauernden Regenfällen begleitet. Der letzte der barmherzigen Samariter, die Erich nach jeweils langen Wartezeiten mitnahmen, war ein jugoslawischer Gastarbeiter. Er war ein ausgezeichneter Autofahrer. Die Kunst eines Handbreakturns konnte er aber in dem Fahrzeug, in dem die beiden fuhren, mit Sicherheit nicht vorführen. Denn es gab keine Handbremse. An dem Platz, an dem eigentlich der Handbremsenhebel vorgesehen war, lag ein anderes wichtiges Reiseutensil – eine halb volle Slibowitz-Flasche.

Als Erich an diesem wunderschönen Septembertag beim Elternhaus in der Rehgasse ankam, stand der siebenjährige Bruder Peter in einem eleganten Matrosenanzug vor der Tür. Als er des langhaarigen, bärtigen Bruders ansichtig wurde, rannte er sofort ins schützende Haus.

Und Mutter Resetarits hatte eine pragmatische Anweisung für ihren Ältesten:

„Am besten ist, du gehst gleich zum Friseur. Der Vati kommt jeden Moment von der Arbeit nach Hause."

Mit der Gammelei war es nun endgültig vorbei.

GEHEN, FAHREN, FLIEGEN

In meiner Stinatzer Kindheit gingen alle zu Fuß. Zur Wald- und zur Feldarbeit, auf die Kuhweide, in die Kirche, zum Gemeindebrunnen. Aus dem schöpften die Frauen Wasser, das sie dann in Kübeln auf dem Kopf nach Hause trugen. Zum großen Einkauf ging man mit Rucksack oder Buckelkorb nach Stegersbach. Ich war kaum ein Jahr alt, als ich beschloss, mich dem allgemeinen Trend anzuschließen, und zu gehen anfing.

Stinatz war damals an kein öffentliches Verkehrsnetz angebunden. Daher war uns das Gehen schon in die Wiege gelegt. Nicht das Wandern, sondern das Gehen. Zwischen beiden besteht ein großer Unterschied. Denn das Wandern mochte des Müllers Lust sein, dem Pendler aber war das Gehen eine Last. Denn er musste gehen. Schließlich lag die nächste Bushaltestelle drei Kilometer entfernt, vor dem Gasthaus „Janisch" in Ollersdorf. Dort hielten die Busse der Linien Südburg, Sagmeister und Holzmann auf ihrem Weg zum Oberwarter Bahnhof. Sie wurden von dicken Chauffeuren gelenkt, die Lederkappen und graue Arbeitsmäntel trugen. Das Lenkrad eines solchen Busses hatte circa einen Meter Durchmesser. Die Gänge waren nicht synchronisiert und das Differenzial klang, je nach Getriebedrehzahl, wie ein heulender Kojote oder wie eine Sirene.

Jeden Montag wurden die aus Stegersbach oder Güssing kommenden Busse von jungen Männern gestürmt, die sich um drei Uhr früh im Stockdunklen auf den Weg gemacht hatten. Mit dem Frühbus konnten sie den Zug in Felsöör/Oberwart erreichen, um so Punkt halb sieben Uhr in Wien bei der Arbeit zu sein. An der Haltestelle wuchteten sie ihr Gepäck auf das Busdach und setzten sich im Sommer selbst auch gleich daneben. Die Vorstellung dieses Bildes mag heute bei mancher Globetrotterin oder ihren männlichen Kollegen Erinnerungen an eine Busfahrt zwischen Rawalpindi und Abbottabad wachrufen. Durchaus zu Recht, denn auch die Busse hierzulande waren damals heillos überfüllt und hatten keine Klimaanlage. Manche übrigens nicht einmal eine Heizung, was heute schlimmer klingt, als es damals war. Denn durch die große Zahl der zusammengedrängt sitzenden und stehenden Fahrgäste entstand eine wohlige Wärme. Angenehm vor allem für jene, die den Geruch von Mottenkugeln, gemischt mit Flatulenzen, Zigarettenrauch und Alkoholfahnen, mochten. Manche Burschen, die direkt aus einem der drei durchgehend geöffneten Stinatzer Gasthäuser aufgebrochen waren, nutzten – im Gepäcknetz liegend – die Busfahrt nach Oberwart für ein kleines Ausnüchterungsschläfchen.

Kurz vor dem Zielort wurden sie jedoch häufig geweckt. Gemeinsam mit anderen Passagieren mussten sie den überladenen Bus anschieben, der im Winter regelmäßig an der Steigung vor dem Städtchen Oberwart auf der Schneefahrbahn hängen blieb.

Wir Kinder waren bei solchen Fahrten wie Kängurubabys in den Wintermantel-Beutel der Eltern eingehüllt. Bei mir hat das Gedränge im Bus nachhaltend Klaustrophobie ausgelöst. Bis heute spüre ich eine unangenehme Atemnot, wenn ich in Menschenmassen eingekeilt bin.

Ich erinnere mich an eine Fahrt mit meinen Eltern nach Wien. Es muss wohl 1951 gewesen sein. Nach der Busfahrt folgte in Oberwart dann der Sturm auf den Eisenbahnzug. Es war wie in einer Szene aus dem Film „Doktor Schiwago“: Schwarz gekleidete Menschen stürmten über die Gleise und enterten den Dritte-Klasse-Waggon, in dem man dann wiederum so zusammengepfercht war wie Sardinen in der Dose. Die kleine Dampflok schleppte den Zug schnaufend bis Friedberg am Wechsel, wo beim Überschreiten der Grenze zwischen sowjetischer und britischer Besatzungszone Ausweiskontrollen vorgenommen wurden.

Ich hatte damals aus einem Linde-Kaffee-Paket, in denen immer kleine Geschenke für Kinder lagen, ein winziges, gebundenes Kochbuch dabei. Als ein junger, groß gewachsener Sowjetsoldat die Ausweise der Erwachsenen kontrollierte, hielt ich ihm das Büchlein hin und sagte: „Tij ponjemajesch po-russkij?“ – „Verstehst du Russisch?“

Meine Eltern und die anderen Passagiere schickten vermutlich sofort Stoßgebete zum Himmel, die erfolgreich waren. Denn anstatt unseren sofortigen kollektiven Abtransport nach Sibirien zu befehlen, gab mir der junge Russe meinen Ausweis mit einem herzlichen Lachen zurück und sagte: „Tij goworju po-russkij otschen choroscho, malenkij maltschik!“ – „Du sprichst sehr gut Russisch, kleiner Bub!“

Mein Interesse für das Eisenbahnfahren hatte mein Großvater geweckt. Nie werde ich die erste Fahrt über den Wechsel vergessen, die ich mit ihm und Baba unternehmen durfte. Die Wechselbahn, die von Aspang nach Friedberg fährt, hat eine Streckenlänge von knapp 22 Kilometern. Die Bahnstrecke wurde am 11. Oktober 1910 eröffnet. Sie war Teil des Konzeptes „Neue Alpenbahnen“, mit dem der Staat Österreich-Ungarn das Transportmonopol der privaten Südbahn-Aktiengesellschaft brechen wollte. Ähnlich wie auf der benachbarten Semmeringbahn-Strecke fährt man hier in einer malerischen Landschaft über Viadukte und durch Tunnels. Als ehemaliger Eisenbahner erklärte mir mein Opa viele Details. Er selbst durfte bei dieser Fahrt ein besonderes Privileg genießen: Als einem Kollegen im Ruhestand wurde ihm und meiner Baba vom Schaffner Kaffee aus der Thermoskanne serviert.

Sobald wir nach Wien übersiedelt waren, faszinierte mich neben der Eisenbahn ein weiteres Schienenfahrzeug: die Straßenbahn. Als kleiner Bub stand ich, wenn möglich, immer unmittelbar hinter dem Fahrer, um ihn bei seiner Tätigkeit genau beobachten zu können. Damals herrschte im Führerstand „Außentemperatur“, weil die dortigen Einstiegstüren immer offen waren. Im Winter trugen die Fahrer deshalb dicke Filzstiefel, wattierte Fäustlinge und Ohrenschützer unter der Uniformkappe. Die Handbremskurbel aus Messing hatte oft ein von der Straßenbahnfahrergattin liebevoll gestricktes Häubchen.

Von den in den 1950er- und 1960er-Jahren eingesetzten Straßenbahnwagen gefiel mir der im Volksmund „Amerikaner“ genannte am besten. Einige 45 Garnituren dieser New Yorker Streetcars waren aus den USA angekauft worden. Sie waren weit komfortabler als unsere „Bim“. Man saß immer in Fahrtrichtung, weil die Lehnen der gepolsterten Zweierbänke in die richtige Richtung geklappt werden konnten. Die Einstiegstüren wurden elektrisch vom Fahrer bedient und die Wagen waren etwas breiter als die Standardgarnituren. Erster Betriebstag in Wien war der 13. März 1950 auf der Linie 331. Am 5. September 1969 wurden die letzten „Amerikaner“ aus dem Verkehr gezogen.

Neben dem Straßenbahnfahren blieb ich ein begeisterter „Geher“, wobei ich aber auch dabei meiner Straßenbahnleidenschaft fröhnte. Auf einem meiner Schulheimweg-Umwege vom Gymnasium kam ich, solange wir noch in Favoriten wohnten, oft am Matzleinsdorfer Platz vorbei. Dort trennte sich die Streckenführung der Straßenbahnlinien 6 und 65. Eine automatische Weiche sollte dies entsprechend regeln, doch sie funktionierte nicht immer. Wenn ich sah, dass das Ding wieder einmal seinen Dienst verweigerte, sprang ich ein. Das geschah folgendermaßen: Außen am Straßenbahntriebwagen war damals ein Weichenstelleisen befestigt. Wenn die Straßenbahn also stehen geblieben war und der

Fahrer sich anschickte, die Weiche händisch umzustellen, gab ich ihm ein Zeichen, dass ich das machen würde. Dann schnappte ich mir das Werkzeug, erledigte die kleine Aufgabe und gab das Eisen wieder zurück an seinen Platz. Gelegentlich machte ich dies einen ganzen Nachmittag lang.

Grundsätzlich bestand in der Unterstufe mein Schulheimweg aus etlichen Umwegen. Ich erging mir einen Teil des 10. Bezirkes und sah mir entlang meines Weges durch diverse Fenster alles genau an: zum Beispiel die Dreher an ihren Drehbänken im Brown-Boveri-Werk. Oder die Schlosser und Mechaniker der französischen Vergaserhersteller-Firma Solex, die auch das legendäre Velosolex erzeugte, das immer noch in einigen Ländern in Lizenz hergestellt wird. Das Velosolex war ein Fahrrad mit einem Hilfsmotor, der über eine Gummiwalze das Vorderrad antrieb. Man kann es als einen Vorläufer der heutigen E-Bikes sehen – allerdings mit dem gravierenden Unterschied, dass es nicht mit einem Elektro-, sondern mit einem Zweitakt-Verbrennungsmotor ausgestattet war.

Ein Schlosser aus Bisamberg, den wir nach der gleichnamigen Nestroy-Figur „Gluthammer" nannten, hat behauptet, er habe mit dem Velosolex sogar den Großglockner bezwungen. Wir wollen es ihm glauben, denn der Glaube versetzt bekanntlich Berge. Vielleicht macht er sie auch „bezwingbar".

Ein weiteres fixes Ziel auf meinen Schulheimweg-Rundgängen war die Fasangasse. Denn dort hatte Ferry Dusika ein Fahrradgeschäft. Herr Dusika war in den 1930er-Jahren ein österreichischer Radrennfahrer mit einigen internationalen Erfolgen gewesen. Ab dem sogenannten Anschluss im März 1938 hat er die Bezeichnung „österreichischer Radrennfahrer" wahrscheinlich nicht mehr so gerne gehört. Denn er trat im Mai desselben Jahres der NSDAP bei (Mitgliedsnummer 6.295.234) und „arisierte" 1939 ein Fahrradgeschäft in der Brünner Straße.

Dusikas Nazivergangenheit wurde jahrzehntelang verheimlicht. Er genoss hohes Ansehen als Sportler und Ernährungsexperte. Als er 1984 starb, erhielt er ein Ehrengrab auf dem Wiener Zentralfriedhof. Außerdem wurden eine Straße und ein Hallenstadion nach ihm benannt.

Ich sah mir damals mit Begeisterung die Rennräder im Dusika-Geschäft an. Und ich tagträumte mir immer wieder eine Geschichte zusammen: Darin erschien Ferry Dusika als männliche Glücksfee, erkannte mit seinem Expertenblick sofort mein herausragendes Rennradfahrertalent und schenke mir sogleich ein Gitane-Rennrad, das auch Jacques Anquetil fuhr.

In Wirklichkeit fuhr ich mein erstes Rennrad erst Anfang der 1980er-Jahre. Ich habe es natürlich nicht geschenkt bekommen, sondern selbst gekauft.

Als Bub und auch noch als Jugendlicher war für mich Gehen so selbstverständlich wie Atmen: Ich ging von unserer Wohnung am Humboldtplatz zum Böhmischen Prater, zum „Monte Laa" oder zu den Ziegelteichen am Wienerberg.

Die Eltern unternahmen mit uns viele Ausflüge in den Wienerwald. Wir erklommen sonnige Höhen wie den Bierhäuslberg, den Parapluiberg und selbst den Nasenweg auf den Leopoldsberg stapften wir widerwillig hinauf.

Im Alter von zehn Jahren hatte ich schon einen Kilometerstand wie ein Gebrauchtwagen gleichen Alters.

Das Gehen ist mir bis heute geblieben. Ich bekämpfe damit seit jeher mein Lampenfieber. Vor jedem Auftritt renne ich in der Garderobe wie ein Tier in einem zu kleinen Käfig auf und ab.

Gehen beruhigt. Nur Fliegen ist schöner.

Zur Firmung spendierte mir mein Firmpate Andreas Kirisits einen Rundflug über Wien. Willis Firmpate Josef Resetarits wollte da nicht zurückstehen. Unser Vater war auch mit von der Partie und so bestiegen wir zu fünft in Wien-Schwechat eine Cessna, um uns die Stadt von oben anzusehen. Die Rundflug-Firma bot damals übrigens auch sogenannte „Keuchhustenflüge" an. Nicht um Keuchhusten auszulösen, sondern um den kleinen Patienten in einer Flughöhe von 9000 ft (= 2,7 Kilometer) bei offenen Fenstern Erleichterung zu verschaffen. Die Luft war in dieser Höhe zwar dünn, aber sauberer als am Boden, wo das Wirtschaftswunder für die Abgase des Fortschritts sorgte.

Firmling Erich in Erwartung seines Rundfluges

Obwohl wir relativ bleich aus dem Flieger stiegen, war mein Interesse für die Fliegerei geweckt und die Straßenbahn spielte für eine Zeit lang nur eine Nebenrolle. Bald reifte in mir der Wunsch, Flugkapitän zu werden. Mit 16 ging ich zu einem Vorstellungsgespräch bei den

Austrian Airlines. Unklugerweise trug ich damals eine Brille. Nachdem ich den zuständigen AUA-Menschen erklärt hatte, dass ich nach der Matura eine Pilotenausbildung machen wolle, starrten sie mich entgeistert an: „Was, SIE? Mit Ihrer BRILLE?!“

Damit war meine Karriere als Flugkapitän beendet, bevor sie begonnen hatte.

Zur Fliegerei kam ich dann aber doch: fünf Jahre später, allerdings nur als Teil des Bodenpersonals. Dabei lernte ich einige sehr sympathische AUA-Piloten kennen, die ohne Brille Schwierigkeiten hatten, die Kronen Zeitung zu lesen. Das machte mir Mut – langfristig gesehen. Und so legte ich dann in den 1980er-Jahren erfolgreich die Hubschrauberpilotenprüfung ab.

Aber das ist – wie man so schön sagt – eine andere Geschichte.

STARTS UND LANDUNGEN

HOCHZEITSGLOCKEN, TRIEBWERKSLÄRM UND BABYGESCHREI

Der 23. November 1968 war ein Samstag. An Samstagvormittagen ist heute wie damals auf Wiens Straßen nicht gerade die Hölle los. So kam Erich in seinem Ford *Anglia* zügig voran. Das war auch gut so, denn er war ein bisschen spät dran und wollte pünktlich um zehn Uhr am anderen Ende der Stadt eintreffen, in Inzersdorf, im 23. Wiener Gemeindebezirk.

Heute war ein wichtiger Tag in seinem Leben. Mehr noch: Es war „der wichtigste und schönste", wie man es damals gerne in katholischen Sonntagsreden zum „Sakrament der Ehe" hörte – sein Hochzeitstag!

Naturgemäß war dies nicht nur für den Bräutigam angeblich der schönste Tag, sondern – ebenso angeblich – auch für die Braut. Und da seine künftige Ehefrau Inge Wert auf Pünktlichkeit legte, war es ratsam, auf das akademische *cum tempore* zu verzichten und nicht eine Viertelstunde nach dem angekündigten Termin, sondern auf die Minute genau oder besser noch ein wenig vorher zu erscheinen.

Erich sah in den Mittelrückspiegel und zerbiss einen Fluch zwischen seinen Zähnen. Der Spiegel war nicht korrekt eingestellt und ermöglichte deshalb nicht den Blick durch die Heckscheibe, sondern auf sein Gesicht und damit auch auf seine neue Frisur. Und die empfand er als schrecklich.

Am Vortag war er zum Friseur gegangen, bei dem er – als routinierter Langhaarträger – kein Stammkunde war. Umso mehr bereitete es diesem Barbier am Südbahnhof offensichtlich eine Riesenfreude, aus dem „Pittel" ein nützliches Mitglied der Gesellschaft zu machen, indem er ihm eine adrette Frisur verpasste.

„Ich mach Ihnen einen Messerhaarschnitt!", kündigte der Figaro an und fügte erklärend hinzu: „Das ist der letzte Schrei. Sie werden begeistert sein."

Diese Doppelaussage erfüllte sich nur zur Hälfte.

Denn kaum hatte der Haarkünstler sein Opus beendet und dem Kunden stolz und selbstbewusst das Resultat von allen Seiten gespiegelt demonstriert, hielt sich Erichs Begeisterung in so engen Grenzen, dass er in sich das Bedürfnis aufsteigen fühlte, seinen letzten Schrei auszustoßen.

Die Ohren waren messerscharf freigelegt und das Genick ausrasiert. Das üppige Haupthaar hatte der Friseur in einer Föhnwelle gebändigt, die er mit Unmengen von Haarspray so solide fixierte, dass ihr nicht einmal ein Blizzard etwas hätte anhaben können.

Während Erich nun auf dem Weg zur Braut seiner Brian-Jones-Frisur nachtrauerte, kam an einer Kreuzung von links ein Kleinlaster. Erich bremste, der Lkw-Lenker tat dies ebenfalls, verriss aber gleichzeitig das Lenkrad. Dieses Kombimanöver führte dazu, dass Erich und sein Ford *Anglia* unversehrt blieben und auch der Lkw zum Stehen kam. Allerdings erst, nachdem er drei am Straßenrand parkende Autos gründlich beschädigt hatte.

Erich war zwar ein rebellischer junger Mann, aber kein Arschloch. Er legte also nicht den ersten Gang ein, um sich davonzumachen. Nein, er stieg aus und ging auf den Lkw-Lenker zu. Der hatte ebenfalls seine Fahrerkabine verlassen und war ziemlich wütend.

„Was müssen Sie denn grad in dem Augenblick daherkommen?", fragte er vorwurfsvoll.

„Ich war der Rechtskommende", erwiderte Erich sachlich.

„Ja, eh!", brüllte der andere zurück. „Ich bestreit ja net, dass Sie Vorrang g'habt ham. Trotzdem hätten S' net genau in dem Moment daherkommen müssen."

Bei Licht betrachtet war dies eine durchaus philosophische Bemerkung. Erich zuckte also die Achseln, wandte sich um und wollte soeben wieder in sein Auto einsteigen, als er hinter sich eine sonore Stimme vernahm:

„Die Schuldfrage scheint ja eh schon geklärt zu sein, aber die Personalien muss ich trotzdem aufnehmen."

Was lernen wir daraus? Auch an Samstagvormittagen, auch bei noch so geringem Verkehrsaufkommen, wacht das Auge des Gesetzes.

„Den hab ich jetzt auch noch dringend braucht, den Mistelbacher!", denkt Erich bei sich und ein tiefer Seufzer entringt sich seiner Brust.

„Mistelbacher" wurden damals in Wien die Polizisten immer noch genannt, weil es irgendwann einmal in grauer Vorzeit in dieser Metropole des östlichen Weinviertels eine Ausbildungsstätte der Wiener Polizei gegeben hatte.

Das Auge des Gesetzes mustert sein Gegenüber prüfend. Es lässt seinen Blick langsam von der Föhnwelle über den tadellos sitzenden Hochzeitsanzug bis hinunter zu den blitzblank geputzten Schuhen gleiten und sagt dann:

„Sie haben noch was vor heute, gell?"

„Ja."

„Na gut – dann werd ich mich beeilen."

Dies tat er vermutlich auch – im Rahmen seiner Möglichkeiten. Bei der Aufnahme von Erichs Personalien entwickelte der Polizist ein derartiges Schreibtempo, das jede Zeitlupenaufnahme im Vergleich dazu wie einen Zeitraffer hätte aussehen lassen.

Nach einer gefühlten Ewigkeit meinte er schließlich:

„Jetzt können S' weiterfahren. Genau genommen sind Sie ja eigentlich gar kein Unfallbeteiligter."

„Toll. Danke schön. Und dafür hat er mich jetzt a halbe Stund' aufg'halten!", dachte Erich bei sich und setzte sich in seinen Wagen. Nachdem der erste Gang beim Einlegen ordentlich gekracht hatte, raste er davon.

Als er im Haus der Brauteltern eintrifft, herrscht dort dicke Luft. Jedenfalls im Zimmer der Braut. Wütend verkündet Inge, die Hochzeit sei geplatzt. Sie sei keineswegs gewillt, einen zu heiraten, der nicht einmal an DIESEM Tag pünktlich sein könne. Die beide Cousinen, die gerade dabei sind, letzte Hand an die komplexe Prachtfrisur der 18-jährigen Braut zu legen, gelingt es schließlich, sie zu beruhigen. Männer hätten nun einmal, einer wie der andere, einen „mordstrumm Pascher", da könne man nichts dagegen machen, denn dies sei ein seit Jahrhunderten belegtes Naturgesetz.

Dieser Hochzeitstag, der begonnen hatte wie eine italienische Filmkomödie mit Sophia Loren und Marcello Mastroianni, endete auch wie eine solche: in durchaus friedfertiger Harmonie.

Die Trauung fand in der Keplerkirche statt, also in der ehemaligen Ministranten-Wirkungsstätte des Bräutigams. Sie wurde aber nicht von Adolf Holl vorgenommen, sondern vom damaligen Seelsorger der Pfarre am Bruckhaufen. Der wollte es sich wohl nicht nehmen lassen, den ältesten Sohn seines vorbildlichsten Bibelkreis-Teilnehmers in den sicheren Hafen einer katholischen Ehe zu lotsen. Zumal ja der Knabe vor gar

Das Brautpaar, 1968

nicht allzu langer Zeit seinen armen Eltern so viel hatte „anschauen lassen". Lange noch hatte man in den bürgerlichen Kreisen des Bruckhaufen-Grätzels über den Sohn des Herrn Baumeisters getuschelt, der für einige Monate „wie vom Erdboden verschwunden" gewesen war.

Nachdem Erich von seinem „Gammler-Abenteuer" aus München zurückgekommen war, herrschte zwischen ihm und seinem Vater dicke Luft. Valentin besaß noch seinen alten, aber noch gut fahrtauglichen *VW-Käfer*, Baujahr 1957. Und den hätte er eigentlich seinem Ältesten im Oktober zu dessen 20. Geburtstag schenken wollen. Doch das kam für ihn nun nicht mehr infrage. Statt des Sohnes bekam Fritz, Erichs Freund aus fernen Kindertagen, das Auto.

„Mein Vater hat monatelang so gut wie nichts mit mir geredet", erinnert sich Lukas.

Er selbst richtete sich allmählich wieder in einem mehr oder weniger „normalen" Leben ein. Er besuchte sogar noch einige Vorlesungen an der Universität, obwohl ihm längst klar war, dass er das Studium nicht beenden würde.

Mit *Jerry and the G-Men* war es auch vorbei. Trotzdem gab *Jerry* auch in dieser Zeit noch einige Konzerte: mit den *Odds*, der ehemaligen „Gymnasiasten-Beatband" aus der Ettenreichgasse, bei der Bruder Willi gesungen hatte.

Und Erich besuchte auch weiter sein altes Stammlokal, die „Palette". Die bestand aus zwei Teilen: der kleinere war ein gutbürgerliches Restaurant mit gehobener Küche und ebensolchen Gästen. Die wenigen jungen Leute, die dort verkehrten, gehörten zur sogenannten *Jeunesse dorée*.

Das war damals eine Selbstbezeichnung von Wiener Adelssprösslingen, Großbürgersöhnchen und -töchterleins, wie man auch in Gerhard Bronners legendärem Song „Der Papa wird's schon richten" nachhören kann. Die *Jeunesse dorée* schmückte sich gerne mit *Hermès*-Tüchern und liebte es, Lodenmoden zu tragen.

„Wegen dieser Lodenvorliebe nannten wir sie damals *Hubertler*", meint Lukas und lächelt hintergründig. Das „Hubertler" bezog sich auf den legendären Hubertusmantel. Dieses in Grün gehaltene Kleidungsstück war ursprünglich für die Jagd gedacht.

Neben dem exklusiven Gourmettempel gab es in der „Palette" das turnsaalgroße Jugend- und Studentencafé, in dem man bei einem kleinen Braunen den halben Tag verbringen konnte. Erich verbrachte damals hier aber eher den ganzen Abend.

Es sei denn, Herr Zotter, der launische Geschäftsführer, verweigerte ihm den Zutritt, weil der Stammkunde angeblich oder tatsächlich „auffällig riechendes Zeug" rauchte oder nach selbigem roch.

Im Falle eines solchen Lokalverbots oder bei akutem Geldmangel trafen sich dann die jungen Menschen „am Staa", also „auf dem Stein". Denn das pompöse, klassische Ringstraßenpalais neben der „Palette" war das 1868 eröffnete Wiener Künstlerhaus. Und der Sockel dieses Gebäudes ist vorspringend angelegt und bot so vielen jungen Menschen eine perfekte Sitzgelegenheit.

„Ich verbrachte damals viel Zeit im Lokal und am Staa", erzählt Lukas. „Hier lernte ich auch Inge kennen. Sie war damals Buchhandelslehrling beim *Bundesverlag* und ließ den Arbeitstag gelegentlich gerne in der nahe dem Verlagsgebäude liegenden ‚Palette' ausklingen. Das attraktive Mädchen mit den langen schwarzen Haaren fiel mir bald auf und ich offenbar auch ihr. Wir waren bald ein Paar. Inge wohnte bei ihren Eltern in einer Gemeindewohnung in Wien-Inzersdorf beim Steinsee. Wenn ich sie besuchte und etwas länger blieb – Übernachtung war ausgeschlossen! –, dauerte mein Heimweg ziemlich lange – denn es fuhren damals zu später Stunde dort keine Straßenbahnen und Busse. Also musste ich mich zu Fuß auf den Weg machen – die erste Etappe vom Steinsee bis zum Stephansplatz war immerhin acht Kilometer lang. Dort stieg ich in den Nachtbus, der mich um 10 Schilling zur Floridsdorfer Brücke brachte. Die zweite Fußweg-Etappe von der Brücke bis zu meinem Elternhaus war dann mit einer Länge von circa eineinhalb Kilometern durchaus moderat. Insgesamt dauerte der Heimgang aber doch jedes Mal gute zweieinhalb Stunden."

Wegen dauernder Geldknappheit musste sich Erich gelegentlich den Zehner für den Nachtbus bei Inge ausborgen. Dabei hatte er im Herbst 1967 nach der Heimkehr aus München schon wieder zu arbeiten begonnen: als Hilfsarbeiter auf Baustellen der *Universale* in Simmering und am Flughafen Wien, die sein Vater als Baumeister leitete. Allmählich hatte sich das angespannte Verhältnis der beiden entkrampft und Valentin gab seinem Ältesten den Rat, sich bei der *FWB, Flughafen-Wien-Betriebsgesellschaft m.b.H.* zu bewerben.

„Hätte ich mir ein entspanntes Aufnahmegespräch wie bei *Alfa Laval* erwartet, so wäre ich wohl ein wenig ins Schwitzen geraten. Denn was die *FWB* von den Bewerbern verlangte, zu denen neben mir etliche andere Maturanten, Studienabbrecher und Weltenbummler zählten, das war kein entspannter Small Talk. Das war eine sehr selektive Prüfung", erzählt Lukas.

Diese umfasste im schriftlichen Teil die Fächer Geografie, Mathematik und Englisch, wobei in diesem Fach eine Passage aus J. B. Priestley's „An Inspector calls" zu übersetzen war.

Der mündliche Teil war eine Selbstdarstellung, die sowohl das Darstellen des bisherigen Lebenslaufes und das Erzählen prägender persönlicher Erlebnisse als auch die Beschreibung des Umgangs mit einer Notsituation beinhaltete.

Wer den Kabarettisten Resetarits kennt, wird sich nicht wundern, dass ihm die mündliche Prüfung keine Schwierigkeiten bereitete. Und wer ihn privat näher kennt, der weiß um seine geografischen und mathematischen Kenntnisse genauso Bescheid wie um seine Beherrschung der englischen Sprache. Auch der schriftliche Prüfungsteil konnte somit nur positiv abgeschlossen werden.

Und so kam das, was kommen musste: Am 1. Juli 1968 trat Erich Lukas Resetarits seinen Dienst an. Der ehemalige Gammler von München, der knapp ein Jahr zuvor auch noch den pazifistischen Ehrennamen „Gesù da Venezia" erhalten hatte, stand in einer schmucken Uniform am Infoschalter des Flughafens Wien-Schwechat. Diese Tätigkeit, die auch den telefonischen Informationsdienst einschloss, erfreute sich bei den Kolleginnen und Kollegen geringer Beliebtheit. Schließlich war man auch immer wieder mit nicht einfach zu beantwortenden Fragen konfrontiert und natürlich auch mit Beschwerden.

„Ich bekam eine gewisse Routine darin, mich höflich für Dinge zu entschuldigen, die ich weiß Gott nicht verursacht hatte – wie Triebwerksschäden, Unwetter oder Nebel", sagt Lukas mit einem verschmitzten Lächeln. „Auf die Frage ‚Wann wird der Nebel vorbei sein?' habe ich gerne geantwortet: ‚Wüsste ich das, würde ich nicht hinter diesem Schalter stehen.' Aber es gab auch durchaus positive Momente."

So konnte Erich einen Weltstar aus einer fatalen Bredouille befreien. Eilenden Schrittes und mit hochrotem Kopfe eilte Tom Jones, der gerade dabei war, mit seinem Superhit „Delilah" die Charts zu stürmen, auf den Infoschalter und damit auf Erich zu und sagte mit gequältem Gesichtsausdruck und krächzender Stimme:

„Where is the men's loo?"

Was man ziemlich exakt mit „Wo ist das Männer-Häusel?" übersetzen kann.

Mit illustrativen Gesten und wohlgewählten Worten ward ihm der Weg gewiesen, auf dem er auch sogleich in hurtigem Laufschritt dem ersehnten Ziel entgegenstrebte.

Peter Handke, der knapp zwei Jahre zuvor unter der Regie des 29-jährigen Claus Peymann die Frankfurter Hochkulturkonsumenten mit seiner „Publikumsbeschimpfung“ in Angst und Schrecken versetzt hatte, näherte sich bleich, mit Brille, schulterlangem, glattem Haar und in respektvoller Haltung der uniformierten Gestalt hinter dem Infoschalter. Mit leiser Stimme frug er dezent an, wo denn der Check-in-Schalter für seinen Flug sei.

Auch ihm konnte geholfen werden.

Eine nette Begegnung gab es auch mit dem international bekannten Topmodel Veruschka von Lehndorff. Sie entstammt dem gleichnamigen ostpreußischen Grafengeschlecht. Ihr Vater Heinrich von Lehndorff-Steinort war aktiv im militärischen Widerstand gegen das Naziregime tätig und wurde nach dem Attentatsversuch auf Hitler 1944 hingerichtet. Sie selbst entsprach schon damals überhaupt nicht dem dümmlichen Klischee, das heute in Sendungen wie „Germany's Next Topmodel“ über diesen Berufsstand verbreitet wird.

Ihr Flieger hatte drei Stunden Verspätung und die verbrachte sie im Gespräch mit Erich am Informationsschalter. Dabei ging es weder um Miniröcke noch um Glockenhosen, sondern um den Vietnamkrieg und den kategorischen Imperativ von Immanuel Kant.

Mit einer ersten, wirklich großen Herausforderung musste der junge Informationsbeamte knapp sechs Wochen nach seiner Einstellung fertig werden. Am 21. August 1968 besetzten Streitkräfte der Warschauer-Pakt-Staaten unter Führung der Sowjetunion die Tschechoslowakei und beendeten damit auf eine brutale und völkerrechtswidrige Art und Weise den „Prager Frühling“. „Begründet“ wurde dies mit der sogenannten „Breschnew-Doktrin“, die der Generalsekretär des Zentralkomitees der KPdSU, Leonid Breschnew, allerdings erst Monate später, am 12. November 1968 verkündete hatte. Deren Kernaussage lautete:

„Die Interessen und die Souveränität einzelner sozialistischer Staaten finden ihre Grenzen an den Interessen und der Sicherheit des gesamten sozialistischen Systems.“

Zur Begriffsklärung: Das, was man in der westlichen Diktion den „Kommunistischen Block“ nannte, hieß in der Selbstdefinition das „Sozialistische System“ oder die „Sozialistischen Staaten“.

Und worin deren Sicherheits- und andere Interessen lagen, das bestimmte offenbar die Sowjetunion alleine.

In den Tagen nach dem Einmarsch setzte eine Fluchtwelle aus der Tschechoslowakei nach Österreich ein.

„Die Leute kamen in Scharen mit ihren Autos und auch in Bussen von Bratislava nach Österreich", erinnert sich Lukas. „Am Flughafen fanden sie die erste Möglichkeit vor, sich zu erfrischen, Toiletten aufzusuchen und Getränke zu kaufen. Es waren plötzlich Hunderte Menschen da."

Die Informationsbeamten fühlten sich natürlich dazu verpflichtet, Orientierungshilfen zu geben: nicht nur für den Flughafen selbst, sondern auch Hinweise auf Anlaufstellen für die Ein- und Weiterreise, Unterkunftsmöglichkeiten, ärztliche Versorgung und andere soziale Dienste.

„Monate später", berichtet Lukas weiter, „habe ich dann als Loadsheet-Officer Flugzeuge abgefertigt, die im Rahmen einer UNO-Hilfsaktion viele der Geflüchteten aus der Tschechoslowakei auf Auswanderer-Flügen nach Kanada, Australien und in die USA brachten."

Nach seiner Tätigkeit am Infostand und am „Beschwerdetelefon" wurde Erich im „Lost & Found Baggage Department" eingesetzt.

„Nachdem ich den ersten der beiden unangenehmsten Einsatzorte auf dem Weg zum Flugzeug-Abfertiger absolviert hatte, durfte ich nun auch den zweiten kennenlernen", meint Lukas und fügt hinzu: „Wir mussten mit verärgerten oder verzweifelten Passagieren, deren Gepäck verschwunden war, gemeinsam Formulare ausfüllen. Darauf sollten diese Gepäckstücke möglichst genau beschrieben werden. Oft kam es zu unfreiwillig komischen Situationen, frei nach dem Motto: Ein Ehepaar beschreibt einen Koffer, den es vermisst."

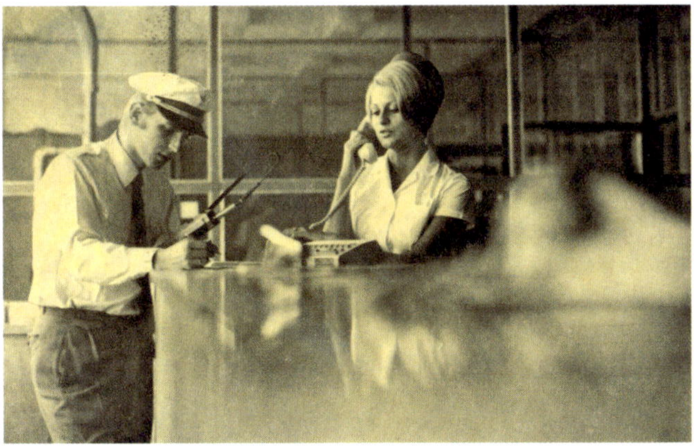

Erich im Operations-Büro mit einer Check-in-Kollegin

Sobald dieser Erkundungsprozess mit einem glaubwürdigen Resultat abgeschlossen war, wurde per Fernschreiber die weltweite Suche nach den verschollenen Koffern eingeleitet. Außerdem wurden auf diesem Wege auch die Daten nicht abgeholter, also gewissermaßen „übrig gebliebener" Gepäckstücke einer Zentrale in den USA übermittelt. Dortselbst wurden dann die als *übrig geblieben* gemeldeten mit den als *verloren gegangen* gemeldeten abgeglichen. Und immer wieder geschah das Wunder, dass ein verloren gegangenes Gepäckstück aufgespürt werden konnte, weil es gleichzeitig auch ein übrig gebliebenes war.

Eines Tages wurde Erich wegen eines „*Lost*-Falles", der sich bei der *Air France* ereignet hatte, in den Ankunftsbereich gerufen und machte sich also seufzend auf den Weg zu seinem Schalter. Es war ihm immer unangenehm, einem Passagier zu begegnen, dessen Gepäck verschwunden war. Als er sah, wer ihn erwartete, stockte ihm der Atem. Der Passagier trug eine afghanische Schafwoll-Lederjacke, einen ledernen Schlapphut und jede Menge bunter Ketten.

Es war also kein Zweifel möglich. Vor Erich stand einer seiner ehemaligen Kollegen. Wir erinnern uns: Erich war bei den *G-Men* ja nicht nur als Sänger, sondern auch als Rhythmusgitarrist aktiv gewesen. Und dieser Herr hier war auch Rhythmusgitarrist. Bei den *Rolling Stones.*

„Mr. Brian Jones, I presume?", sagte Erich natürlich nicht. Er sagte:

„Mr. Jones – what can I do for you?"

„Well, I miss my luggage!", antwortete Brian.

„Of course, Mr. Jones. What kind of luggage?"

„A suitcase." Brian wirkte sehr entspannt und lächelte gütig.

„Mr. Jones: What does your suitcase look like?"

Bei diesen Worten präsentierte Erich dem Weltstar eine Liste mit Fotos unterschiedlicher Koffer. Brian würdigte sie keines Blickes, sondern sagte noch entspannter und mit noch breiterem Grinsen:

„Just like a suitcase."

„Thanks for your cooperation, Mr. Jones!"

„Ich fürchte", erzählt Lukas, „ich habe diese letzte Bemerkung auch noch mit einem kleinen, servilen Kopfnicken begleitet. Schließlich war Brian Jones immer eines meiner großen Vorbilder gewesen."

Nun musste Erich noch das Verlust-Formular ausfüllen. Den Namen des Passagiers kannte er, die restlichen Personaldaten erfragte er und auch das Hotel, es war das *Intercontinental.*

Dazu kam noch die Beschreibung des Koffers. Diese fiel, den erwähnten Angaben des Passagiers entsprechend, recht allgemein aus.

Erich versprach, dass er den fehlenden Koffer nicht nur zu suchen, sondern auch umgehend zu finden gedenke, um ihn dann eilends in das Hotel zustellen zu lassen. Mr. Jones verabschiedete sich dankend, ging zu seiner Limousine, stieg ein und rauschte ab.

Nun machte sich Erich auf die Suche nach Mr. Jones' Koffer, zuerst europaweit, dann weltweit. Es wurden per Fernschreiber zahllose Flughäfen in zahllosen Städten kontaktiert, in die der Koffer irrtümlich gelangt hätte sein können. Alle Mühen waren vergebens. Erich drohte in eine tiefe Depression zu fallen, als ein Lader in sein Büro kam und meinte:

„Im Ankunftsbereich kugelt a herrenloser Koffer herum. Wollt's euch den net anschauen?"

Erich eilte schnurstracks zum Fundort, sah den Koffer, der aussah wie ein Koffer und somit exakt der Beschreibung von Mr. Jones entsprach. Eine Überprüfung des Baggage-*Tags* – also der Gepäckstückkennzeichnung – bestätigte die Vermutung. Erich war überglücklich. Er organisierte sofort einen Fahrer für den Transport ins Hotel *Intercontinental* und brachte mit ihm das Gepäckstück zum Auto. Als Flughafenbeamter wurde er dabei natürlich weder polizeilich noch zollamtlich kontrolliert.

„Später fiel mir auf", erzählt Lukas, „dass Rockstars häufig ihrer Koffer verlustig gingen. Wenn dann ein Airport-Officer den Koffer fand und damit durch den Zoll ging, um ihn zum Hotel liefern zu lassen, wurde er so wie ich nicht kontrolliert. Auf diese Weise ließen sich illegale Substanzen gut transportieren. Ab den 1970er-Jahren ging das natürlich nicht mehr. Im Zuge der verschärften Anti-Terror-Kontrollen wurden herrenlos herumstehende Gepäckstücke von Spezialisten untersucht und im Bedarfsfall entsprechend entsorgt."

Im Winter 1968/69 machte Erich einen Karrieresprung, der ihn für das nächste Halbjahrzehnt beruflich vor interessante Herausforderungen stellen sollte. Nachdem er die Fachprüfung bestanden hatte, die für den Beruf des Loadsheet-Officers notwendig war, begann er mit der Arbeit in seinem neuen Wirkungsbereich.

Was diese Arbeit umfasste, sei hier kurz erklärt:

Ein Loadsheet, welches auch den leider viel zu selten verwendeten, wunderschönen deutschen Namen „Lade- und Trimm-Papier" trägt, „ist ein für die Durchführung eines Verkehrsfluges notwendiges Ladedokument. Es wird im Rahmen der Flugvorbereitung erstellt und erfasst insbesondere das Gewicht und die Verteilung von Passagieren, Kerosin sowie Fracht, Gepäck und Post und auch die für die Durchführung des Fluges notwendigen Hilfsmittel wie Kabinenbesatzung, Trinkwasser und Catering. Das Loadsheet muss vor jedem Flug berechnet und entweder manuell oder mithilfe eines Computersystems erstellt werden und ermöglicht die Kalkulation der aktuellen Massen des Flugzeuges sowie die Darstellung der Verteilung der Gesamtladung innerhalb des Flugzeuges als auch die Schwerpunktlage des Flugzeuges."

Danke, Wikipedia!

Erich bei seiner Tätigkeit als Loadsheet-Officer, 1973

Ein Loadsheet-Officer muss also für jeden Flug umfängliche Berechnungen durchführen, die wesentliche Informationen für den Piloten enthalten und damit eine zentrale Voraussetzung für die Flugsicherheit darstellen. Darüber hinaus muss er auch die Beladung des Flugzeuges nach Gewicht und Schwerpunkt organisieren.

Neben den beruflichen Veränderungen gab es 1969 für Erich auch familiär eine entscheidende Weiterentwicklung: Er wurde Vater!

„Wir wohnten damals noch gemeinsam mit meinen Eltern am Bruckhaufen", erzählt Lukas. „Am 8. Mai 1969 war ich im Dienst und Inge war mit meiner Mutter zu Hause. Sie rief die Rettung an, als die Wehen einsetzten, und Inge wurde in das ‚Frauenhospiz' in Wien-Döbling gebracht."

Diese von 1908 bis 1910 nach Plänen des Wiener Architekten Victor Postelberg errichtete Entbindungsanstalt der Genossenschaftskrankenkassen genoss einen sehr guten Ruf. Anfang der 1970er-Jahre stand sie an erster Stelle in der Wiener Geburtenstatistik.

„Als ich durch einen Anruf von Inges Cousine erfuhr, dass ich Vater eines Mädchens geworden war, gratulierten mir die Kollegen und stellten mich sozusagen frei für eine kleine Feierstunde, die ich mit einem von ihnen in der Kantine verbrachte", berichtet Lukas. „Nach einigen Cola-Rum machten wir uns wieder auf den Weg zurück in die Flugzeugabfertigung. Da kam uns unser Chef entgegen. Er grüßte und ich wollte freundlich seinen Gruß erwidern. Dabei entfleuchte meinem Mund ein kleiner Schwall des wohl zu hektisch dem Körper zugeführten alkoholischen Mixgetränkes. Weder der Chef noch ich verzögerten unseren Schritt und das peinliche Ereignis blieb völlig unkommentiert und somit als valide Grußantwort akzeptiert."

Erst ein halbes Jahr nach Martinas Geburt zog die junge Familie nach Bisamberg – in eine Eigentumswohnung, die sie von Inges Eltern bekommen hatte. Die Wohnung war erst halb fertig und die Küche wurde mit dem Geld erworben, das nach altem Brauch von den Stinatzer Verwandten als Hochzeitsgeschenk dargebracht worden war. Die Heizung wurde mit tätiger Unterstützung von Erichs Vater eingebaut. Erich selbst übernahm die Aufgabe, die Klebeparkettböden zu versiegeln.

„Blöderweise habe ich die Bodenversiegelung bei geschlossenen Fenstern gemacht", weiß Lukas zu berichten. „Angeblich fachkundige Freunde haben mir diesen Rat gegeben: ‚Fenster zua – sonst hast überall Staubbrösel im Lack.' So strich ich mit meiner Malerbürste kniend 70 m² Boden. Dabei wurde ich immer wieder fast ohnmächtig von dem giftigen Lösungsmittel. Nach getaner Arbeit torkelte ich wie ein Betrunkener oder Klebstoffschnüffler die 2,5 km entlang bis zur Bisamberger Schnellbahnstation. Dort verordnete ich mir dann als Heiltherapie ein bis zwei Marlboro. Es ist erstaunlich, was man aushält, wenn man jung ist."

Die Lackdämpfe verzogen sich zügig, man freute sich über die neue, eigene Wohnung und die kleine Martina wuchs als fröhliches und aufgewecktes Kind heran. Bei Besuchen am Bruckhaufen fragten Erichs Eltern gerne nach, ob das Enkerl auch brav am Sonntag in die Kirche gehe. Um Mutter und Vater Aufregungen zu ersparen, setzte der Sohn den in der katholischen Kirche traditionell durchaus gebräuchlichen Kunstgriff der „Notlüge" ein und versicherte im Brustton innerster Überzeugung: „Ja. Meistens."

Einmal, zur österlichen Zeit, besuchte die Familie gemeinsam das Hochamt im Kirchlein am Bruckhaufen. Und als Mutter Angela nach vorne gegangen war, um die heilige Kommunion zu empfangen, schritt der Ortspfarrer, in ein prächtiges Messgewand gehüllt, auf sie zu. Dann entnahm er dem goldenen

Kelch die Hostie, reichte sie ihr und die noch nicht ganz vierjährige Martina sprach die Worte:

„Schau, der Prinz gibt der Oma ein Zuckerl! Kriegen wir auch eins?"

Darauf musste sie noch drei Jahre warten. Bis zur Erstkommunion.

PFLICHT UND NEIGUNG

Die Berufsbezeichnung Loadsheet-Officer hatte sich im Umgang mit der internationalen Klientel, mit der es Erich und seine Kollegen zu tun hatten, hierzulande schon in den späten 1960ern durchgesetzt. Offiziell war man aber ein „Assistent für Flughofdienste". Diese „höfische" Berufsbezeichnung hatte zwar etwas unfreiwillig Kabarettistisches, erfreute sich aber weder bei Erich noch bei seinen Kollegen rasend großer Beliebtheit.

Also bleiben wir lieber beim Loadsheet-Officer.

Dessen Tätigkeit birgt ein großes Stresspotenzial in sich. Und Stressabbau wird bei jungen Leuten häufig dadurch erreicht, dass man sich etwas Absurdes ausdenkt, um anderen Streiche zu spielen.

Im folgenden Kapitel sollen beide Aspekte betrachtet werden: Die *Stresssituationen*, die sich aufgrund von Personalunterbesetzung, überraschend auftretenden Planänderungen oder plötzlichen Notfällen ergeben konnten; und auch die *Stressabbaustrategien*, die sich in *practical jokes*, also ausgelebten Witzen, manifestierten.

Die erste Geschichte, die hier erzählt werden soll, hat Aspekte von beiden in sich – vom Notfall und vom *practical joke*.

DIE QUEEN UND DER VERANTWORTLICHE KAPITÄN

Zwischen dem 5. und dem 10. Mai 1969 wurde in Österreich Geschichte geschrieben. Die englische Königin Elisabeth II. absolvierte damals den ersten offiziellen Staatsbesuch eines britischen Staatsoberhaupts in Österreich seit 61 Jahren und es blieb auch bis heute der einzige – in immerhin 114 Jahren. Als letzter britischer Monarch vor der Queen war King Edward VII. im Juli 1908 bei Kaiser Franz Joseph I. zu Gast gewesen.

Um den Staatsbesuch von 1969 rankt sich eine ganze Reihe von Legenden. So sollen etwa im damals hochmodernen Wiener Gemeindebau Marschallhof neue Blumenbeete und Wege angelegt, ein Lift repariert und im elften Stock in einem der Wohntürme ein neuer Boden verlegt worden sein. Auf diese Weise wurde die Anlage „fit gemacht“ für den Besuch der Queen, den sie dort gemeinsam mit Wiens Bürgermeister Bruno Marek absolvierte.

Obwohl anders geschrieben, ist der *Marschallhof* eigentlich nach George C. *Marshall* benannt. Der war US-amerikanischer Außenminister, hat den nach ihm benannten Plan entwickelt und bekam dafür den Friedensnobelpreis.

Auch der Staatsopern-Spielplan wurde angeblich geändert, weil Ihre Majestät kein fanatischer Fan der klassischen Opernliteratur sein soll. Also wurde nicht – wie ursprünglich vorgesehen – Beethovens „Fidelio“ beim königlichen Staatsopernbesuch aufgeführt, sondern die „Fledermaus“ vom „Strauß-Schani“, dem größten Dreivierteltakt-Popstar aller Zeiten.

Wenn's stimmt, dann war das wohl eine heimische Interpretation von „Roll Over Beethoven“.

Obwohl Österreich damals unter Bundeskanzler Klaus eine ÖVP-Alleinregierung hatte, wurde das königliche Besuchsprogramm durchaus im Stil des „Proporzes“ gestaltet, wie der Gemeindebau- und Opernbesuch im Roten Wien bereits deutlich zeigen.

Im tiefschwarzen Tirol wurden die heute oft respektlos als „Royals“ bezeichneten Gäste, zu denen neben der Queen auch Prinz Philipp und die damals 18-jährige Prinzessin Anne gehörten, in einen Bauernhof, den Isserhof in Sistrans, zu einer typisch tirolerischen Jause eingeladen. Damit wurde angeblich ein allerhöchstpersönlicher Wunsch der britischen Monarchin wertschätzend erfüllt.

Und das wertkonservative Salzburg bot einen Besuch des Geburtshauses des unvergleichlichen Wolfgang Amadeus, der einmal in einem Brief an seinen Vater festgestellt hat:

„Ich hoffe nicht, dass es nötig ist zu sagen, dass mir an Salzburg sehr wenig und am Erzbischof gar nichts gelegen ist und ich auf beides scheiße.“

Weitere Stationen der Staatsbesuchsreise waren Graz, das Lipizzaner-Gestüt in Piber und das Stift Klosterneuburg. Sämtliche Stationen wurden vom ORF live übertragen. Und wer wohlhabend genug war oder einen Wirt in der Umgebung hatte, der sich einen der brandneuen, sündteuren Fernseher leisten konnte, konnte all das nicht nur live, sondern auch bunt miterleben.

Denn der ORF übertrug alle Stationen der Reise in Farbe. Seit Anfang des Jahres hatte diese revolutionäre neue Technologie auch in Österreich Einzug gehalten.

Schwarz-Weiß-Seher mutierten allmählich zu Farbsehern.
Nur Schwarzseher blieben das, was sie immer waren.

Am 10. Mai, dem Abreisetag der königlichen Familie, hatte Erich Nachtdienst. So saß er also in seinem *Operations-Büro*, wie die Wirkungsstätte der Assistenten für Flughofdienste damals hierzulande offiziell sicher nicht hieß, aber, gemäß dem international üblichen Begriff, von allen so genannt wurde. Da saß er also und dachte an seine Lieben: an Töchterlein Martina, die gerade einmal zwei Tage alt war, und an Inge, die mit der Kleinen noch im Frauenhospiz war.

Es war ein hektischer Tag gewesen am Wiener Flughafen. Doch nun war die *Royal Family* samt Tross längst abgeflogen. Und nachdem die Abendmaschinen aus verschiedenen Städten Europas, die sogenannten „Lumpensammler", alle gelandet waren, kehrte allmählich Ruhe ein.

„Ich freute mich auf einen gemütlichen Nachtdienst", erzählt Lukas. „Gegen 22 Uhr 30 hat sich dann eine Kollegin vom Check-in-Schalter gemeldet."

„Kommst du bitte schnell zu mir in die Abflughalle? Es gibt da ein Problem!", sagte sie laut und fügte dann mit leiser Stimme, aber dringlich klingendem Unterton hinzu: „Aber zieh dich bitte an!!"

„Das mag jetzt etwas kryptisch oder auch lasziv klingen, aber ich wusste sofort, was sie mir sagen wollte: Ich solle in voller Adjustierung erscheinen. Also nicht hemdsärmelig, sondern mit Uniformrock, Krawatte und Dienstkappe."

Erich verwandelte sich also rasch in eine pilotenähnliche Erscheinung – die Uniform des Loadsheet-Officers ähnelte der eines Flugkapitäns – und eilte in die Abflughalle. Seine Kollegin kam ihm ein paar Schritte entgegen und flüsterte ihm flehentlich zu:

„Stell dich vor als der verantwortliche Kapitän!"

An einem der Check-in-Schalter erwartete ihn eine ältere Dame, die eine Einkaufstasche trug. Sie musterte ihn genau. Schließlich strahlte sie, offensichtlich überzeugt vom Zauber der Montur.

„Na endlich", rief sie freudig. „Da ist er ja!! Sie sind doch der verantwortliche Kapitän, nicht wahr?"

„Selbstverständlich!", erwiderte Erich freundlich. Und kam sich ob seiner Schneidigkeit ein bisschen vor wie ein k. u. k.-Oberleutnant aus einem Film von Ernst Marischka.

„Na, dann wissen Sie ja Bescheid", sagte sie aufgeregt und fügte mit aristokratischer Würde hinzu: „Ich bin jetzt da!"

„Das freut mich sehr!", antwortete Erich etwas zögerlich und setzte dann hinzu: „Und was, bitte, kann ich nun für Sie tun?"

„Ich werde Ihnen das genau auseinandersetzen!", erwiderte sie. „Hören Sie zu: Ich bin aus Floridsdorf schnurstracks herbeigeeilt, weil ich den Ruf meines Volkes vernahm. Sie müssen mich sofort in das bereitstehende Flugzeug bringen. Dann fliegen wir gemeinsam nach London-Heathrow. Von dort fahren Sie mich umgehend in den Buckingham-Palast. Dort werde ich als rechtmäßige Queen diese Usurpatorin vom Thron stoßen und die Herrschaft übernehmen. Ich mache das nur, weil das Volk nach mir gerufen hat. Aber das wissen Sie ja natürlich, als verantwortlicher Kapitän. Sie sind doch der verantwortliche Kapitän, oder nicht?"

„Natürlich habe ich ihr bestätigt, dass ich der verantwortliche Kapitän sei", erzählt Lukas. „Ich erklärte ihr aber, dass zwei ebenso verantwortliche Unterkapitäne alles Weitere nach meinen Befehlen organisieren würden. Ich entschuldigte mich kurz – ging zu einem anderen Check-in-Schalter und rief in der Polizeiwachstube des Flughafens an. Ich erklärte den Polizisten kurz die Sachlage und bat sie, sich als verantwortliche Unterkapitäne vorzustellen."

Und so geschah es denn auch: Bald tauchten zwei grün gewandete Inspektoren auf, salutierten, stellten sich als verantwortliche Unterkapitäne vor und baten die Dame ehrerbietig, ihnen zu folgen. Bevor sie das tat, wandte sie sich noch einmal Erich zu und meinte:

„Ich danke Ihnen sehr für Ihren Einsatz. Sie können damit rechnen, dass ich Sie in Kürze zum *Member of the Order of the British Empire* ernennen werde."

Dann folgte sie mit ihrer Einkaufstasche friedlich den beiden Polizisten. Später erkundigte sich Erich bei ihnen, um wen es sich denn bei der Dame gehandelt hätte. Sie war eine nicht stationäre Patientin der psychiatrischen Klinik Hoff. Da sie weder für sich noch für andere eine Gefahr darstellte, bedurfte sie keiner dauernden pflegerischen und ärztlichen Obsorge und konnte weiter ihren eigenen Haushalt in ihrer Floridsdorfer Wohnung führen. Dorthin wurde sie auch an jenem Abend von der Funkstreife hingebracht, wobei sie von den beiden Unterkapitänen mit dem Respekt behandelt wurde, der einer englischen Monarchin gebührte. Wie sich herausstellte, war sie an diesem Tag tatsächlich zu Fuß vom Floridsdorfer Spitz bis zum Wiener Flughafen gegangen, um ihren royalen Pflichten im United Kingdom nachzukommen. Sie hatte keine Mühen gescheut, um dem Ruf des Volkes nachzukommen.

„Für mich ist das eine sehr berührende Geschichte", sagt Lukas heute dazu, „Und ich halte das empathische und rücksichtsvolle Verhalten der Polizisten für besonders erwähnenswert und anerkennungswürdig. Dies umso mehr, als die große österreichische Psychiatriereform erst zehn Jahre später, 1979, in der letzten Legislaturperiode der SPÖ-Alleinregierung unter Bruno Kreisky begonnen wurde."

STRESS UND STREICHE

„Unsere Arbeit lief in einem Drei-Schicht-Betrieb ab", erzählt Lukas. „Die *Frühschicht* begann um 7 Uhr und endete um 19 Uhr. Mit gewerkschaftlicher Sondergenehmigung konnte der Arbeitsbeginn auf 6 Uhr 30 vorverlegt werden. Die *Spätschicht* dauerte von 11 Uhr bis 23 Uhr, die *Nachtschicht* von 19 Uhr bis 7 Uhr."

Es war ratsam, den Frühdienst gut ausgeschlafen anzutreten. Denn kaum hatte man die Guten-Morgen-Wurstsemmel ambulant zu sich genommen, setzte das ein, was die „Morgenspitze" genannt wurde: Zwischen 7 Uhr 05 und 9 Uhr gingen im Regelfall circa 25 Flüge hinaus. An manchen Tagen zusätzlich noch ein Langstreckenflieger, der von Afrika oder Asien hereingekommen war und nach London, Paris, Frankfurt oder Brüssel weiterflog.

Die ersten dieser Morgenflüge hatte, wenn möglich, der Nachtschicht-Mann schon vorbereitet. Jeder der fünf „Frühschichtler" musste nun in knapp zwei Stunden drei bis vier Flugzeuge abfertigen. Bei Routineflügen war das problemlos zu bewältigen. Stress kam auf, wenn es – wie regelmäßig vor Weihnachten – viel Flugpost gab oder auch wenn dringende Frachtstücke zu transportieren waren. Besonders dann, wenn solche eiligen Frachtsendungen zu umfangreich waren, um in *eine* Maschine geladen zu werden.

„Dann wurde die ‚Cargo zerrissen', wie es in unserem Slang hieß. Und jeder von uns musste mit dem jeweils zuständigen Ramp-Agent vereinbaren, welche Teile der Fracht mit welcher Maschine mitgenommen wurden", erinnert sich Lukas.

Dabei gab es hektischen Funkverkehr zwischen Rampe und Operations-Büro. Anders gesagt: Es kam immer wieder zu wüsten gegenseitigen Beschimpfungen, was dazu führte, dass eine mithörende höhere Instanz sich bemüßigt fühlte, wiederholt den „Anstands-Wauwau" zu spielen und „Funkdisziplin" einzufordern.

Noch stressiger war es, wenn man zusätzlich ein Frachtflugzeug dazwischen hatte. Zum Beispiel die Douglas DC 8/63 OE-IBO. Ohne Bestuhlung konnte sie beachtliche 18 Cargo-Paletten aufnehmen. Wenn man die leere Maschine vom Cockpit bis zum Heck aufstampfend durchlief, dann spürte man, wie sich allein schon durch eine solche geringe Gewichtsverlagerung die „Nase" hob. Für dieses Fluggerät einen Lade- und Trimmplan zu erstellen, glich der Herausforderung, das Rätsel eines *Rubik-Würfels* zu lösen.

„Mich hat die DC 8/63 einmal vor ein höchst komplexes Problem gestellt", erzählt Lukas. „Siemens Österreich hatte damals den Auftrag, im Oman einen ganzen Fernsehsender technisch einzurichten. Also musste eine komplettes Film- und Tonstudio plus Sendeanlagen von der AUA in die Hauptstadt Muskat transportiert werden. Das Loadsheet für diesen Transport gehörte zu den kompliziertesten Aufgaben in meiner Zeit am Flughafen."

Nachdem der Morgenstress allmählich abgeklungen war, den man – dem Zeitgeist entsprechend – mit einem halben Packerl *Marlboro* und eineinhalb Litern Filterkaffee vergeblich zu unterdrücken versucht hatte, nahm man einen kerngesunden Vital-Imbiss in Form einer weiteren Extrawurstsemmel plus Coca-Cola ein.

Auf die *Morgenspitze* folgte logischerweise die *Mittagsspitze*, die schließlich von der *Abendspitze* abgelöst wurde. Zwischenzeitlich war es dann etwas ruhiger. Das waren jene kurzen Phasen, in denen man heitere „Spompanadeln" machen konnte – über die wir später noch ausführlich berichten werden.

Im Schnitt hatte jeder Loadsheet-Officer an normalen Tagen, wenn es ruhig zuging, acht bis neun Flugzeuge rechnerisch zu betreuen. In Spitzenzeiten konnten es auch 13 oder 14 sein.

„Man muss sich die Zeit zwischen 7 und 11 Uhr so vorstellen: Zehn junge Männer telefonieren laut, setzen Funksprüche ab und rechnen wie die Wilden", erzählt Lukas. „Es gab zwei Koordinatoren, die uns die Passagierzahlen vom Check-in weiterleiteten. Die Daten für die Betankung und die maximalen Triebwerkszeiten bekamen wir von der AUA. Da es gesetzlich vorgeschrieben war, die Spritdaten *handschriftlich* zu übermitteln, wurde ein kurioses Gerät eingeführt, eine Art ‚Transkriptor'.

An dessen Eingabestelle wurde das entsprechende Sprit-Daten-Formular handschriftlich ausgefüllt und dann per Kabel der Ausgabestelle im Operations-Office übermittelt."

Ansonsten gab es statt Computern und Internet nur Rechenmaschinen und dickleibige Handbücher, in denen alle Abläufe akribisch beschrieben waren.

Ein Handbuch der Qantas-Airways schrieb beispielsweise vor, dass Leichen nur in zugelöteten Zinksärgen und auch nicht im gleichen Laderaum wie lebende Tiere transportiert werden durften. Das war gewissermaßen eine doppelte Absicherung.

In demselben Manual wurde übrigens ein Flugzeugabsturz nicht als *plane crash*, sondern durchaus beschönigend als *forced landing* bezeichnet. Dieses „Schönreden“ musste sich in der Praxis allerdings gottlob nie bewähren.

Denn das „Queens and Northern Territory Airlines System“, kurz Qantas, hat bis heute noch kein einziges Flugzeug verloren.

„Für uns“, erzählt Lukas, „waren Qantas-Flüge allerdings besonders mühsam, weil sie mehrere Destinationen anflogen: zum Beispiel von Wien über Teheran oder Bahrain nach Karatschi oder Delhi und dann über Singapur nach Melbourne, Perth oder Sydney. Für jede Destination mussten wir die Passagiere, die Fracht, die Post und das Gepäck extra mit dem jeweiligen Gewicht und akribisch per Hand eintragen. Von jedem Formular gab es mehrere Blaupapier-Durchschläge. Das dicke Papierbündel wurde dem Flugkapitän im Cockpit übergeben, der es dann kontrollierte.“

Charterflüge galten dagegen als relativ leicht zu rechnen, da sie meistens nur Urlauber mit ihren Koffern an Bord hatten. Für die Aufteilung des Touristengepäcks im Laderaum gab es eine „Daumen mal Pi“-Grundformel: zwei Drittel vorn, ein Drittel hinten. „Doch jede einfache Regel kennt mindestens eine Ausnahme“, erklärt Lukas. „In unserem Fall waren das die *Österreichischen Naturfreunde* bei ihren Charterflügen nach Korsika. Die führten immer ein paar Hundert Kilo zusätzliches Gepäck in Form von *Inzersdorfer*-Dosen mit Ravioli, gefüllten Paprika, Gulasch, Reisfleisch und Mehlspeisen mit.“

Besonders stressig waren die Nachtdienste im Sommer. Da war man ab 11 Uhr abends allein oder bestenfalls zu zweit im Operations-Büro. Und es galt, neben jeder Menge Charter- auch die Langstreckenlinienflüge aus Afrika und Asien abzufertigen.

„Die Qantas-Maschine erreichte nach ihrem letzten Zwischenstopp in Teheran oder Bahrain unseren Flughafen meist um 4 Uhr 30“, erinnert sich Lukas. „Dazu kam etwa zur gleichen Zeit eine Boeing 707 der belgischen Fluglinie Sabena aus Entebbe, Kigali und Bujumbura. Da war man ziemlich geschafft, wenn man nach so einer Stressnacht um sieben Uhr früh nach

Hause fuhr. Zweimal wachte ich dabei knapp vor einem Brückenpfeiler aus meinem Nickerchen auf."

Vermutlich hat ihn sein Schutzengel rechtzeitig geweckt – als Gegenleistung für ordnungsgemäß erledigte Ministranten-Dienste in früheren Jahren.

Entspannung machte sich gelegentlich im Herbst breit, wenn sich der Nebel sanft, aber in dicken Schwaden über Wien-Schwechat legte. War die Sicht dann endgültig „gaga" oder – um das in der Fliegersprache zu formulieren – *below minima*, wurden Flüge abgesagt oder umgeleitet. In letzterem Fall mussten Erich und seine Kollegen nur die vom letzten Flughafen an sie übermittelten Daten per Telex weiterleiten.

„Hektik konnte der Nebel aber erzeugen, wenn er in Graz auftrat – was wegen der Kessellage des dortigen Airports öfter vorkommt", fügt Lukas hinzu. „Der AUA-Abendflug OS222 führte von Zürich kommend über Wien nach Graz. Der Nebel fiel dort mit Vorliebe bald nach 22 Uhr ein. Wenn eine entsprechende meteorologische Prognose das ankündigte, wechselte so mancher Pilot vom vornehmen Piloten-Englisch auf Hardcore-Österreichisch und rief:

‚Zaahts aun! Graz geht zua!'

Manchmal half alle Eile nichts. Die Maschine erreichte zwar Graz, konnte dort aber nicht mehr landen. Man flog also zurück nach Wien-Schwechat. Und die begeisterten Passagiere wurden in den Nacht- oder Frühzug verfrachtet. Ob dies die ÖBB-Werbeagentur zu dem bekannten Slogan „Nerven sparen – Bahn fahren" inspirierte, weiß ich nicht. Auszuschließen ist es nicht."

Erichs beste Freunde und Kollegen im Organisations-Büro waren Gustav Adler, Gerd Rudolf Stiller, Gerd Honsel, Gerald Reisinger und Otto Sackmann.

Gustav war Erichs Arbeitsplatznachbar, mit dem er 1973 eine große Reise nach „Down Under" zum Flugzeugkurs bei der australischen Fluglinie Qantas machte. Davon wird später noch ausführlich zu berichten sein.

Am Arbeitsplatz vor Erich saß Gerd Rudolf Stiller. „Aus der Kombination der beiden Vornamen habe ich blitzschnell den Spitznamen *GerdRud* konstruiert", erzählt Lukas. „Der gute Gerd war darüber vermutlich nicht rasend erfreut. Er überspielte dies aber mit der den Steirern angeborenen Coolness souverän und wir wurden gute Freunde."

Gerd Honsel machte neben seiner Arbeit als Loadsheet-Officer berufsbegleitend die Ausbildung zum AUA-Kapitän. Erich unterstützte ihn, indem er während gemeinsamer Nachtdienste auch Gerds Flugzeuge mitabfertigte, wenn der Kollege auf einer Schulmaschine Nachtflüge trainierte.

Das Quintett wurde durch Gerald Reisinger und Otto Sackmann komplettiert.

„Gerald war während seiner Ausbildungszeit mir zugeteilt und er bestach uns mit großartigen Eierbroten, die ihm seine Mutter mitgegeben hatte", erinnert sich Lukas. „Wir waren eine verschworene Gemeinschaft. Und unser Chef, der bei uns den Spitznamen *Pecos Bill* führte, war disziplinär mit uns überhaupt nicht zufrieden. Da wir aber solide Arbeit machten und fachlich geradezu unschlagbar waren, übersah er einiges, was wir in postpubertärem Übermut anstellten. Ich glaube, klammheimlich war er gelegentlich sogar stolz auf seine wilde Bande. Das ist aber eine reine Vermutung. Anmerken ließ sich Pecos Bill das nämlich nie."

Einige dieser Undiszipliniertheiten seien hier in anekdotischer Form kurz erzählt:

Am 15. Juni 1977 gab es in Spanien zum ersten Mal seit 1936 wieder freie Wahlen. Kurze Zeit davor – also noch in den Jahren der Diktatur – eröffnete die spanische Fluglinie Iberia eine Station am Flughafen Wien. Deren Leiter erschien auf seiner Vorstellungstour in einer wunderschönen dunkelblauen und goldbetressten Uniform im Operations-Büro. Auf Otto Sackmann und Erich wirkte er in seiner strammen Haltung und mit dem spöttisch-arroganten Lächeln, das er aufsetzte, wie eine Inkarnation des iberischen Machismo.

Mit wohlklingender Stimme stellte er sich vor:

„Good morning! My name is Miguel Munoz and I am the station manager of Iberia. Señores! I expect from you a good collaboration with my airline!"

Worauf Otto huldvoll antwortete:

„D' Ehre, Muchacho!", wobei er das „ch" wie ein deutsches „ch" aussprach.

„Muchacho" heißt auf Deutsch übrigens „junger Kerl" oder „Bursche".

Der *Caballero* starrte Otto fassungslos an, während ihm Erich unbemerkt einen „Facit-Streifen" an sein Uniformsakko heftete.

Frage: „Was ist ein Facit-Streifen?"

Dazu Lukas: „Aus unseren riesigen Facit-Rechenmaschinen holten wir uns meterlange, dünne Papierstreifen, die wir dann bei einem Zielobjekt mit einer Heftmaschine am Sakko befestigten. Der Streifen stellte sich bei schnellerem Gehen waagerecht nach hinten auf."

Als *Señor* danach mit einer Entschlossenheit und Arroganz, die an einen Torero gemahnte, durch die Abflughalle rauschte, hob sich der Papierschwanz majestätisch und begleitete ihn wie ein Kometenschweif. Er war sichtlich verwirrt, als ihm von den auf ihren Abflug wartenden Passagieren eine Woge ausgelassener Heiterkeit entgegenschwappte und donnernder Applaus sein Erscheinen begrüßte.

„Der spanische Caballero und wir wurden aber bald gute Freunde!", erinnert sich Lukas. „Nachdem wir ihm, laut Otto, gezeigt hatten, ‚wo der Herrgott wohnt'. Selbstverständlich wendeten wir die Facit-Streifen auch gegenseitig im Kollegenkreis an", setzt Lukas seine Erzählung fort. „Eines Tages hatte ich bei einem von ihnen, der ungenannt bleiben will, einen circa fünf Meter langen Facit-Streifen am Sakko angebracht. In respektabler Entfernung von ihm begann ich, den Papierschweif mit Flüssigkeit aus der Abziehmaschine zu tränken, wobei er mich lachend beobachtete. Als ich den Schweif anzündete, lachte er noch mehr. Als er merkte, dass die Flamme auf ihn zulief, löschte er sie, nachdem ihm das Lachen jäh vergangen war."

Eines Tages schlenderte Pecos Bill lässig auf den brandneuen Aufenthaltsraum mit Küche zu, der für die Flughafen-Angestellten und Bediensteten der AUA eingerichtet worden war. In seiner Begleitung befanden sich die Damen und Herren der AUA-Stationsleitung, denen er nicht ohne Stolz diese neue Errungenschaft präsentieren wollte.

„Der große Raum war wochenlang leer gestanden", erinnert sich Lukas. „Eines Tages brachte ich also einen Plastikfußball mit, um mit den Kollegen in der kargen Freizeit Kleinraum-Hallenturniere veranstalten zu können."

Als der Chef nun die Tür zum Elysium der Mitarbeiter-Entspannung öffnete, traf ihn fast der Schlag: Der Fußboden war übersät mit den Gummisohlenabdrücken der Sportschuhe, an zwei gegenüberliegenden Wänden waren mit Bleistift Fußballtore eingezeichnet und an allen Wänden hatte der Plastikball Spuren hinterlassen. Vor den Augen der darob vermutlich ein wenig irritierten AUA-Stationsleitung klappte Pecos Bill wutentbrannt sein Taschenmesser auf und stach in den schönen Plastikball.

„Später konnten wir ihn dann durch die Glasscheibe zum Chefbüro beobachten, wie er den Ball mit Akribie in briefmarkengroße Stücke zerschnitt."

Als wenig später ein Kollege zu ihm ins Büro kam und ihn mit besorgter Miene fragte: „Kurtl, was machst denn da? Geht's dir eh gut?", kam die zornige Antwort: „Wenn man den Ball nicht atomisiert, dann picken die eam wieder zamm!"

Um mit den Loadsheets zu den Flugzeugen zu fahren, falls das notwendig war, hatte das Operations-Büro damals nur einen sogenannten „Ramp-Car", einen *VW Käfer 1305* zur Verfügung. Das zweite Fortbewegungsmittel war ein Dienstfahrrad. Es handelte sich dabei um ein robustes Steyr-Waffenrad, mit einem Gepäckkorb vorne für die Bordtasche mit den Dokumenten. Während heute dieser Klassiker bei Veloziped-Nostalgikern geradezu kultartig verehrt wird, wollte damals, in den 1970er-Jahren, kein Mensch mehr mit so einer „Kraxen“ fahren. Irgendwann einmal zwickte ein unbekannter Saboteur mehrere Speichen am Hinterrad durch, um das Dienstrad für alle Zeiten benutzungsuntauglich zu machen.

Eines wunderschönen Tages kam der erste Lufthansa-Jumbo, eine Boeing 747-100, auf seiner Demonstrationstournee auch nach Wien. Kaum stand das ehrfurchtgebietende Fluggerät majestätisch in seiner Parkposition, strömten auch schon Scharen von Flughafenbediensteten in und auf allen möglichen Vehikeln zum damals größten Jet der Welt. Alles, was Räder und einen Motor hatte, war längst in Bewegung gesetzt worden, als auch Pecos Bill das Verlangen verspürte, das riesige Wunderding aus der Nähe zu beäugen.

Lukas erinnert sich: „Da unser Chef keine Alternative vorfand, schwang er sich seufzend auf das Dienstrad. Er hatte es sicher jahrelang nicht benutzt und wusste offenbar auch nichts über dessen Zustand. Kaum hatte er sich mit seinen über 100 Kilo in den Sattel geschwungen und war losgestrampelt, verwandelte sich die Kreisform des Hinterrads in ein Oval. Daraufhin rissen auch die letzten Speichen. Unser Chef konnte gerade noch abspringen, dann fiel das Waffenrad um.“

Daraufhin hatte Pecos Bill seinen großen Auftritt: Hunderte Menschen auf der Zuschauergalerie applaudierten begeistert, als er wütend auf dem angeschlagenen Dienstfahrzeug herumsprang, um es vollends zu zerstören.

„Anschließend“, so Lukas, „schloss er sich schmollend und eine ganze Litanei von Flüchen gegen uns ausstoßend in seinem Büro ein. Das Dienstrad wurde zugunsten eines zweiten Ramp-Cars abgeschafft.“

Irgendwann wurde es Pecos Bill zu bunt. Er beschloss, als Erichs Sündenregister gleichzeitig mit seinen Haaren immer länger wurde, bei dem Mann zu intervenieren, vor dem Erich den größten Respekt hatte: bei seinem Vater. Der leitete damals noch immer für die Firma Universale die Großbaustelle Flughafen Wien und so sprach Erichs Chef im Baumeisterbüro vor.

„Er beschwerte sich über meine zahllosen Untaten und Streiche, über meine Disziplinlosigkeiten und meine viel zu langen Haare“, berichtet Lukas. „Schließlich wurde es meinem Vater zu blöd, sich das Gejammer über seinen missratenen Sohn anzuhören.“

Erich im Ramp-Car

Valentin Resetarits sah Pecos Bill in die Augen und sagte achselzuckend und ganz ruhig:

„Nau, dann haun S' ihn halt ausse!"

Erichs Chef starrte sein Gegenüber fassungslos an und sagte nach einer kleinen Pause:

„Bei der Arbeit ist er eine erstklassige Kraft. Den kann ich doch net rausschmeißen!"

„Nau dann halt net!", erwiderte der Baumeister und deutete mit einer unmissverständlichen Geste auf seinen Schreibtisch.

„Ja, ja, ich weiß schon, Sie sind auch im Stress!", erwiderte Pecos Bill. Und nachdem er entschuldigend gemeint hatte, er wolle nicht länger stören, verabschiedete er sich.

KARL SCHRANZ UND DIE SKI-NATION – EINE EMPÖRUNG

Als Schranz bei seiner Rückkehr am 8. Februar 1972 in Schwechat vom damaligen Sportminister Fred Sinowatz (SPÖ) sowie trotz einstündiger Verspätung von Tausenden Menschen empfangen wurde, bekam das Ganze spätestens dann Staatsempfangs-Charakter, als der Sportler in einer offenen Dienstlimousine nach Wien gefahren und dabei im Auto stehend von Tausenden Menschen bejubelt wurde. Sogar Schulklassen bekamen die letzte Stunde frei, um dem Ereignis beiwohnen und dem vom Balkon des Bundeskanzleramtes winkenden Sportler zujubeln zu können.

Die Presse, 28.01.2022

Am 8. Februar 1972 war ich froh darüber, dass ich zum Spätdienst auf meinem „Schleichweg" über den Freudenauer Winterhafen und Mannswörth zum Flughafen gefahren war. Ich wäre wohl eine gute Stunde zu spät gekommen, hätte ich für die Anfahrt nach Schwechat die Simmeringer Hauptstraße benutzt. Denn dort war am frühen Nachmittag schon der Teufel los, wie ich später erfuhr. Seit Tagen hatten die Zeitungen und vor allem der ORF getrommelt, dass dem tragischen heimischen Ski-Helden durch seinen Ausschluss vor Beginn der Olympischen Spiele in Sapporo unfassbares Unrecht widerfahren sei. Schlimmer noch: Der hinter dem Ausschluss stehende US-amerikanische IOC-Präsident Avery Brundage habe damit nicht nur „unseren Karli", sondern vielmehr ganz Österreich beleidigt und gedemütigt.

Als ich am Flughafen zu meinem Parkplatz fuhr, musste ich das im Schritttempo tun. Mein Wagen war eingekeilt von einer schreienden, kreischenden Menge von Ski-Patrioten, die dramatisch und voll Bitterkeit die Ungerechtigkeit der Welt beklagte. Als ich dann zu Fuß zu meiner Dienststelle ging, wurde ich, offenbar dank meiner Uniform, sofort als verbeamteter Vertreter unseres Opferstaates identifiziert und vielstimmig angesprochen:

„Des können uns mir nicht g'fallen lassen!"

„Da miassts IHR was dagegen machen!"

Ich bahnte mir mit angemessener Entschlossenheit meinen Weg durch die erregte Masse. Im Operations-Büro angekommen, fragte ich, was denn da los sei.

Die Antwort: Der Schranz sei gelandet und der Sicherheitsdienst habe Mühe, die zigtausend wehklagenden Jubelnden vom Vorfeld fernzuhalten.

Im Dienstwagen des Sportministers kam es dann zu einer Triumphfahrt über die Simmeringer Hauptstraße, den Schwarzenbergplatz und die Ringstraße bis zum Ballhausplatz. Die Straßen und Plätze säumten laut Schätzungen insgesamt 87 000 Slalomisten, Abfahrer und Riesentorläufer, von denen etliche stundenlang auf ihren tragischen Helden gewartet hatten. Der nahm stehend die Ovationen entgegen. Dies war möglich, weil man das Schiebedach des Wagens geöffnet hatte.

Dann musste Bruno Kreisky angeblich von mehreren Seiten dazu überredet werden, sich gemeinsam mit Schranz auf dem Balkon des Bundeskanzleramtes zu zeigen. Auch der Umjubelte soll sich eher zögerlich verhalten haben. Erst als der Kanzler ihn mit den barschen Worten „Gehen S' raus!" dazu aufforderte, trat er an die Brüstung des Balkons und winkte der auf 10 000 Personen geschätzten Jubelmenge zu.

Ich habe mich lange Zeit geweigert, mir die Filmaufnahmen davon anzusehen. Denn mir hat das damals aus mehreren Gründen Angst gemacht:

Ich werde immer nervös, wenn sich Individuen zu einer Masse formen und alle – angeblich oder tatsächlich – dasselbe denken. Entfaltete demokratische Gesellschaften leben von Widersprüchlichkeiten, Meinungsvielfalt und unterschiedlichen Interessen. Letztere gilt es auszugleichen – durch Kompromisse und Kooperationen. Konflikte sind durch Mehrheitsentscheidungen und unabhängige Gerichte zu lösen. Wer keine Parteien mehr kennt, sondern nur noch „Landsleute", der ist meist auch zu jeder Schandtat bereit.

Nationalismus und Chauvinismus waren mir immer ein Gräuel. Deshalb hat mir die in diesem Zusammenhang auch für mich gültige Selbsteinschätzung von Falter-Herausgeber Armin Thurnher gefallen, er sei ein „paradoxer Patriot". Auf mich bezogen bedeutet dieses „ein paradoxer Patriot sein", dass ich in Österreich und in der EU, also in dem Land und in dem Staatenbund, in dem ich lebe, für Sicherung und Ausweitung der Demokratie, für soziale Gerechtigkeit und für Freiheit eintrete. Und mein paradoxer Patriotismus verpflichtet mich dazu, frei zu sein von Nationalstolz und Überlegenheitsdünkel.

Übel finde ich es auch, wenn kollektive Feindbilder erzeugt werden. Avery Brundage wurde als solches benutzt. Dabei geschah durchaus Groteskes: Immer wieder hörte ich damals an diversen Wirtshaustischen, Brundage sei ein „Banker von der Ostküste" oder auch, er sei ein „jüdischer Whiskyhersteller". In Wirklichkeit war er ein Bauunternehmer, dem nicht erst in jüngster Zeit von US-amerikanischen Historikern bescheinigt wird, dass er Rassist gewesen sei. Und seine Schwärmereien für die Olympischen Spiele 1936 in Nazideutschland waren spätestens seit den 1950er-Jahren wiederholt kritisiert worden.

Aber ein „jüdischer Brundage" war damals offenbar für die Mehrheit der österreichischen „Ski-Nation" als Feindbild deutlich besser geeignet als ein Nazifan.

All das wären für mich schon ausreichend viele gute Gründe gewesen, Angst zu haben. Der Hauptgrund bestand aber darin, dass alle österreichischen Medien in dieser Causa gleichgeschaltet schienen. Gerd Bachers ORF gab in Hörfunk und Fernsehen als „größte Medienorgel des Landes" die Akkorde vor und die Printmedien spielten sie nach. Ton für Ton. Vom Boulevard bis zum wertkonservativen Qualitätsblatt musizierten alle in derselben Harmonie.

Mir klingt sie bis heute dissonant in den Ohren.

PS: Karl Schranz wurde die Teilnahme an den Olympischen Spielen in Sapporo verwehrt, weil er bei einem Benefiz-Fußballspiel ein „Leiberl" mit dem Werbeschriftzug einer Kaffeemarke getragen hatte. Dies widersprach nach Ansicht des Internationalen Olympischen Komitees (IOC) den damals geltenden Amateurregeln. Die heute lächerlich anmutende Entscheidung war auch schon damals umstritten.

RUND UM DIE ERDE IN 40 TAGEN

Als Loadsheet-Officer musste man eine ganze Reihe von Weiterbildungsprogrammen absolvieren. Darunter war auch ein sehr anspruchsvoller zweiwöchiger Kurs der Austrian Airlines mit dem schönen Titel *Advanced Handling and Dispatch* – was frei übersetzt bedeutet: „Verladung und Versand für Fortgeschrittene".

Der im Hotel „Esplanade" in Baden abgehaltene Lehrgang umfasste aber weit mehr, als sein Titel vermuten ließ: Unterrichtet wurden unter anderem nämlich auch Flugplan- und Streckenrechnung, Meteorologie, Navigation und Flugfunk.

„Dabei erhielten wir etwa 70 % der theoretischen Pilotenausbildung", erinnert sich Lukas und fügt hinzu: „Das ist mir zwei Jahrzehnte später bei meiner privaten Hubschrauberpiloten-Ausbildung sehr zugutegekommen."

Das erfolgreiche Absolvieren dieses Lehrgangs zog für Erich und seinen Kollegen Gustav Adler einen weiteren Kurs nach sich, der für beide zu einem der interessantesten Erlebnisse ihrer beruflichen Laufbahn im Dienste der Luftfahrt werden sollte.

Die Wiener Flughafenbetriebsgesellschaft, die damals eine enge Kooperation mit der australischen Airline Qantas pflegte, meldete die beiden jungen dynamischen Herren zu einem Kurs in Sydney an. Es handelte sich dabei um ein „Training for Supervisors", also eine Schulung für Führungskräfte.

„Dass ausgerechnet Gustl und ich dafür ausgewählt wurden, mag unseren Chef, Pecos Bill, wegen unserer Haartracht und unserem Sinn für speziellen Humor zwar in Erstaunen versetzt haben, nach außen aber trug er das Ganze mit stolzer Gelassenheit", meint Lukas. „Seine Burschen mochten nicht knigge-tauglich sein, als Fachkräfte hätten sie sich aber dank seines prägnanten Führungsstils hervorragend bewährt."

Die Schulung in Sidney sollte vier Wochen dauern. Die Hin- und Rückreisetickets wurden von Qantas zur Verfügung gestellt. Es handelte sich dabei um sogenannte *Service-One-Tickets*. Und der Inhaber eines solchen genoss „höchste Priorität". Das bedeutete, dass im Falle des Falles ein zahlender Passagier zugunsten eines *Service-One-Ticket*-Inhabers auf seinen Platz in der Maschine verzichten musste, auch wenn er vor diesem eingecheckt hatte.

Außerdem gab es damals eine rechtliche Bestimmung, nach der Flughafenbedienstete im Falle einer Dienstreise Anspruch auf einen Direktflug zu ihrem Zielflughafen hatten.

Nun waren damals Direktflüge von Wien nach Sydney dünn gesät. Und es lag naturgemäß nicht im Interesse einer Airline, die Flüge von zahlenden Fluggästen zu verschieben, weil gratis fliegende *Service-One-Ticket*-Passagiere auf ihrem Direktflug-Privileg bestanden.

Also gab es dazu eine Alternative: Wer bei Hin- und Rückflug bereit war, Umwege in Kauf zu nehmen, dem wurden Tagesdiäten für bis zu zwölf weitere Tage bezahlt. Gratiszusatzübernachtungen gab's zwar nicht, aber viele Hotels hatten damals günstige Angebote für Airline- oder Flughafenangestellte.

Dazu kam, dass man bei diesen „Umweg-Flügen" auch die Fluglinie auswählen konnte – zum Beispiel nach dem Speisenmenüangebot. Denn das *Service-One-Ticket* war nicht nur bei jener Fluglinie gültig, die es ausgestellt hatte, sondern auch bei vielen anderen.

Zum Thema „Bestehen wir auf unserem Direktflug oder machen wir doch lieber Umweg-Flüge bei unserer Hin- und Rückreise" entspann sich zwischen Gustav und Erich ein Dialog:

„Eigentlich ist so ein Direktflug ja anstrengend."

„Furchtbar anstrengend."

„Und wirklich direkt geht's eh nicht."

„Genau! Mindestens eine Zwischenlandung muss sowieso sein."

„Außerdem: Wir hätten ja a furchtbar schlechts Gewissen, wenn a wichtiger Geschäftsmann wegen uns aus 'm Flieger rausmüsst!"

„Oder gar *zwei* wichtige Geschäftsleute!"

„Furchtbar!"

„Das G'scheiteste ist: Wir fliegen ein paar Tage vor Kursbeginn nicht gleich nach Australien!"

„Genau. Und hinten nach dann auch nicht gleich wieder direkt z'rück nach Wien."

„Genau! Dieses Opfer bring ma."

„Zwölf Tage hamma insgesamt Zeit – jetzt müss ma uns nur noch a interessante Reiseroute für den Hinflug zurechtlegen."
„Und eine entspannende für den Rückflug."

WIEN – LONDON – SAN FRANCISCO

Gesagt, getan.

Das erste Zwischenziel, das die beiden Herren anpeilten, ist zwar von Australien ziemlich weit entfernt, hat aber immerhin dasselbe Staatsoberhaupt: Die AUA brachte Gustl und Erich von Wien nach London-Heathrow.

Dort galt es, eine Nacht und einen Tag zu verbringen, was den beiden gut gelang. Sie fanden in Soho einen Beatclub mit einer wirklich guten Rockband und moderaten Preisen, die das enge Budget der beiden Globetrotter nicht allzu sehr belasteten. Für die paar verbleibenden Stunden sparte man das Hotel ein und schlummerte auf den komfortablen Sitzen in der Abflughalle.

„Damals gab es in Heathrow ein Riesenangebot für Flüge nach New York: Innerhalb von zwei Stunden standen sechs Abflüge auf dem Plan", erinnert sich Lukas. „Wir nahmen Qantas. Die boten drei Menüs zu Auswahl in der Economyclass an. Ein unschlagbares Verkaufsargument! Außerdem konnten wir nach der Zwischenlandung in New York, wo auch die Einreiseformalitäten zu erledigen waren, mit derselben Maschine nach San Francisco weiterfliegen. Dort angekommen, suchten wir uns ein Hotel, das die schon erwähnten günstigen ‚Airliner-Tarife' anbot", fährt Lukas fort. „Wir fanden eines in der Nähe der Market Street. Es war nicht unbedingt eine Luxusbleibe, aber der Betreiber war sehr um Hygiene bemüht: Täglich rückte eine Schwadron Kammerjäger mit Giftsprühgeräten aus, um Kakerlaken auszuschalten. Diese hatten sich hinter den Sesselleisten rund um den Kunststoffspannteppich verschanzt. So wie der ausschaute, hatte man ihn offenbar aus der Ike-Eisenhower-Ära in die Tricky-Dickie-Nixon-Jahre herübergerettet."

Die Market Street trennte damals das gutbürgerliche San Francisco im Norden von den Slums im Süden. „South of Market", wie dieser Stadtteil heißt, gilt seit den 2000er-Jahren im US-amerikanischen Sinn als „saniert", weil sich dort in den letzten 20 Jahren eine ganze Reihe von sogenannten „Dotcom-Unternehmen" angesiedelt hat – darunter *Dropbox, Twitter, Airbnb* und *Uber*, um nur einige zu nennen. Für die damals jungen Unternehmen war dies sehr attraktiv: Sie kamen um relativ wenig Geld zu einer Weltstadtadresse, weil hier die Grundstückspreise deutlich niedriger waren als in anderen Stadtteilen San Franciscos. Inzwischen sind sie deutlich gestiegen und mit ihnen auch die Zahl der *homeless people* – der Obdachlosen.

Gustav und Erich fuhren im legendären „Cablecar" durch die Stadt. Das war deutlich billiger als mit Taxi oder Leihwagen. Außerdem war diese Art der innerstädtischen Fortbewegung für den Straßenbahnfan Erich ohnehin ein Muss.

Man genoss die Sehenswürdigkeiten der Stadt: den Central Park, die Golden-Gate-Bridge, Chinatown und den Fernblick auf Alcatraz. In diesem Hochsicherheitsgefängnis hatte Al Capone in den 1930er-Jahren seine Haftstrafe für Steuerhinterziehung abgesessen, ehe er wegen guter Führung nach acht Jahren vorzeitig entlassen wurde.

„Natürlich besuchten wir auch den legendären ‚Fisherman's Wharf', den ‚Kai der Fischer'", erzählt Lukas. „Dort beobachteten wir die Seelöwen und Robben am Pier 39 und besichtigten die Barclutha."

Die Barclutha ist ein 1886 in Schottland gebautes Segelschiff aus Stahl.

Essen gingen die beiden jungen Herren in jene Steakhouses, die ihre „Flank-Steaks" noch nach guter alter Forty-niners-Goldsuchertradition zubereiteten: Die Steaks waren im Kern noch blutig, dafür aber an den Rändern vom

Erich am Steuerrad der „Barclutha"

glühenden Rost ordentlich verbrannt. Das Ganze kostete – inklusive French fries – genau das, was es wert war, also sehr wenig.

„Eine weitere Okkasion konnten wir uns natürlich auch nicht entgehen lassen", berichtet Lukas. „Das war ein Kino, das statt der ansonsten weitverbreiteten *Double Features* um nur einen Dollar sogar ein *Triple Feature* anbot, also drei Filme hintereinander. Den Titel des ersten Filmes hab' ich gottlob verdrängt – er wäre in die Kategorie C-Movie gefallen, wenn es eine solche gäbe. Der zweite war ein solides B-Movie von Roger Corman, dem Großmeister dieser Kategorie. Der Titel des Filmes war *Machine-Gun Kelly* und lief im deutschsprachigen Raum unter dem etwas milderen Titel *Revolver Kelly*. Er stammt aus dem Jahr 1958 und war der erste Film, in dem Charles Bronson die Hauptrolle spielte. Der dritte Film war ein damals aktuelles Werk – *The Lady Sings the Blues*, nach der Autobiografie der Jazzsängerin Billie Holiday, die im Film von der 28-jährigen Diana Ross verkörpert wird."

Das Wetter in Frisco war übrigens angenehm mild. Glücklicherweise war es ja erst März und somit der Sommer noch weit entfernt. Denn was sagte in diesem Zusammenhang der große US-amerikanische Schriftsteller Mark Twain?

„The coldest winter I ever spent was a summer in San Francisco." Auf Deutsch in etwa:

„Der kälteste Winter, den ich je erlebt habe, war ein Sommer in San Francisco."

Literaturwissenschaftlerinnen sind sich heute gemeinsam mit ihren männlichen Kollegen aus aller Damen und Herren Länder inzwischen darüber einig, dass dieses Zitat *nicht* von dem von uns beiden höchst geschätzten Herrn Twain stammt.

Von wem es ist, das wissen sie aber nicht.

Ja, das ist das Tragische an der modernen Wissenschaft: Sie weiß genau, was falsch ist. Aber nicht, was richtig ist.

SAN FRANCISCO – HONOLULU

Von San Francisco ging es weiter nach Hawaii.

„Als wir nach einem knapp sechsstündigen Flug mitten in der Nacht am Honolulu-Airport aus der Qantas-Maschine stiegen, warf uns die dort noch immer herrschende tropische Hitze in enger Kooperation mit der enormen

Luftfeuchtigkeit beinahe zu Boden", erinnert sich Lukas schaudernd. „Doch im Ankunftsbereich leistete die Klimaanlage ganze Arbeit. Wir fühlten uns binnen Kurzem so, als seien wir soeben in Nowosibirsk gelandet. Nun galt es, möglichst rasch in die Stadt und zu unserem Hotel zu kommen. Und natürlich auch möglichst kostengünstig. Wir waren offenbar nicht die Einzigen, die das im Sinn hatten."

Denn als Gustav und Erich aus dem Airport-Gebäude zum Taxistandplatz kamen, sahen sie, wie drei junge Damen wild gestikulierend mit einem Taxifahrer über den Fahrpreis verhandelten.

„Als die drei uns sahen, winkten sie uns sofort heran. Der Fahrer erklärte uns, die drei würden sich wahnsinnig freuen, wenn wir mit ins Taxi kämen, denn zwei Plätze seien noch frei. Wir ließen uns das natürlich nicht zweimal sagen", erzählt Lukas. „Während der Fahrt erklärte uns eine der drei Damen, dass sie sehr sparsam seien und auch Sparsamkeit bei anderen Menschen zu schätzen wüssten. Wenn wir also ein Bedürfnis nach Liebesdienstleistungen ihrerseits haben sollten, so würden sie uns bei der Erbringung derselben nach diesem netten Kennenlernen selbstverständlich preislich entgegenkommen. Wir lehnten dankend ab."

Der Taxifahrer fuhr dann die beiden Globetrotter direkt zu ihrem Hotel. Das „Queen Kapiolani" liegt gleich neben dem Zoo von Honolulu, was in den nächsten vier Tagen für eine spannende tierische Geräuschkulisse sorgen sollte. Der zoologisch interessierte Erich fand das durchaus reizvoll, Gustls Freude hielt sich dagegen in Grenzen. Was allerdings beide gut fanden, war die Nähe des Hotels zum weltberühmten Strand von Honolulu, dem Waikiki Beach.

Auch das Preis-Leistungs-Verhältnis des Hotels war für beide mehr als okay: Der Beherbergungsbetrieb entsprach mit seinem Komfort und Serviceangebot durchaus seiner Vier-Sterne-Kategorie, dank des „Airliner-Bonus" zahlten Gustav und Erich aber nur einen Drei-Sterne-Tarif.

Nachdem die beiden ihre Zimmer bezogen hatten, graute bereits der Morgen. Sie beschlossen, ihren Jetlag nicht im Hotel, sondern am nahen Strand „wegzuschlafen". Nachdem sie sich dort in den gepflegten grünen Rasen gelegt hatten, sahen sie am Himmel eine Jumbo-Luftflotte im Landeanflug.

„Schau, das sind lauter Japaner!", sagte Erich.

„Ah ja – JAL – Japan Airlines", erwiderte Gustl. „Was glaubst, wird das?"

„Pearl Harbour zwei", meinte Lukas und beide lachten.

„Aber nein. Das wird eine ganz lockere, sympathische, friedliche Urlaubsinvasion!"

Gustav sprach's, drehte sich auf den Bauch und schlief ein. Erich folgte seinem Beispiel.

Das Wetter war angenehm, denn der Himmel war bedeckt und ein kühlender Wind wehte vom Meer her.

„Da wir nicht der direkten Sonnenstrahlung ausgesetzt waren, hatten wir keine Angst, während des Schlafens einen Sonnenbrand zu bekommen", erzählt Lukas. „Am nächsten Morgen, als wir uns gegenseitig buchstäblich die Haut vom Rücken abziehen konnten, wurden wir eines Schlechteren belehrt. Im Hotel klärte man uns über die Ursache auf: Der sogenannte *windburn*, so erfuhren wir, sei hier weit gefährlicher als der *sunburn*."

Mit schmerzverzerrtem Gesicht sitzen die beiden dann bei einem opulenten Hotelfrühstück.

„Es wird *doch* keine friedliche Invasion!", sagt Gustav. Dabei deutet er auf eine Gruppe japanischer Urlauberinnen und Urlauber, die soeben den Breakfast Room betritt. Also – „betritt" ist eigentlich nicht das richtige Wort. Auch „Gruppe" trifft den Eindruck nicht ganz, den die beiden Weltreisenden bei diesem Anblick haben.

Probieren wir's anders:

Ein *Bataillon* von Japanern beiderlei Geschlechts *marschiert* in undurchdringlichen Zweierreihen in den Frühstücksraum ein. Alle folgen einer Fahne, die ein Führer trägt. Zum Glück singen sie nicht.

„Es ist jedenfalls gottlob nicht die Fahne des japanischen Kaiserreiches!", sagt Erich leise zu Gustl.

„Wahrscheinlich eine Firmenfahne – Toyota, Honda, Mitsubishi – irgend so was", flüstert Gustav zurück.

Spätere Recherchen bestätigten diese Vermutung. Damals war es in Japan Usus, mit denselben Leuten, mit denen man jahraus, jahrein seine Arbeitszeit verbrachte, auch in den Urlaub zu fliegen.

„So gesehen sind wir zwa eigentlich auch Japaner!", meint Gustav.

„Blödsinn!", entgegnet Erich. „Wir sind da net auf Urlaub, sondern auf der Anreise zu einem Firmenkurs!"

„Natürlich, ja!", erwidert Gustav. „Komisch, dass ich das immer wieder vergess!"

Den Tag verbrachten die beiden bei einem Strand- und Stadtbummel, allerdings diesmal doppelt geschützt vor den Tücken der Sonne und des Windes: einerseits durch ein Hemd über dem verbrannten Rücken, andererseits durch eine Schicht von Heil- und Wundsalben, die dick auf den betroffenen Stellen aufgetragen wurden. Am Abend widmete man sich der Lokalforschung.

„Dabei entdeckten wir eine nette Bar, in der Livemusik geboten wurde", erzählt Lukas. „Vom Ambiente her erinnerte sie etwas an das ‚Hard Rock Café', das es damals zwar schon in Frisco, nicht aber in Honolulu gab. Den Namen habe ich blöderweise vergessen. Wurscht. Nennen wir sie einfach ‚Honolulu-Hard-Rock-Bar'. Hard Rock war auch die Musik, die dort gespielt wurde."

Als die beiden Herren aus der „Honolulu-Hard-Rock-Bar" selbstverständlich sturznüchtern zurückkehrten, fiel ihr noch immer erstaunlich waches Auge auf ein spannendes Artefakt in der menschenleeren Hotellobby. Es handelte sich dabei um eine riesige grüne Schultafel. Sie war – offensichtlich von einer kalligrafisch exzellent ausgebildeten Person – mit japanischen Schriftzeichen vollgeschrieben worden.

„Das Tagesprogramm für morgen – ah – für heute!", korrigiert sich Erich, nachdem er auf seine Uhr geschaut hat.

„Vielleicht aber auch ein Angriffsplan", erwidert Gustav.

Erich nickt. Dann sagt er:

„Warst du eigentlich jemals Tafelordner in der Schul?"

„Ja. Der beste. Weltweit."

„Kann net sein. Maximal der zweitbeste. Weil – die *number one* steht vor dir."

Der Disput ist rasch beendet. Man hat ja Wichtigeres zu tun. Einige routinierte Wisch-und-Weg-Bewegungen der beiden weltbesten ehemaligen Tafelordner – und schon erstrahlt die Tafelfläche in jungfräulichem Grün.

Die beiden Übeltäter stellen grinsend ihre Wecker, um am nächsten Morgen nur ja nicht das Desaster zu versäumen, das ihrer Übeltat zwangsläufig folgen muss.

Wir wollen den Mantel des Schweigens darüberbreiten. Nur so viel sei gesagt: Für kurze Zeit herrschte Verwirrung und Verzweiflung unter den Kindern Nippons, doch schon bald kehrte wieder eitel Wonne ein. Denn der Reiseleiter mit der Fahne hatte einen Plan B vorbereitet: Das Tagesprogramm wurde auf Zetteln oder, wie man das heutzutage auf Neudeutsch sagen würde, auf *Handouts* an die Urlauber verteilt und damit wiederum ein seliges Lächeln in die kurzzeitig traurigen Gesichter gezaubert.

Erich wusste aber natürlich als katholisch Sozialisierter, dass auf seinen Bubenstreich zwangsläufig – wie das Amen im Gebet – die Strafe Gottes folgen würde.

Und er musste nicht allzu lange darauf warten.

Für diesen Tag hatten sich die beiden Hobbygeografen die Erkundung der Insel O'ahu vorgenommen. Hier liegen nicht nur die Hauptstadt Honolulu und der geschichtsträchtige Hafen Pearl Harbour, hier lebt auch mehr als eine Million Menschen. Das sind circa 75 Prozent der Einwohner des hawaiischen Archipels, der am 17. April 1898 von den USA annektiert wurde. 1959 wurde die Inselgruppe dann der 50. Bundesstaat.

„Für die Entdeckungsreise hatten wir uns einen *Mini-Moke* gemietet, einen auf Strandfahrzeug umgerüsteten *Austin-Mini*", berichtet Lukas. „Dieses Fahrzeug wurde bereits in den 1960er-Jahren von *Austin-Mini*-Konstrukteur Alec Issigonis entwickelt. Und wird in Kürze übrigens wieder in einer von Designer Michael Young überarbeiteten Neuauflage von der britischen Firma *Fablink* auf den Markt gebracht."

Gustl und Erich besichtigten unter anderem den *Waimea Falls Park*, einen botanischen Garten mit dem einzigen leicht erreichbaren Wasserfall der Insel, und an der Ostküste den *Lanikai Strand*. Dieser wurde 15 Jahre später von *National Geographic* zum fünftschönsten Strand der Welt gewählt.

„Unsere Aufmerksamkeit aber erregte Makapu'u-Beach", erzählt Lukas. „Der Strand machte damals einen verlassenen Eindruck, der durch einen halb verfallenen Lebensretter-Turm noch unterstrichen wurde. Mich hat die mächtige Brandung fasziniert. Da ich kein geübter Schwimmer bin, wollte ich die Brandung gewissermaßen als ‚Rücktransportmittel' nutzen. Ich dachte, diese Riesenwelle würde mich, ohne dass ich mich anstrengen muss, zurück ans Ufer bringen."

Weit gefehlt! Die Welle wirbelte Erich mit großer Sogwirkung nach unten bis auf den Grund, wo er sich eine Mundvoll Sand holte. Er war von Panik erfüllt, und die Angst zu ertrinken blockierte alle anderen Gedanken. Doch glücklicherweise bekam Freund Gustav ihn bei rücklaufender See an den Haaren zu fassen und „er zog mich dankenswerterweise wie einen toten Hund aus dem Wasser".

An dieser Stelle sei angemerkt, dass Makapu'u-Beach inzwischen ein Nationalpark ist und der verfallene Lebensretter-Turm längst wieder trefflich restauriert sein muss. Denn neben einem „free parking lot" wird der Park unter anderem auch noch mit einem „lifeguard on duty" beworben.

Wenn die eigenen Schwimmfähigkeiten bereits in den Wogen des Neusiedlersees an Grenzen stoßen, sollte man das Schwimmen dort aber lieber sein lassen.

Denn:

We only recommend swimming at Makapu'u Beach for powerful swimmers. Be prepared to fight some strong waves to stay afloat.

In etwa auf Deutsch:

Wir empfehlen das Schwimmen vor Makapu'u Beach nur sehr guten Schwimmern. Rechnen Sie damit, dass Sie gegen starke Wellen ankämpfen müssen, um sich über Wasser zu halten.

Nach diesem aufregenden Tag fanden sich die beiden Abenteuer-Urlauber wieder in der „Honolulu-Hard-Rock-Bar" ein. Dort spielte eine großartige Liveband. Und als diese eine Spielpause machte, erzählten Gustav und Erich bei einem Drink einer interessierten Zuhörerschaft von dem Erlebnis ihrer Rundreise, das sie am meisten beeindruckt hatte.

„Jill, die Frau hinter der Bar, meinte, dass wir großes Glück gehabt hätten", erzählt Lukas. „Denn die Brandung habe dort schon oft Menschen unter Wasser vom Land weggezogen. Und wenn sie dann nach oben kamen, die vorgelagerten Felsen sahen und zu diesen hinschwammen, wurden selbst gute Schwimmer neuerlich von der Strömung erfasst und an den Felsen vorbei in den sicheren Tod getrieben."

Der Kellner Jack ergänzte die Geschichte, indem er meinte, neben den tödlichen Strömungsverhältnissen zeichne sich das Meer vor Makapu'u-Beach auch noch dadurch aus, dass dort besonders aggressive Haie lauerten.

Nach der Sperrstunde luden uns Jill und Jack in ihr gemeinsames Apartment ein. Dort wurde dann noch ein bisschen gefeiert – und zwar bis zum „Abwinken", wie man das heutzutage vom Kitzloch bis zum Ballermann so schön zu formulieren pflegt.

Irgendwann hatten Gustav und Erich darauf „vergessen", ins Hotel zurückzufahren.

Und so wurden sie am nächsten Tag im Apartment von Jill und Jack von einer ihnen unbekannten Dame geweckt. Sie war stark geschminkt, hatte eine riesige Oberweite, war gekleidet wie ein Vamp und stakte in High Heels auf die beiden zu.

„Als er zu reden begann, war uns klar: Das ist Jack. Er war offenbar ein Transvestit oder, wie man heute korrekt sagen muss, ein Crossdresser", erzählt Lukas. „Jack erklärte uns, dass Jill schon vor gut einer Stunde einkaufen gegangen sei. Und er lud uns ein, ihn in die City zu einem Frühstück in einem typisch italienischen Café zu begleiten. Das taten wir dann auch. Zum Abschied meinte er: ‚I want you to remember me as the *Plastic-Fantastic*!'"

HONOLULU – SYDNEY

Nach vier Tagen Hawaii und einem langen Flug inklusive Zwischenlandung auf den Fidschi-Inseln begann der knallharte Ernst des Lebens.

„Unser durchaus ordentliches Hotel lag in *Kings Cross*. Dieser Stadtteil liegt am östlichen Rand des Zentrums von Sydney“, erzählt Lukas. „Kings Cross war damals wie heute das Rotlichtviertel der Stadt, gilt aber trotzdem laut *Wikipedia* als sehr sichere Gegend. Für damals kann ich das bestätigen. Als wir am Tag unserer Ankunft, dem letzten vor unserer vierwöchigen Intensivausbildung, das Viertel erkundeten, wurden wir kein einziges Mal angepöbelt. Nicht einmal wegen unserer langen Haare.“

Der Qantas-Kurs fand in einem Seminarraum am Sydney-Airport statt. Die nur acht Teilnehmer waren offenbar „handverlesen“: Zwei kamen aus Australien, jeweils einer aus Los Angeles, von den Philippinen und aus Hawaii und drei aus dem fernen Europa: einer aus Rom und zwei aus Wien.

„Die Arbeitswoche von Montag bis Freitag war enorm anstrengend. Man fiel abends todmüde ins Bett, ratterte im Halbschlaf alles durch, was man tagsüber gelernt hatte, träumte danach davon und stand am nächsten Morgen geschlaucht wieder auf“, weiß Lukas zu berichten. „An den Wochenenden war aber immer viel los. Es gab gemeinsame Ausflüge – mit den Kurskollegen und auch mit den Vortragenden.“

Einmal besuchte man gemeinsam ein Weinlesefest plus Weinverkostung im *Hunter Valley* – neben dem *Barossa Valley* das wichtigste Weinanbaugebiet Australiens. Bekannt ist es vor allem für seine Syrah- und Sémillonweine. Die über 100 Weinkeller locken alljährlich 2,5 Millionen Touristen an.

Erich gelang es, die ausschenkenden Winzer davon zu überzeugen, dass es in Österreich eine uralte Tradition gäbe: Die bestünde darin, bei Weinverkostungen nicht in Sechzehntel-, sondern in Achtelgläsern auszuschenken, die der Verkoster dann zügig zu leeren habe.

Im Verein mit seinem Bierkonsum im bald zum Stammlokal der Studiosi avancierten „Elephants and Castles“ brachte ihm seine Weintrinkleistung bald die Verleihung des Ehrentitels „Austrian Drinking Machine“ ein.

Wer von den Kollegen oder Konkurrenten damit gerechnet hatte, dass Erichs Trinkstärke seine Kursleistungen schmälern werde, der wurde bitter enttäuscht: Erich erhielt die Bestnote. Und Brian, einer der Lehrkräfte von Qantas, lud ihn ein, noch zwei Tage länger zu bleiben. Man wolle mit ihm noch etwas besprechen.

Gustl lachte, als er das hörte.

„Die wollen dir ein Angebot machen, das du nicht ablehnen kannst!", sagte er.

Offensichtlich hatte er den Film *Der Pate* gesehen, der im Jahr davor in den Kinos angelaufen war.

„Blödsinn!", sagte Erich.

Dann vereinbarten die beiden Freunde, einander in drei Tagen am Flughafen von Hongkong zu treffen.

Gustl sollte recht behalten. Die Herren von Qantas boten Erich eine Anstellung an – allerdings nicht in Europa, sondern hier, in Sydney.

„Ich war natürlich komplett von den Socken", meint Lukas heute dazu, „und gleich darauf in einem Riesendilemma. In diesem Supervisor-Job würde ich von Anfang an mehr Geld verdienen, als ich jetzt am Flughafen Wien bekam. Die mittel- und langfristigen Aufstiegsmöglichkeiten waren in Sydney auch unvergleichlich größer. Dazu kam, dass sich Australien, im Gegensatz zu heute, als echtes Einwandererland verstand. Die Rahmenbedingungen für einen radikalen Ortswechsel von der nördlichen in die südliche Hemisphäre waren also durchaus verlockend. Wäre ich für mich allein verantwortlich gewesen, hätte ich vermutlich gleich zugesagt. Das war ich aber nicht. Ich war verheiratet, ich hatte eine kleine Tochter und bald würde die ein Geschwisterl bekommen. Ich sagte also, dass ich ein paar Wochen Bedenkzeit bräuchte."

Die Herren von Qantas hatten dafür Verständnis. Man einigte sich darauf, dass Erich in spätestens einem Monat seine Entscheidung bekannt geben würde.

SYDNEY – HONGKONG – BANGKOK – LONDON – WIEN

Kai Tak, der damalige Flughafen von Hongkong, war bei Piloten in aller Welt gefürchtet. Am 6. Juli 1998 wurde Kai Tak geschlossen. Er lag mitten im urbanen Gebiet, auf der Halbinsel Kowloon, nördlich von Hongkong-Island. Kowloon war damals der am dichtesten besiedelte Stadtteil von Hongkong und ist das auch heute noch.

Außerdem konnte das ILS, das Instrumentenlandesystem, aufgrund topografischer und meteorologischer Gegebenheiten auf dem Kai Tak häufig nicht angewendet werden.

„Mit Qantas war die Landung kein Problem!", erzählt Lukas. „Wir rollten zu unserer Parking-Position an mehreren Flugzeugwracks vorbei, was einige

Ein Flugzeug nähert sich dem Kai-Tak-Airport

Mitreisende veranlasste, sich zu bekreuzigen oder kurze Dankgebete zu murmeln."

In der Ankunftshalle wartete bereits Gustav auf ihn und fröstelte. Erich schloss sich ihm an, denn die Klimaanlage war auf geschätzte 15 Grad Celsius eingestellt.

„Auf dem Weg nach draußen wurde ich noch im Flughafengebäude ambulant von drei Schneidern penibel vermessen, die mir einen Anzug nach Maß innerhalb von 24 Stunden versprachen", erzählt Lukas. „Nachdem ich den Meistern der lokalen Haute Couture erfolgreich entronnen war, lotste mich Gustl zum Öffi-Bus, der uns ziemlich genau vor unser Hotel brachte, das in demselben Distrikt lag wie der Flughafen."

Die beiden hatten sich auf Anraten von anderen Kurskollegen für Hongkong diesmal ein Hotel ausgesucht, das in erster Linie von Gästen aus Asien gebucht wurde – denn die legen Wert auf *kostengünstig und sauber*.

„Blitzsauber und erschwinglich, das war unser Hotel dann auch", erinnert sich Lukas. „Andere Features waren aber nicht so ganz nach unserem Geschmack. Das Zweibettzimmer hatte die Größe eines Speisekammerls. Dafür hatte – um im Bild zu bleiben – die Aircondition das Ausmaß einer Tiefkühltruhe für einen Acht-Personen-Haushalt. Und sie sorgte auch erfolgreich für eine Raumtemperatur, die einen Polarforscher in voller Montur zum Frösteln gebracht hätte."

Gustl, der ja schon vor zwei Tagen in dem Hotel eingecheckt hatte, war bereits schwer verkühlt. Er erklärte Erich zwischen zwei Bronchialhustenanfällen:

„Bitte die Klimaanlag' immer nur beim Verlassen des Zimmers aufdrehen. Dann nach Wiederbetreten ***sofort abschalten***! Sonst sterb'n ma alle zwei da noch an Lungenentzündung. Und wer will schon in Hongkong sterben?"

„G'scheiter als in Bangkok!", erwiderte Erich. „Denn wennsd in Bangkok stirbst, dann hast nur a schlechte Nachred'!"

Kurze Erklärung für Leserinnen und Leser, denen die Gnade der späten Geburt zuteilwurde: Flugzeuge, die damals die Destination Bangkok anflogen, wurden gerne „Tripper-Clipper" genannt.

Hongkong war jeden Tag 24 Stunden lang eine brodelnde Metropole. Der Stadtteil Kowloon bildete dabei keine Ausnahme – ganz im Gegenteil.

„Aus diesem Grund", erzählt Lukas, „wurden wir vom Hotelportier in das Geheimnis eingeweiht, wie man die achtspurige Nathan Road ohne anschließenden Krankenhausaufenthalt überquert: Man kann einfach losgehen, ABER: Man muss bei der Straßenüberquerung immer präzise die Geschwindigkeit beibehalten. Denn nur dann können sich die Autofahrer auf den querenden Fußgänger einstellen und ohne lästige Bremsmanöver vor und hinter ihm vorbeirasen. Jede Verzögerung oder Beschleunigung des Straßenüberquerungs-Schrittes zöge letale Folgen nach sich, weil sie ja von den motorisierten Straßenkameraden nicht antizipiert werden könne. Wir hielten uns an diese Anweisung und waren bei jeder Überquerung der Nathan Road einem mittleren Nervenzusammenbruch nahe, aber ansonsten ging immer alles gut."

Blick auf Kowloon mit dem Flughafen Kai Tak

Es gab damals zwischen Kowloon und dem Stadtzentrum, das auf der Insel Hongkong liegt, noch keinen Tunnel, sondern nur eine Fähre. Diese sogenannte Star Ferry, die damals im Minutentakt mit Tausenden Passagieren fuhr und zwei Passagierklassen hatte, verkehrt als Touristenattraktion noch immer. Gustav und Erich benutzten sie damals, um nach der Überfahrt das von beeindruckenden Wolkenkratzern dominierte Stadtzentrum auf Hongkong-Island zu erkunden. „Diese Entdeckungsreise machten wir mit der Straßenbahn", erzählt Lukas. „Die heißt dort ‚Ding Ding' und bei uns daheim in Wien bekanntlich ‚Bim'. Die Hongkonger haben offenbar ein ähnliches onomatopoetisches Verhältnis zur Tramway wie wir Wiener."

Erich als Passagier in einer kleinen Fischerdschunke vor Aberdeen/Hongkong

Am meisten beeindruckt hat Erich aber bei seinem Kurzaufenthalt in Hongkong nicht das Zentrum, sondern Kowloon, und hier besonders die „Walled City", der ummauerte Stadtteil im Stadtteil.

„Wie waren zweimal dort – einmal am frühen Morgen und einmal am Vormittag," erinnert sich Lukas. „Am Abend haben wir das Viertel gemieden. Es war damals das Zentrum von illegaler Prostitution und Drogenhandel. Beide ‚Geschäftsbereiche' wurden von den Triaden kontrolliert. Das sind kriminelle Vereinigungen, deren Zeichen ein roter Drache ist und die im Westen meist als Chinesische Mafia bezeichnet werden."

Untertags gab es in der Walled City zahlreiche mehr oder weniger legale Läden; dort wirkten etwa Zahnärzte ohne Lizenz, die Maßhemden- und Maßanzugsschneider, von denen Erich einige schon am Flughafen kennengelernt hatte, und natürlich garantiert staatlich nicht geprüfte Propheten, die einem um einen Hongkong-Dollar die Zukunft vorhersagten.

Dazu Lukas: „In einem schmalen Gässchen residierten die Wahrsager. Ich konsultierte einen und er sagte mir nicht nur die Zukunft voraus, sondern legte mir das Horoskop dazu auch noch in schriftlicher Form vor. Ich verstand zwar kein Wort und konnte auch die Schriftzeichen nicht lesen, ging aber davon aus, dass mir der Prophet ausschließlich Positives geweissagt hatte. Zum einen, weil er lächelte und mir aufmunternd auf die Schultern klopfte, zum anderen, weil am nächsten Abend Positives passierte: Gustl und ich gingen in eine Straßenküche essen und haben das problemlos überlebt."

Kurze Ergänzung zur Walled City: Nach dem Zweiten Weltkrieg fanden in dieser ehemaligen Festung viele Emigranten aus der chinesischen Volksrepublik Zuflucht und leistbare Wohnungen. Diese waren im Durchschnitt nur 20 m^2 groß und oft von ganzen Familien bewohnt. Die Qualität der Bauwerke war denkbar schlecht.

1987 wurde die Räumung des Viertels eingeleitet, bis 1994 war die gesamte Walled City abgerissen und anstelle der Festungsstadt ein Park angelegt.

Nach drei Tagen in Hongkong ging es weiter nach Bangkok, wo Erich und Gustl in einem billigen Vorstadthotel eincheckten. Durch die Stadt bewegte man sich nun nicht in der „Ding Ding", sondern im „Tuk Tuk". So werden die motorisierten Rikschas wegen des Geräusches ihrer Zweitaktmotoren genannt.

„Der Verkehr in der Innenstadt war mörderisch", erinnert sich Lukas. „Wenn man sich als Fahrgast in einem Tuk Tuk durch die überfüllten Straßen staute, hatte man gute Chancen, eine Kohlenmonoxid-Vergiftung zu bekommen."

Dazu kam noch eine beträchtliche Kreislaufbelastung durch die tropische Hitze und Luftfeuchtigkeit.

„Wir brauchen schnell einen gut klimatisierten Raum!", sagte Gustl schwer atmend beim Stadtbummel. „Denn wer will schon in Bangkok sterben?"

Da sich genauso wie die Reise auch die mitgeführte Barschaft der beiden Herren ihrem Ende zuneigte, entschloss man sich, das Angenehme mit dem Nützlichen zu verbinden.

„Wir suchten zur Abkühlung eine Bank auf, wo die Aircondition auf die uns schon vertrauten 12 bis 15 Grad Celsius eingestellt war und die Luftverschmutzung sich in Grenzen hielt", weiß Lukas zu berichten. „Als ich aber versuchte, meinen letzten Hundert-Schilling-Schein in die Landeswährung Bath umzuwechseln, zeigte das Security-System des Geldinstituts, was es draufhatte: Angesichts des verdächtigen Geldscheines schnappten sämtliche Sicherheitsschlösser sämtlicher Sicherheitstüren wie von Geisterhand betätigt zu. Wenige Augenblicke später erschien ein hoch qualifizierter Fremdwährungsexperte, der das fremdländische Zahlungsmittel akribisch untersuchte und schließlich mit gütigem Lächeln als gültig erkannte. Der Wechselkurs war eins zu eins und abzüglich der Gebühren verließ ich mit 96 Bath die Bank."

Schließlich waren Erich und Gustl froh, die Heimreise antreten zu können.

„Wir waren komplett abgebrannt", erzählt Lukas. „Unser Zimmerkellner bekam das mit. Er war ein unglaublich netter Mensch. Er gab uns einen Teil des Trinkgeldes, das wir ihm in den beiden Tagen zuvor hatten zukommen lassen, wieder zurück – in Naturalien und Dienstleistungen. Er versorgte uns an unserem letzten Abend mit Streetfood und brachte uns dann am nächsten Tag in seinem Tuk Tuk, mit dem er die Hotelwäsche transportierte, zum Bangkoker Flughafen Don Mueang."

Dort wartete eine Qantas-Maschine, die nur zum Tankstopp in Bangkok gelandet war und keine Passagiere aufnehmen durfte. Einzige Ausnahme: Reisende mit *Service-One-Ticket*. Die beiden Weltenbummler kletterten also frohsinnig in die Maschine des Flug-Catering-Weltmeisters. Doch wegen ihres Überraschungseinstiegs war für sie kein Menü vorgesehen.

„Wir mussten uns also bis zum nächsten Tankstopp in Delhi mit trockenen Keksen begnügen", erzählt Lukas. „Dann ging es weiter nach Teheran. Nun gab es noch immer kein Menü, aber immerhin leichte Snacks. Und das Privileg, im Morgengrauen die Landung in Teheran auf dem Mehrabad-Airport im Cockpit miterleben zu dürfen. Das war spannend, denn wir hatten im Endanflug eine Windscherung – also eine plötzliche Änderung der Windrichtung. Der Captain sah sich zu einem *Heavy Landing* gezwungen. Das heißt, er knallte die Boeing 707 ziemlich brutal auf die Runway."

Die Kontrollüberprüfung der Maschine nach der harten Landung dauerte vier Stunden. Auf dem Flughafen war es kalt und die Luft roch interessanterweise nach Hammel, was den Zwangsaufenthalt olfaktorisch nicht erleichterte.

In einem Nachtflug ging es dann endlich weiter nach Athen, wo ein Großteil der Passagiere ausstieg.

„Beim Weiterflug nach London-Heathrow konnte die Quantas schließlich überzeugend ihrem damaligen Ruf als Bewirtungsweltmeister gerecht werden", erzählt Lukas. „Da mich die Stewards kannten, bekamen wir sogar First-Class-Catering. Zum Frühstück gab es Breakfast Steaks, das waren mit hauchdünnen Speckscheiben umwickelte Filetsteaks mit Beilagen, plus Dessert und Getränke nach Wahl."

In London gab es wieder eine Wartezeit von knapp zehn Stunden. Ein gemeinsamer Kassasturz der beiden Globetrotter ergab die wuchtige Summe von 20 Schilling. Es entspann sich ein Streit darüber, ob man einen Großteil des Geldes in Nahrung oder Bildung investieren sollte. Konkret: Sollte man ein Sandwich kaufen oder doch die Kronen Zeitung? Beides wurde auf dem Londoner Flughafen damals nur unverschämt überteuert angeboten.

„Ich gebe es zu", gesteht Lukas. „Ich war für die Nahrung, Gustl war für die Krone. Er siegte mit dem Argument, dass es auf dem AUA-Flug nach Wien sicher warmes Essen geben würde. Mein Gegenargument – *ja eh, – aber sicher auch Krone und Kurier* – brachte nichts mehr, denn da hatte er die Zeitung schon blitzschnell gekauft. Bei der AUA gab es schon wieder Steaks, die wir junge Männer mit großem Eiweißbedarf mit Appetit verschlangen. In Wien angekommen, hatte ich noch genau einen Schilling und vierundfünfzig Groschen im Geldbörsel."

Die beiden Globetrotter verabschiedeten sich voneinander und Lukas fuhr mit seinem *Renault R4* heim nach Bisamberg.

„Dort erwartete mich Inge, die im sechsten Monat mit Kathrin schwanger war. Und am nächsten Tag war ich wieder im Dienst."

JEDER NEUANFANG HAT EIN ENDE HINTER SICH

Im Februar 1976 wurde Erich von seinem Chef ins Büro gerufen. Pecos Bill hatte eine düstere Miene aufgesetzt und bot ihm mit einer weit ausholenden Geste Platz an.

„Herr Resetarits, Sie haben hier eine batzen Karriere vor sich. Aber mit dieser Doppelbelastung geht das nicht."

„Welche Doppelbelastung meinen Sie denn?", fragte Erich.

„Hören Sie, ich habe Sie gestern im Fernsehen g'sehen, mit dieser Kabarettgruppe Keifer oder wie die heißen …"

„Keif."

„Wurscht", erwiderte Pecos Bill und fügte hinzu: „Jetzt weiß ich wenigstens, warum Sie so viele Krankenstände haben in letzter Zeit."

„Herr Chef, das muss ich zurückweisen!", erwiderte Erich. „Ich habe mir keinen Krankenstand erschwindelt. Es waren alle korrekt."

„Ja, ja, eh", meinte der Chef und machte eine beschwichtigende Geste. „Aber wie dem auch sei: Sie werden sich entscheiden müssen: entweder eine sichere Karriere da bei uns, da am Flughafen, oder eine unsichere Laufbahn als Komödiant."

Erich war klar, dass Pecos Bill recht hatte. Es war wieder einmal eine Entscheidung fällig. Eine, die ihm noch deutlich schwerer fallen würde als jene, die er vor ziemlich genau drei Jahren getroffen hatte. Damals hatte er das Qantas-Angebot abgelehnt und sich für den Weiterverbleib auf dem Flughafen Wien entschieden. Das war richtig gewesen. Martina war nun bald sieben und Kathrin bald drei Jahre alt. Erich fand es gut, dass seine zwei Mädel „daheim" und nicht in Sydney aufwuchsen.

Aber – was war seither passiert?

Alles schön der Reihe nach:

Ein paar Monate nach der Rückkehr von seiner Weltreise hatte der nun bald 26-Jährige, spät aber doch, einen Einberufungsbefehl erhalten: Am 1. Oktober 1973 musste er zum Präsenzdienst ins Heeresspital Stammersdorf einrücken. Doch davor gab es noch eine Riesenaufregung.

DIE GEISELNAHME VON MARCHEGG

„Meinen letzten Dienst am Flughafen, bevor ich einrücken musste, machte ich am Freitag, den 28. September", erzählt Lukas. „Ich war bei meinem Vater in dessen Büro zum Mittagessen gewesen und auf dem Weg zurück zu meinem Schreibtisch. Plötzlich ist ein blauer *VW*-Transporter der ÖBB auf mich zugerast. Ich konnte gerade noch zur Seite springen, sonst hätt er mich umgefahren. Ich hab noch irgendwas nachgeschrien – wahrscheinlich *scheiß Eisenbahner* oder etwas ähnlich Unfreundliches."

Zurück im Operations-Büro sieht Erich durchs Fenster den *VW*-Bus hinter einer DC-9 der Iberia stehen. Die rückwärtige Passagiertreppe des Flugzeugs wurde bereits eingefahren, mit der vorderen Treppe passiert gerade dasselbe. Der Bus fährt weiter und bleibt schließlich auf der Betriebsstraße vor dem Abfertigungsgebäude stehen.

„Ich hatte einen Berechtigungsausweis für alle Bereiche des Flughafens und konnte so aus der Nähe die Situation verfolgen", berichtet Lukas. „Der Bus war inzwischen von Polizisten umstellt. Ich erfuhr von einem, dass es sich hier um eine Geiselnahme handle."

Was war geschehen?

Zwei palästinensische Terroristen hatten im Grenzbahnhof Marchegg drei jüdische Emigranten aus der Sowjetunion und einen Zollwachebeamten als

Geiseln genommen. Es war sofort Alarm ausgelöst worden und mehrere Polizeifahrzeuge hatten die Verfolgung des *VW*-Transporters aufgenommen, dessen sich die Geiselnehmer bemächtigt hatten. Diese überquerten in Fischamend im letzten Augenblick einen Bahnübergang, bevor der Schranken niederging. So konnten sie sich einen Vorsprung vor den Verfolgern verschaffen und vorerst unbehelligt den Flughafen erreichen.

„Ich beobachtete nun aus nächster Nähe, wie die Terroristen mit dem bekannten Psychiater Walter Sluga und dem damaligen Sicherheitsdirektor Oswald Peterlunger verhandelten", erzählt Lukas. „Dabei hielt einer der Geiselnehmer den Sicherungsring seiner Handgranate zwischen den Zähnen fest – offensichtlich, um tödliche Entschlossenheit zu demonstrieren."

Von einem Polizisten erfuhr Erich, was in Marchegg passiert war. Als er ins Operations-Büro zurückgegangen war, kam ein Herr von einer Londoner Zeitung und wollte wissen, was denn da los sei.

„Welche Zeitung das war – daran kann ich mich nicht mehr erinnern. Ich lieferte ihm einen kurzen Bericht über das, was ich wusste, und schickte den sogar via Fernschreiber an seine Redaktion. Das Zeilenhonorar für diese Arbeit war überschaubar: Der Journalist spendierte mir einen Automatenkaffee im Wert von drei Schilling."

Das Geiseldrama endete in den Morgenstunden des folgenden Tages unblutig. Bundeskanzler Bruno Kreisky erfüllte die Forderungen der Geiselnehmer, indem er die Schließung des von der Jewish Agency betriebenen Transitlagers im Schloss Schönau an der Triesting zusagte.

Die beiden Terroristen wurden von zwei Piloten, die sich freiwillig gemeldet hatten, mit einer Cessna 414 nach Tripolis in Libyen ausgeflogen. Die „Nachgiebigkeit" der österreichischen Regierung erntete viel Kritik, hatte aber keine negativen Folgen für Zuflucht Suchende. Denn nach der Schließung von Schönau wurde unverzüglich in der Bundeskaserne Wöllersdorf eine neue Aufnahmestelle für jüdische Emigranten aus der Sowjetunion eingerichtet.

WODKA-EXPERTEN IM UNTEROFFIZIERS-CASINO

Bei seiner Ankunft im Heeresspital Wien-Stammersdorf wurde Erich freundlich von einem Unteroffizier mit den Worten: „Kommen S' mit, Herr Doktor!" empfangen.

Er klärte das Missverständnis natürlich sofort auf: „Ich hab zwar mehr Semester inskribiert, als für einen Doktor nötig gewesen wären, aber ich bin trotzdem keiner!"

So wurde er also einfacher Sanitätssoldat, machte aber gleich nach der Grundausbildung eine steile gastronomische Karriere in der Unteroffiziers-Messe.

„Kaum war ich dorthin dienstzugeteilt worden", berichtet Lukas, „erklärte ich den Herren Unteroffizieren den Qualitätsunterschied zwischen dem *Coop-Wodka* der heimischen Konsumgesellschaft und dem original russischen *Stolichnaya*. Man schickte mich sofort in den Konsum-Großmarkt, um diese herrliche Spirituose zu erwerben. Ich zischte los, musste mich nicht einmal umziehen, da ich bei meiner Kellnertätigkeit nicht im Kampfanzug erscheinen musste, sondern meine Privatkleidung tragen durfte. Man rief mir noch nach, ich solle neben der Edel-Spirituose auch den billigen Coop-Wodka erwerben – für die Mixgetränke."

Nach seiner Rückkehr goss Erich den Inhalt der Stolichnaya-Flasche in eine leere und füllte stattdessen den Coop-Wodka ein. In die nun leere Coop-Flasche kam das russische Original.

„Daraufhin ließ ich die Herren Unteroffiziere das heimische Konsum-Produkt aus der Stolichnaya-Flasche kosten", erzählt Lukas. Die Kostprobe erntete Begeisterungsstürme:

„Einmalig! Das ist ja ganz was anderes!"

„Unbeschreiblich gut!"

„Das musst du auch kosten!"

„Als einfachem Wehrmann steht mir das nicht zu!", erwiderte Erich bescheiden und nahm einen unbescheiden großen Schluck aus der Coop-Flasche.

Insgesamt war die Zeit beim Bundesheer durchaus erträglich. Als Familienvater hatte Erich nach der Grundausbildung eine sogenannte „Heimschläfer-Genehmigung" und war damit von den nächtlichen Daueraufenthalten in der Kaserne befreit.

Wenn seine vierjährige Tochter Martina ihn also fragte: „Wie ist denn dieser Bundesherr? Ist der eh nett?"

Dann konnte er mit ruhigem Gewissen mit einem klaren „Ja!" antworten.

Nach sechs Monaten, am 31. März 1974, rüstete er in die Reserve ab. Dazu Lukas: „Zu einer Waffenübung wurde ich nie einberufen. Offenbar war das

Bundesheer im Rahmen seines neuen Verteidigungskonzeptes nicht auf meine Expertise im Bereich der vergleichenden Wodka-Forschung angewiesen. Ich habe ihnen das nicht übel genommen."

AUS ERICH WIRD LUKAS

Nach seiner Zeit beim Bundesheer bekam Erich wieder Lust, auf die Bühne zu gehen. Seine Bandmitgliedschaft bei den *Odds* hatte er nach Beginn seiner Arbeit am Flughafen wegen des Schichtdienstes beenden müssen.

Inzwischen sang Bruder Willi bei den *Schmetterlingen*, die als Folkrock-Band auch immer mehr politisch-kritische Songs spielten. Erich begann, Moderationen für sie zu schreiben. Und als er ein paarmal seiner Lust, wieder Bühnenluft schnuppern zu wollen, nachdrücklich Ausdruck verliehen hatte, kam von den *Schmetterlingen* das Angebot, ob er nicht vor ihren Auftritten oder auch in den Auftrittspausen selbst verfasste Sketche spielen wolle.

Er wollte. Und so erschuf er für sich eine Bühnenfigur.

Dazu Lukas: „Ich spielte einen Tramwayschaffner, der im Urlaub als Naturforscher unterwegs war und auf seinen Expeditionen immer wieder kuriose Tiere entdeckte. So etwa die afrikanischen Brüllameisen, die ihre Feinde mit lautstarkem Geschrei betäubten, zerstückelten und die Einzelteile wie die Blattschneiderameisen in unterirdischen Höhlen von Pilzen fermentieren lassen. Ebenfalls in Afrika fand ich als forschender Schaffner die Mörderdrossel, die mit ihrem harten Schnabel selbst Elefanten zu töten vermochte. Sie setzte sich auf den Kopf des Dickhäuters, peckte ihm ein Loch in die Schädeldecke und fraß sein Gehirn. Das kurioseste Tier war aber wohl Muntjak, der reißende Hirsch. Dieses winzige Hirschlein hat nicht nur ein Geweih, sondern auch scharfe Eckzähne wie ein Wolf. Es vergräbt sich rücklings mit dem Geweih in der Erde auf einem Tigerwechsel. Wenn dann der Tiger auf seinem Wechsel nichts ahnend dahinwechselt, verbeißt sich der Zwerghirsch zuerst in seine Genitalien, dann in seine Gedärme. Wenn der Tiger in Panik flüchtet, lässt der Muntjak immer noch nicht los. Das Hirschlein macht das erst, wenn die Gedärme komplett abgewickelt sind, das Raubtier zu Boden fällt und ihm nicht mehr gefährlich werden kann."

Vor allem im Folk-Club „Atlantis" erfreuten sich diese Vorträge bald einer gewissen Beliebtheit. Und bald sollte ein Jobangebot mit weitreichenden Konsequenzen folgen.

Im Herbst 1975 war ein Mitglied der erst ein Jahr zuvor gegründeten Kabarettgruppe „Keif", Erich Bernhard, des Keifens müde geworden. Die anderen, Erich Demmer, Alfred Rubatschek, Wolfgang Teuschl und Erwin Steinhauer, suchten nun einen Neuen. Willi hatte das mitbekommen und wandte sich an Erwin:

> *„Ich habe einen Bruder, der ist ein ziemliches Talent. (...) In seiner Freizeit tritt er gelegentlich bei unseren Konzerten in der Pause mit kabarettistischen Nummern auf. Er kommt immer sehr gut an. Vielleicht schaust du ihn dir einmal an?"*
> *Das geschah und die Begutachtung führte zu einem Einstiegsgespräch. Dabei meinte Erwin, Bezug nehmend auf Erich Bernhard:*
> *„Ein Erich ist weg, jetzt kommt schon wieder einer!"*
> *Und auf Erich Demmer deutend setzte er fort:*
> *„Dabei hamma ja eh schon einen da. Diese Namensgleichheit führt doch dauernd nur zu Verwechslungen. Sag, hast du keinen zweiten Vornamen?"*
> *Das Neumitglied hatte einen. Und so wurde dank „Keif" aus Erich Resetarits Lukas Resetarits.*
> *(ZITAT: Fritz Schindlecker: Erwin Steinhauer – Der Tragikomiker, 2021)*

Aus dem sicheren Job auszusteigen, war für Erich sicher schwieriger als dieser Namenswechsel.

„Ein wirklicher Wechsel war's ja eigentlich gar nicht", meint Lukas. „Alle, die mich vor meiner Kabarettzeit kennengelernt haben, nennen mich bis heute Erich. Und die anderen sagen Lukas zu mir."

Der Abgang von der Flughafen-Betriebsgesellschaft verlief einvernehmlich.

„Ich bekam auch eine kleine Abfertigung, mit der ich einen noch offenen Wohnungskredit zurückzahlen konnte."

Die Kollegenschaft reagierte, wie nicht anders zu erwarten war, sehr unterschiedlich.

„Die einen bewunderten mich für meine Entscheidung oder beneideten mich sogar, die anderen hielten mich für einen Verrückten, der das sein Leben lang bereuen würde", meint Lukas. „Aber mit dem engeren Kreis im Operations-Büro bin ich bis heute eng befreundet."

Die Eltern machten sich natürlich Sorgen. In der ersten Zeit offensichtlich nicht zu Unrecht. Denn obwohl Lukas mit „Keif" neben den Liveauftritten auch zwei ORF-Fernsehproduktionen hatte und bei Dieter Haspels

„Ensembletheater“ als Schauspieler engagiert war, blieben seine Einkünfte in den ersten beiden Jahren der Freiberuflichkeit deutlich hinter dem zurück, was er als Loadsheet-Officer verdient hatte. Doch seine Frau Inge hielt zu ihm und die beiden Töchter bewunderten den Papa, wenn er im Fernsehen auftrat. Aus der Bewunderung entwickelten sich später eigene Ambitionen.

Dazu Lukas: „Als Kathrin acht oder neun war und von einer Fernsehsendung, die nicht so lief, wie sie es wollte, frustriert, zornig, traurig und wütend war, wollte ich sie trösten. Ich versprach ihr: Eines Tages werde sie mit mir gemeinsam auf der Bühne stehen. Sie überlegte kurz und sagte dann: ‚Nein. Ich werd mein eigener Star!‘“

Apropos Star: Als sich Anfang 1977 „Keif“ auflöste, wurde Lukas von einer Depression erfasst. Für kurze Zeit war er sich sicher, mit der Kündigung am Flughafen eine falsche Entscheidung getroffen zu haben. Als „klassischer“ Theaterschauspieler, als der er sich im Ensemble Theater bei Dieter Haspel eben erst in Bertolt Brechts „Turandot oder der Kongress der Weißwäscher“ versucht hatte, sah er für sich keine befriedigende Zukunft.

Da bot ihm ausgerechnet Haspel eine interessante Alternative an: Er solle sich doch als *Solokabarettist* versuchen. Haspel bespielte damals als Intendant und Regisseur das „Kleine Theater im Konzerthaus“.

Noch im selben Jahr kam dort das erste Soloprogramm von Lukas Resetarits heraus. Es trug den Titel „Rechts Mitte Links“.

Und es sollte nicht das letzte bleiben.

Martina und Kathrin